데스마치에서 시작되는
이세계 광상곡
21

루루
쿠보크 왕국
출신.
아리사의 언니.

아리사
쿠보크 왕국의 옛 왕녀.
전생에 일본인.
금발 가발로 변장 중.

무역항이 있는 서관문령의
바자르를 만끽하는 중!

나나
무표정한 호문클루스.

미아
말수가 적고 음악을 좋아하는
엘프.

리자
주황 비늘 종족의 소녀.

포치
강아지 귀 종족의 소녀.

타마
고양이 귀 종족의 소녀.

「재능 있는 자」의 마을에서 인술 수행!
……이었는데
본래 너무나 엄청나다?!

사토
이세계를 헤매고 있는
서른 줄 프로그래머.

데스마치에서 시작되는 이세계 광상곡

21

★★★

아이나나 히로

Death Marching to the
Parallel World Rhapsody
Presented by Hiro Ainana

CONTENTS

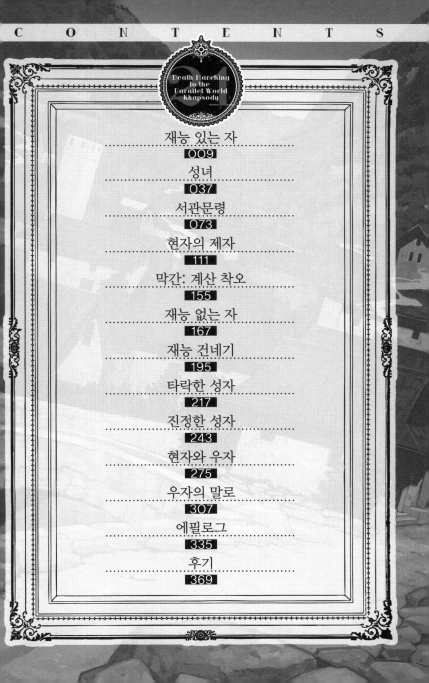

재능 있는 자
009

성녀
037

서관문령
073

현자의 제자
111

막간: 계산 착오
155

재능 없는 자
167

재능 건네기
195

타락한 성자
217

진정한 성자
243

현자와 우자
275

우자의 말로
307

에필로그
335

후기
369

재능 있는 자

"사토입니다. 두각을 드러낸 사람을 「재능이 있다」고 표현합니다만, 타고난 재능이 전부라는 생각에는 동의할 수 없습니다. 재능을 갈고 닦은 것은 본인의 노력이라고 생각하니까요."

"떠들썩해."

파리온 신국의 중심가를 가득 메운 사람들을 보고 중얼거린 것은 엘프인 미아였다.

오늘은 주위에 녹아들 수 있도록 파리온 신국의 민속의상을 입고 있지만, 빙글 돌아보는 바람에 베일이 떠올라 트윈테일로 묶은 옅은 청록색 머리칼과 엘프의 특징인 조금 뾰족한 귀가 보였다.

"퍼뤠~이드?!"

하얀 머리칼을 단발로 정돈한 고양이 귀 고양이 꼬리의 어린 소녀 타마가 내 몸을 기어올라, 떠들썩한 인파 너머의 퍼레이드를 발견했다.

"가마 위에 있는 건 성검 아저씨인 거예요!"

아는 사람을 발견하고 흥분하여 큰 소리를 낸 것은 다갈색 머리칼을 보브컷으로 정돈한 강아지 귀 강아지 꼬리의 어린 소녀 포치다.

그녀가 발견한 것은 파리온 신전의 기사이자 성검 블루트강의 사용자 메자르트 경이다. 용사 하야토의 마왕 토벌에 참가한 공적으로 퍼레이드를 하는 거겠지.

"퍼레이드가 성대하다고 고합니다."

무표정한 얼굴로 중얼거린 것은, 금발 거유 미녀라는 겉모습이지만 생후 1년 좀 넘은 호문클루스 나나다. 포니테일로 묶어 올린 머리칼에 단 파리온 신국풍의 액세서리가 딸랑딸랑 바람에 흔들렸다.

"거절한 게 좀 아까웠을까?"

불길하다고 여겨지는 보라색 머리칼을 금발 가발로 감춘 어린 소녀 아리사가 나나의 리프트업을 받아서 퍼레이드를 바라보았다.

우리들도 퍼레이드에 참가하지 않겠냐는 제안이 있었지만 거절했다.

메리에스트 황녀를 비롯한 종자 일행도 거절했고, 우리들만 받아들이는 것도 이상하니까.

그 종자들도 오늘 아침 일찍 우리들과 파리온 신국의 높은 사람들에게 배웅을 받으며, 차원 잠행선 쥘 베른을 타고 사가 제국으로 귀환한 다음이다.

"아리사는 저런 거 좋아하니까."

우후후. 고상하게 웃은 것은 아리사의 언니이자 경성(傾城)이라는 말의 뺨을 칠 정도로 엄청난 미모를 가진 검은 머리 미소녀 루루다.

아라비아풍과 비슷한 파리온 신국의 민속의상도 잘 어울린다.

"그렇지만 용사님이나 종자님들이 불참하는데, 저희들이 참가하는 것도 주제넘지 않을까요?"

늠름한 표정으로 조심스레 의견을 낸 것은 주황 비늘 종족인 리자다. 목덜미나 손목에 있는 주황색 비늘이 파리온 신국의 햇살을 반사하여 반짝반짝 빛난다.

"그것도 그렇네— 앗! 행렬이 앞을 지나가나 봐."

아리사가 가볍게 탄식한 다음, 퍼레이드의 행렬이 큰 길에서 대성당 앞으로 다가오는 것을 지적했다.

눈앞에서 행렬이 점점 접근하자, 가마 위의 기사 메자르트와 눈이 마주쳤다.

"음?"

"주인님도 참. 저쪽이 막 노려보네."

마왕전에서 쓰러진 기사 메자르트에게 멋대로 성검을 빌린 것에 화를 내고 있는 걸까?

"엉뚱한 원한이군요. 원망할 거라면 마왕과 대등하게 싸우지 못한 자신의 미숙함을 원망해야 합니다."

"예스 리자. 메자르트는 위기에서 구출된 은혜를 잊고 있다고 지적합니다."

동료들에게서는 엄격한 의견이 나오지만, 메자르트는 마왕전에서 사가 제국의 흑기사 뤼켄과 함께 제법 노력했다고 생각한다.

"리자도 갑옷이 아니라 민속의상을 입으면 좋았을 텐데."

11

"저는 주인님의 호위니까요."

리자가 엄격한 표정을 지으며 말했다.

그녀만 민속의상풍의 베일 안에 눈에 띄지 않는 경장 갑옷을 입고, 천을 감은 마창 도우마를 들고 있었다.

백은 갑옷은 길거리에서 쓰기에는 너무 화려하고, 정비가 필요하니까 스토리지에 회수했다.

"조정한 창은 어떻니?"

"아직 조금 시험해 본 것 뿐이지만, 멋지다는 말밖에 안 나옵니다. 얼른 강적과 만나고 싶군요."

리자가 눈동자에 투지를 담고서 주먹을 쥐었다.

마왕의 측근 클래스면 마창 도우마의 부족함이 눈에 띄기에, 그녀의 허가를 얻어 「용의 송곳니」의 조각과 융합을 시킨 것이다.

사령 마법 「뼈 가공」으로는 완전한 융합이 안 되기에, 창날에 얇게 코팅을 한 느낌이다. 미궁 하층의 사룡 가족들 것인데 충분히 공격력이 개선됐다.

그를 위한 시험작으로 만든 용아 코팅의 용조 단검은 스토리지에 사장시켰다. 개량이 진전되면 모두에게 하나씩 만들어줘야겠는걸.

"조만간 기회를 만들어줄게."

"네, 주인님."

마왕 클래스하고 그렇게 자주 만날 수는 없지만, 내해 주변에는 대형 마물도 나올 테니까 적당한 녀석을 발견하면 싸우게 해줘야지.

"주인님, 매대가 있는 거예요!"

"좋은 냄새~?"

"조금 사먹을까?"

"와~아."

"인 거예요!"

동료들과 군것질을 하면서, 성도의 공항으로 갔다.

"귀족님~!"

공항에 있는 염색 안 된 민속의상을 입은 사람들 가운데, 모래색 피부를 한 기운찬 소년이 있었다.

그는 「라이트」라는 영어 같은 현지어 이름인데, 현지에서는 희귀한 「이유스아크」라는 이름의 아버지를 찾아 이웃나라에서 파리온 신국까지 찾아온 행동력 있는 소년이다. 약간 인연이 있어서 내가 후견인이 되어 그를 성도로 데리고 오게 됐다.

지금은 현자의 소개로 그의 아버지가 있다는 「재능 있는 자」의 마을로 가게 됐다.

그는 수행의 마을이라고 했었는데, 관리의 말을 들어보니 그것은 통칭이고 「재능 있는 자」의 마을이란 것이 정식명칭인 모양이다.

그는 「직감」이라는 희귀 스킬을 가지고 있으며, 그 재능을 인정받아 「재능 있는 자」의 마을에 스카우트된 것이다.

"배웅하러 와준 거야?"

"아니, 마을까지 같이 갈 거야. 이래봬도 네 후견인이니까."

제대로 된 장소인지 확인할 의무 정도는 있을 거고, 「재능 있는 자」의 마을이란 것에도 조금 흥미가 있다.

"그러면, 귀족님도 **비곤정**에 타는 거야? 나는 하늘을 나는 거 처음 타봐."

라이트 소년이 주위의 아이들과 같은 반짝거리는 눈으로 비공정을 보았다.

프루 제국 시절의 유물이라는 조몬 토기풍의 선체에 범선의 돛 같은 날개를 좌우에 달아놓았다.

전에는 네 척 있었지만, 지금은 한 척만 공항에 계류되어 있었다.

저것이 우리들을 태우고 「재능 있는 자」의 마을로 가는 비공정이겠지.

"여러분, 이제 슬슬 출발합니다. 비공정에 타지요."

신관복을 입은 나긋한 중년 남성이 라이트 소년 일행에게 말을 걸었다. 그가 책임자인 모양이네.

라이트 소년 일행을 「재능 있는 자」의 마을로 보내는 책임자는 우리들이 동행한다고 하자 난색을 표했지만, 마왕 토벌의 포상으로 자자리스 교황에게 받은 탈리스만을 보여줬더니 넙죽 절이라도 할 태도로 바뀌어 우리들의 동행을 허가해 주었다.

탈리스만이 어지간히 위엄 있는 물건이었는지, 여행하는 동안 아주 극진한 대접을 해줘서 살짝 불편하기도 했다.

"그건 그렇고 비공정이 느리네."

"뭐 바람 마법사가 보조하는 것 말고는 바람에 맡기고 있는 모양이니까, 이 정도면 양반 아냐?"

"응, 바람 약해."

분명히 느리지만, 지금도 일반적인 마차의 3배에서 5배 정도의 속도는 된다.

"하지만, 가속용의 분사 시스템 정도는 있잖아? 선미에 분사구도 있었어. 어째서 쓰지 않는 걸까?"

아리사가 고개를 갸웃거렸다.

"연료 절약을 위해서입니다. 파리온 신국에서는 마핵이 귀하니까요."

방금 전까지 흥분한 아이들을 타이르고 있던 책임자가 아리사의 의문에 답해주었다.

"최근에는 마굴에 나타난 마왕의 부하인 사진병을 토벌하여 마핵이 풍부합니다만, 그것은 이례적인 일입니다. 본래 파리온 신국은 파리온 신의 힘으로 마물이 적어요. 마핵을 얻기 위해서는 외국에 있는 마물 영역에 가서 모으거나, 상인들에게 수입을 하는 것 말고는 입수 방법이 없었으니까요."

그렇게 설명한 다음, 그는 연료 절약을 위해 연구한 방법에 대해 이야기를 해주었다.

추친력을 바람에 의지하는 것뿐 아니라, 공력 기관도 최소한으로만 가동하기 위해 화물칸의 절반에 가벼운 공기를 넣은 기낭을 넣어 기체의 부력을 보조하는 모양이다. 옛날에는 수소를 썼던 것 같은데, 지금은 연성된 안전한 기체를 쓴다고 했다.

"헤에, 에코네. 운용 코스트가 내려간다면 여러모로 쓸 수 있겠어."

"에코에코~?"

"에코는 아주 훌륭한 거예요."

타마와 포치가 아리사의 말을 듣고서, 어렵다는 표정을 지으며 고개를 끄덕끄덕 움직였다.

파리온 신국은 마굴 주변 말고는 비행에 방해가 되는 마물이 없으니까 느린 비공정이라도 국내 운송이라면 문제없이 쓸 수 있겠네.

우리들은 창밖을 바라보면서, 라이트 소년 일행과 잡담을 즐겼다.

이윽고 평탄한 황야에서 구릉지대에 이르고, 드디어 험준한 산들이 이어지는 오지로 풍경이 바뀌었다.

"도착~?"

"고~올인 거예요."

산속 깊은 곳에 있는 마을 근처의 광장에 비공정이 착륙했다.

"여기가 『재능 있는 자』의 마을?"

마을이라고 하기에는 크지만, 소도시라기에는 작은 미묘한 규모였다.

"평범하다고 고합니다."

"아뇨, 나나. 저 산을 보세요."

"예스 리자. 신기하다고 고합니다."

리자가 지적한 것처럼, 마을 뒤에 있는 산의 경사면만 부자연스러울 정도로 녹음이 풍부하다.

분명히 현자가 뭔가 녹지화의 실험 같은 거라도 하고 있는 걸 거야.

"그리고 파리온 신국치고는 외벽이 높아요."

루루가 말한 것처럼, 5미터 가까운 벽이라는 건 성도 말고는 본적이 없었다.

이 근처에는 마물이나 위험한 짐승이라도 있는 걸지도 모르겠군.

착륙한 비공정에서 내리자, 활기가 넘치는 소란이 귀에 닿았다.

"활기."

"네, 떠들썩한 마을이군요."

길을 가는 사람들은 바쁜지 발걸음이 빠르고, 커다란 소리가 집집마다 들렸다.

"무술도 융성한 것 같군요."

리자가 말한 것처럼, 멀리서 무술 훈련이 아닌가 싶은 함성도 들렸다.

"귀족님! 나 이제 등록한대."

라이트 소년과 함께 마을 관청으로 가서, 그가 등록 작업을 하는 사이에 나는 그의 아버지에 대해서 물어보기로 했다.

맵 검색으로는 마을 주변의 맵에는 없었으니까.

"이유스아크, 라고요? 잠시만 기다려 주시면—."

신관복을 입은 관청의 여성이 두꺼운 장부를 넘기면서 이름을 찾았다.

"─보름쯤 전부터 광산에 출장을 갔군요. 신관을 도우러 간 모양입니다."

그러고 보니 라이트 소년의 아버지는 만인을 치유하는 자자리스 교황의 유니크 스킬 「만능 치유힐울」와 비슷한 힘을 가졌다고 라이트 소년이 말했었지.

"그 광산으로 가는 길을 가르쳐주실 수 있을까요?"

"죄송합니다. 이곳은 현자님이나 교황 예하의 허가를 받은 자가 아니면 방문할 수가 없습니다."

죄송스러워하며 말하는 여성에게 그 탈리스만을 보여주며 부탁을 해봤지만, 비지땀을 흘릴 정도로 황송해 했음에도 불구하고 허가는 내주지 않았다.

뭐 보안이 높은 장소라면 억지를 부릴 수는 없겠네. 라이트 소년의 아버지는 앞으로 열흘 정도면 마을로 돌아온다고 하니까.

"귀족님~! 등록 끝났어!"

라이트 소년에게 아버지에 대해 전해주자, 코밑을 슥슥 비비며 말했다.

"앞으로 열흘이면 아빠랑 만날 수 있구나. 헤헷, 어쩐지 기다려진다."

"그대가 라이트 군인가요? 그대의 도사를 만나러 가죠. 따라오세요."

"알았어! 귀족님도 같이 가도 돼?"

"귀족?"

"저는 그의 후견인입니다."

마을 관청에서 일하는 신관이 신기하단 표정으로 나를 보기에 보충설명을 했다.

　"후견인이요? 고위 신관들 중에는 시종에게 어떤지 확인을 보내는 사람도 있습니다. 다른 나라의 귀족 분은 보기 드뭅니다만, 후견인이라면 괜찮겠죠."

　밋밋한 표정으로 그렇게 말하더니, 신관은 우리들의 동행을 허가해 주었다.

　"콩콩콩~?"

　"쨍콩깡인 거예요."

　목적지로 가는 도중에 있는 광장에서는 30명 정도 되는 남녀가 몇 개의 집단으로 나뉘어 모의전을 하고 있었다.

　"교사는 실력이 상당하군요."

　"예스 리자. 학생을 잘 보고 있다고 찬사를 보냅니다."

　수행을 하는 사람들 중에는 돌출된 인물이 없었지만, 누구 한 명 게으름 피우지 않고 성실하게 임하고 있었다. 그것을 지도하는 교사 는 리자나 나나가 칭찬한 것처럼 학생들 사이를 꼼꼼하게 걸으며, 나쁜 버릇을 교정하고 요령을 가르치는 모양이다.

　"음악."

　"이 근처의 민속 악기일까?"

　"별난 음색이군요."

　연습중인지 같은 프레이즈를 반복하고 있었다.

　리듬이 맞지 않는 사람도 있어서 조금 친근감이 느껴진다.

　"조각~?"

"도자기나 목공 아저씨도 있는 거예요!"

여기저기에 수행을 하는 공방이 있어서 눈이 즐겁다.

"있잖아, 주인님."

아리사가 내 소매를 끌면서 귓속말을 했다.

"어쩐지 이상하지 않아?"

"뭐가?"

"감정해봐."

그 말을 듣고 학생을 감정해봤지만 딱히 이상한 스킬을 가진 사람은 없었다.

그것을 아리사에게 말하자, 바로 그거라고 말하듯 고개를 끄덕이며 말을 이었다.

"『재능 있는 자』를 모은 것치고는 스킬이 없는 애가 많지 않아? 보아 하니, 재능이나 센스가 넘치는 것 같지도 않은데."

"아아, 그런 거구나―."

듣고 보니, 종합적으로 열심히 하고는 있지만 「재능 있는 자」라는 생각이 안 드는 학생이 많았다.

우수한 교사가 많은 탓에 괜히 그렇게 생각되는 걸지도 모르지만.

"여기가 그대의 수행 장소입니다."

그런 이야기를 하는 사이에, 우리들은 목적한 장소에 도착한 모양이다.

라이트 소년이 안내에 따라 건물 안으로 들어갔다. 우리도 안내하는 신관을 따라 실례했다.

"그래, 처음 만나는군. 이름을 알려주겠나?"

"나, 라이트라고 해. 이상한 이름이지만 **아빠의 고향에서는** 빛이라는 뜻이라고 했어."

—흠. 우연의 일치, 일려나?

라이트 소년의 아버지는 이름이 일본인 같지도 않으니까 전생자는 아니겠지. 지금까지 만난 전생자나 용사는 반드시 그렇다고 해도 될 정도로 일본 이름이었으니까.

"좋은 이름이군. 자네는 어떤 『재능』을 가졌지?"

"—재능?"

"아르칼 도사, 그는 『직감』의 재능을 가지고 있습니다."

머뭇거리는 라이트 소년 대신에, 안내한 신관이 부연설명 해 주었다.

"그렇군. 그건 희귀한 거야. 라이트 군, 여기에는 자네와 마찬가지로 희귀하여 다른 교실에는 맞지 않는 아이가 모여 있지. 다른 사람과 다르다는 것은 나쁜 일이 아니니까, 자네를 발견한 현자님을 믿고서 비하하지 않고 수련에 전념하게. 그러면 분명히 성녀님도 인정해주실 거야."

도사는 그렇게 말하더니 라이트 소년을 교실 아이들에게 소개하고, 빙 둘러앉는 테이블에 앉혔다.

다른 애들의 자기소개를 흘려들으면서, 교실 아이들에게 방해가 되지 않도록 교실 구석으로 가서 수업을 참관하는 보호자 같은 기분으로 라이트 소년을 지켜보았다.

"나는 라이트라고 해. 너는?"

라이트 소년이 옆에 앉은 상류 사회 분위기의 소년에게 말을 걸었다.

"나는 성도에서 일하는 유벨 사제의 차남으로 지지리아즈라고 한다. 그 피부를 보아하니 모래 종족이군."

"그래. 잘 부탁해, 지지리아즈."

"재미있군. 사제님의 아들에게 첫 대면에 반말을 하는 모래 종족은 처음 봤다."

거리낌없는 라이트 소년의 대답을 듣고서 장난기 어린 아이가 끼어들었다.

말투는 거칠지만 좋은 집 애 같은 소년이다.

"그만 둬, 카르카스. 이 마을에서는 속세의 계급이나 종족은 상관없다고 현자님이 말씀하셨잖아. 그리고 성녀님도―."

"알고 있어, 지지리아즈. 사람은 태어나면서부터 평등하게 행복해질 권리를 가진다, 였지?"

성녀는 이 세계에서 자란 사람치고는 드문 생각을 하는 모양이군.

그러고 보니 현자도 우리 애들한테 편견이 없는 느낌이었지.

"나는 너무 듣기 좋은 말은 거북해. 현자님처럼 주의주장보다도 실리를 취하는 생각을 좋아하지."

"그렇군. 다음에 만나면 성녀님에게 카르카스가 그렇게 말했다고 말씀드려야지."

"이, 이봐, 그러지마! 농담이라니까! 성녀님의 꽃밭 같은 생각도 포함해서 좋아하는 거라니까! 성녀님한테 미움 받으면, 나는 더 이상 살아갈 수가 없어."

꽤 말이 심한데.

소년들의 대화를 듣고 있기만 해도, 어쩐지 성녀의 사람됨이
보인다.

"성녀님은 미인이야? 나 흥미 있는데."

"그래. 덧없는 느낌으로 굉~장히 예쁜 사람이야. 하얀 옷에
파란 하늘을 흩어 놓은 것 같은 성녀복에, 밤을 뽑아낸 것처럼
검은 머리칼이 엄~청 어울린다니까. 내가 바보 같은 말을 해도
싫은 표정도 안 하고 웃어주거든."

그거 좀 만나보고 싶은데.

"길티."

미아가 내 마음을 읽은 것처럼 중얼거렸다.

바람을 피우려고 하는 것도 아닌데, 마음속에서는 자유롭고
싶다.

◆

"그러면, 우리는 이제 간다. 무슨 난처한 일이 있으면 편지를
보내줘. 가능한 힘이 되어줄게."

"고마워, 귀족님. 나는 괜찮아. 열흘 있으면 아빠가 돌아올
거고."

나는 교실 앞에서 라이트 소년과 헤어졌다.

사실은 며칠 머무를 셈이었는데, 성도에서 자자리스 교황의

초대장을 가진 파발마가 와서 예정이 바뀌었다.

교황의 편지에는 사가 제국 일행을 위무하는 자자리스 교황 주최의 축하연을 개최할 것이니 우리들도 참가해달라고 적혀 있었다. 마왕 토벌에서 마굴에 동행했던 사가 제국 일행이 성도에 돌아온 거겠지.

정중하게도 대형 마차가 마중까지 나왔다.

마차로 성도까지 가려면 시간이 걸리니까, 중간의 마을이나 도시에서 1박할 필요가 있겠군.

우리는 마을의 식당에서 느지막한 점심을 먹은 다음에 출발하게 됐다.

이 근처에 탄산샘이 있는지, 식당에서 물이 아니라 차가운 탄산수를 제공해주었다.

"……별로 맛있지 않네."

"고기는 안 들었지만, 맛없는 건 아닌 거예, 요?"

아리사와 포치가 말한 것처럼, 일반 식당에서 나오는 식사는 미묘했다.

"여기는 무료인 대신에, 수행하는 녀석들이 연습 삼아 만든 식사가 나오니까. 맛있는 걸 먹고 싶으면 교관용 식당에 가봐. 그쪽은 조리 교실의 도사나 상급생이 만드니까 맛있다."

"재능이 있어도 수행을 안 하면 솜씨가 안 늘어나는 법이지."

"그럼그럼. 『신월행』 가는 녀석들도—."

"—야."

뭔가 실언이라도 했는지, 기분 좋게 말하던 남자가 옆에 있는 남자에게 야단맞고서 입을 다물었다.

아마도 이 마을 사람만 알아야 하는 비밀 수행이나 의식 같은 게 있는 거겠지.

조금 어색한 분위기가 됐지만, 금방 한 남자가 「현자님에게!」라고 외치며 탄산수가 든 잔을 들자, 다른 남자가 「아리따운 성녀님에게!」라며 잔을 들고 금방 현자와 성녀의 이름을 칭송하는 건배가 일어났다.

조금 이해하기 어려운 흐름이었지만, 무거운 분위기를 씻어냈으니 다행이야.

우리들은 재빨리 식사를 마치고, 마을 입구에 있다는 마중 마차 쪽으로 갔다.

"이 바보자식! 이럴 때는 마지막까지 긴장을 풀지 마라!"

"하지만, 어르신—."

"말대꾸하지마! 현자님의 가르침이다!"

"—알았어. 할게."

가는 길을 나아가는 사이에, 공방 안에서 도사와 학생의 목소리가 들렸다.

"모래 종족이랑 같이 일할 수 있겠냐!"

"닥쳐라, 애송이! 현자님이 보시는 건 『재능』뿐이다! 인종 같은 건 상관없어! 같이 못하겠다면 지금 당장 마을을 떠나라!"

신입들 일부에는 차별 의식이 남아 있는 모양이지만, 현자의 가르침을 받은 도사들은 인종 차별 같은 게 없는 모양이다. 저 모습을 보니 차별 받기 쉬운 모래 종족 라이트 소년을 안심하고 맡길 수 있겠어.

"자, 여러분. 오늘도 성녀님에게 감사를 바칩시다."

예배소 같은 장소에서 여성 신관 같은 사람이 기도를 하고 있었다.

파리온 신의 성인이 있으니까 파리온 신전일 거라고 생각하는데, 그녀들이 기도를 바치는 상대는 성녀인가 보다.

성녀를 통해서 파리온 신에게 기도를 하는 건가?

"마스터, 마차를 발견했다고 보고합니다."

"호화."

마을 입구에 서 있는 마중 마차는, 성도에서 사제 이상의 상급 신관이 타는 호화로운 물건이었다. 육두 마차는 처음일지도 모르겠다. 이거라면 이동하면서 엉덩이가 아프진 않겠네.

◆

"배고피이~?"

숙박 예정인 도시가 다가올 무렵, 창밖을 바라보던 타마가 중얼거렸다.

"벌써 배가 고프니?"

"아니야~."

타마가 말하며 마차 바깥을 가리켰다.

바오밥처럼 생긴 나무가 만들어내는 그늘에, 몇 명인가 모래 종족으로 보이는 사람들이 주저앉아 있었다.

"단순히 더위를 피하는 거 아냐?"

아리사가 말한 것처럼, 사람들이 휴식하는 나무 그늘 쪽에서 시원한 바람이 흘러온다.

메마른 파리온 신국에서는 드물게 습기를 머금은 바람이다. 수목 주변에는 키가 작은 잡초나 이끼가 나 있어서 녹색 융단처럼 보였다.

"하지만, 비쩍쩍~?"

"어쩐지 기운이 없는 거예요."

맵으로 확인하자 상태가 「공복」인 사람이 많고, 드물게 「기아」인 사람까지 있었다.

나중에 도시의 신전에 식량을 제공하고 그들에게 식사 배급을 해야겠군.

"흉작일까?"

"하지만, 저쪽 밭은 우거져 있어요."

루루가 가리키는 밭에는 거뭇한 이파리가 좍 깔려 있었다.

AR 표시에 따르면 「니르보그」라는 야채였다. 성도에서는 못 보던 야채다.

나무 그늘에 주저 앉은 사람들 곁으로, 추종자를 거느린 혈색 좋은 인간족 남자가 어깨를 들썩거리며 다가갔다.

"이 모래 종족 놈들! 쉬지 말고 일해라!"

"나, 나으리. 배가 고파서 움직일 수가ㅡ."

"시끄럽다! 어제도 니르보그를 먹여줬잖아!"

노동자로 보이는 모래 종족 남성들이 노예는 아닌 모양이지만, 그와 비슷한 취급을 받고 있었다.

"······그런 맛없는 게, 무슨 식량이라고."

"뭐라고!"

모래 종족이 흘린 말을 듣고서 인간족 남자가 흥분했다.

"너희들이 선선 나무를 못 베게 하니까, 니르보그를 키우는 꼴이 되지 않았나! 니르보그가 싫다면, 지금 당장 작물을 말려 죽이는 성가신 나무를 베어 주겠다!"

선선 나무라는 것 주변에도 잡초나 이끼가 돋아 있으니, 선선 나무가 유독 물질을 분비하는 게 아니라 평범한 농작물보다도 흙 속의 수분을 빨아들이는 힘이 강한 게 아닌가 생각하는데.

"그, 그만둬!"

"선선 나무는 우리들의 수호신이야!"

"절대 못 벤다!"

모래 종족들이 비틀거리며 일어서서 선선 나무를 지키듯 섰다.

일촉즉발의 분위기였지만, 추종자가 남자를 달래서 수습됐다.

"흥, 선선 나무를 베는 게 싫다면 니르보그로 참아라!"

남자가 그렇게 뱉어내고, 모래 종족들이 내쫓기는 것처럼 농작업을 하러 돌아갔다.

"그래, 일해라. 일해! 이것도 수행이다! 덕을 쌓아 파리온 신의 축복을 얻으면, 너희들도 내세에는 인간족으로 다시 태어날지도 모르지."

남자가 터무니없는 차별 발언을 했다.

지독한 말에, 아리사가 팔을 걷어 부치고 마차에서 뛰쳐나갈 것 같기에 간신히 달래서 말렸다.

"—정말이지! 인종차별이 적은 나라라고 생각했는데, 그렇지도 않네."

아리사가 유감스럽게 투덜거렸다.

21세기 지구에서도 차별을 근절하지 못했으니, 사람이 사람인 한은 어려울지도 모르겠네.

"도시 안도 똑같구나~."

성도의 번영을 봐서는 상상도 못할 만큼, 지방도시는 유복함이 없었다.

중노동을 하는 것은 모래 종족을 비롯한 아인들뿐이고, 신관을 비롯한 인간족들에게 수행이랍시고 혹사당하는 것을 몇 번이나 보았다. 특히 모래 종족의 취급이 안 좋다.

"훌륭한 신전이군요."

"우~응, 악덕신관의 **내음새**."

파리온 신을 모시는 나라니까, 청사를 겸한 신전이 훌륭한 것은 신기하지 않다고 생각한다.

"잘 오셨습니다. 누추하지만 저녁 식사를 준비했습니다. 부디 식사 자리에서 마왕 토벌 이야기를 들려주시면 좋겠습니다."

자세가 낮은 성구장이 마중을 나오고, 붙임성 좋은 신관의 안내를 받아 상급 신관용 숙사로 들어섰다.

"시가 왕국에 있는 귀족용 숙소보다 호화롭네."

"예쁜 조각~?"

"응, 우아해."

타마와 미아는 가구나 기둥에 새겨진 조각이 마음에 든 모양이다.

"그러면 저녁 식사까지 쉬어주십시오. 뭔가 용건이 있을 때는 이 종을 울려주시면, 저나 방에 딸린 수습 신관이 올 테니 사양하지 않고 일러주십시오."

이 신관은 다른 인종에 대한 편견이 없는지, 우리 아인 소녀들이나 미아를 보고도 태도를 바꾸지 않고 대해주었다. 이 사람이라면 신용할 수 있겠어.

"빈곤층 사람들에게 식사 배급을 하고 싶습니다만, 성구장이나 신전장에게 허가를 받을 수 있을까요?"

성구장이라는 건 시가 왕국의 「수호」나 「태수」에 해당한다.

"빈곤층이라 하시면, 모래 종족이나 다른 소수 종족까지, 로군요?"

신관이 목소리를 낮추어 물어보기에 고개를 끄덕였다.

"어려운가요?"

"네, 성구장도 신전장도 인간족 지상주의 파벌 분이라⋯⋯."

"신전에 기부를 해도 무리일까?"

아리사가 훌쩍 고개를 내밀고 신관에게 물었다.

"그거라면 가능하군요. 두 사람 모두 다가올 성도 근무를 위해서 이래저래 돈이 필요할 테니까요."

돈으로 해결할 수 있다면 간단하지.

나는 신관에게 신전에 대한 기부금으로 금화가 든 주머니를 건넸다. 그에게도 어느 정도 건네고자 했지만, 그건 필요 없다고 거부했다. 모두가 타락한 성직자는 아닌 모양이네.

잠시 지나서 허가를 받아줬기에, 그가 준비해준 사람들에게 식사 배급의 식재료와 수고비를 주었다. 잔돈이었지만, 신전의 허드렛일을 하는 사람들은 기뻐하며 받아주었다. 낯선 우리들이 식사 배급을 하는 것보다도, 신전 사람들이 하는 편이 식사 배급에 손대기 쉬울 테니까.

이제 슬슬 만찬 시간이 가깝다고 해서, 동료들은 먼저 방으로 돌려보내고 준비를 했다.

동석하는 신관들이 인종차별을 하는 사람이 많다고 하기에, 만찬에 참가하는 건 나랑 나나 두 사람뿐이다. 다른 멤버는 방으로 식사를 가져다주기로 했다.

"차별이 뿌리 깊다고 고합니다."

드레스업한 나나가 이동하면서 중얼거렸다.

"모래 종족 차별은 마왕의 첨병이었던 사진병의 존재로 가속된 것도 있습니다만, 파리온 신국 성립 이전에 인간족을 습격하는 야만족이었던 영향도 큽니다."

신관이 쓴웃음을 지으면서, 모래 종족 차별의 이유를 가르쳐 주었다.

세류 시의 수인 차별과 비슷한 이유군.

식당에는 성구장이 아닌 신관들이 이미 모여 있었다.

"어서 오십시오, 펜드래건 경. 그쪽은 아내 분이신지?"

호스트 자리의 신전장이 양손을 펼치며 환영해 주었다.

"처음 뵙겠습니다, 신전장 나리. 이쪽에 있는 나나는 아내가 아니라 제 가신입니다."

"오옷, 그랬었군요. 역시 대국의 상급 귀족인지라 가신도 아름답습니다."

신전장과 처음 만났는데, 신관 경유로 기부를 한 게 효과가 있었는지 대단히 우호적이다.

성구장이 마지막으로 들어오자 만찬이 시작됐다.

신전의 저녁 식사는 빈곤한 도시의 모습하고는 동떨어진 호화로운 것이었다. 메뉴는 성도의 숙소에서 몇 번 본 적이 있는 요리가 대부분이었지만, 상당히 수고를 들인 것도 많았다.

각각의 자리에는 외모가 고운 수습 신관 소년소녀들이 뒤에 서서 급사를 하고 있었다. 여기 있는 건 청빈함을 기조로 삼는 성직자들뿐인데, 고급스럽게 맞춘 신관복이나 비싼 장식품을 주렁주렁 달고 있는 모습은 마치 귀족이 아닌가 헷갈릴 정도였다.

그들에게는 생각하는 바가 있지만, 환대를 해주는 상대에게 비아냥거리는 것도 어른스럽지 못하겠지.

나랑 나나는 신관들의 요청을 받아 용사의 마왕 토벌을 이야기했다. 립서비스로 그들이 바라고 있을 신전기사들의 활약 이야기를 좀 늘려주었다.

"어서오세~?"

"어서오세요인 거예요."

만찬을 마치고 방에 돌아오자, 미묘한 냄새의 요리가 자리 잡고 있었다.

"한 접시밖에 없는데, 이게 저녁 식사였어?"

"아하하, 아니야. 진수성찬이 나왔어."

아리사 말에 따르면, 저녁 식사에는 니르보그라는 야채를 쓴 게 없기에 시험 삼아서 조리를 해달라고 한 거였다.

"겉보기에는 검은 당근 같다고 고합니다."

"꽤 용기가 필요한 모양새네요."

나나가 젓가락으로 콕콕 찌르자, 그걸 본 루루가 쓴웃음을 지었다.

"이제부터 먹어볼 거야. 주인님도 같이 먹어보자."

식욕이 당기지 않는 냄새지만 맛보기 정도는 하고 싶고, 무서운 걸 보고 싶은 기분도 반쯤 있어서 젓가락을 대봤다.

"—우엑. 가보 열매 같은 맛이네."

아리사 말처럼, 시가 왕국에서 만들고 있는 엄청 맛없는 판타지 야채 가보 열매와 막상막하로 맛이 없다. 쌉쌀한 맛과 역함이 탭댄스를 추는 것 같은 맛밖에 안 난다.

우리를 봐주는 신관의 말에 따르면 갈레온 동맹에서 수입된 구황 야채의 일종으로, 그것만 먹어도 병에 안 걸리는 영양식이라고 했다.

무척이나 메마른 토지에서도 자라나며, 이 도시 빈곤층의 주식이라고 했다.

"이런 야채가 주식이라니, 꽤 힘들겠어."

"그러게 말이다."

파리온 신국에서는 도시 핵의 힘을 농작물의 육성이 아니라 마물의 제거에 기울여서 쓰고 있는 걸까?

하다못해 니르보그를 맛있게 먹을 수 없을까 연구하기 위해서, 밀가루와 교환하여 니르보그를 조금 나눠 받았다. 파리온 신국에 머무르는 동안 조금 연구를 해볼까. 가보 열매처럼 영양제 용도로 써도 되겠네.

나는 그런 생각을 하면서, 백은 갑옷의 정비를 위해 혼자 보르에난 숲으로 왔다.

분위기 브레이커인 날개요정을 피하며 아제 씨와 잠깐의 밀회를 즐기고, 백은 갑옷의 정비를 위해 빌리고 있는 연구소로 갔다.

"—어라?"

스토리지에서 백은 갑옷을 꺼내고자 검색했더니, 20벌 가까운 백은 갑옷이 리스트에 떴다.

"어떻게 된 거지?"

그렇게 생각한 순간에 내가 얼빠진 짓을 한 걸 깨달았다.

마왕전을 앞두고 우리 애들의 공개 장비로 백은 갑옷을 만들었는데, 그 전에 이코노미 타입이랄 수 있는 백은 갑옷을 붉은 가죽 갑옷과 함께 만들었었지.

"뭐, 됐어……."

이코노미 타입은 마왕전에서 쓰기엔 좀 불안하니까, 문제없었던 걸로 하자. 이건 사이즈를 조정해서 나나 자매들이나 카리나 양에게 입히면 되겠지.

어른용의 프레임이 부족하니까 추가 분량이 필요하겠고, 제나 씨 것도 만들까?

　나는 동료들의 백은 갑옷을 정비하면서, 이코노미 타입의 프레임 추가 제조와 마법회로의 조정을 병행했다. 물론 평소처럼 이름을 변경한 다음이다. 인식 저해 회로가 우수해서 극히 일부 사람밖에 작성자 이름을 읽어내지 못하니까 필요 없다는 생각도 들지만.

　열심히 작업을 진행하여, 모두 끝났을 무렵에는 날이 밝아 있었다.

　시차도 있으니까, 이제 씨랑 아침 식사를 즐기고 돌아가야지.

성녀

"사토입니다. 성녀라는 말을 들으면 「여성인 성인」이 아니라, 성속성 마법이 특기인 술자나 뛰어난 회복술사 같은 이미지를 해버립니다. 분명히 만화나 게임의 영향인 거겠죠."

"주인님, 성도에 도착했습니다."

리자의 말을 듣고서, 마차가 멈춘 것을 깨달았다. 마차로 이동하는 시간을 이용해 빈곤 대책을 생각하는 사이에 성도에 도착한 모양이군.

성당 앞이 혼잡하기에, 그 앞에서 내려 거기서부터 걸어서 나아갔다.

"부상자가 많네요."

"오늘은 교황이 행사하는 치유의 날인 걸까?"

그런 날이 제정되어 있는지는 모르겠지만, 성도에 처음 찾아온 날과 마찬가지로 부상자와 병자가 성당 앞의 광장에 집결해 있었다.

"나왔어~?"

"교황 아저씨인 거예요."

늘어뜨린 천을 사방에 드리우고 자자리스 교황이 대성당에서 나왔다.

사람들이 일제히 엎드려서, 교황이 있는 장소가 잘 보인다. 오늘도 현자가 따르고 있었다.

천 너머에서 파랗고 청정한 빛이 일어나고, 그 빛이 주위로 퍼졌다.

힘과 함께 천이 펄럭거리고, 하얀 수염이 풍부한 교황의 얼굴이 보였다. 기분 탓인지 지친 표정을 짓고 있었다. 교황은 노령이니까 유니크 스킬의 행사가 부담이 되는 걸지도 모르겠네.

"기분 좋아."

"여행의 피로가 가시네요."

미아와 루루가 부드러운 빛에 몸을 맡겼다.

교황의 유니크 스킬 「만능 치유」가 여기까지 닿은 모양이다.

"엄마의 화상이 나았어!"

"아들의 열이 내렸다!"

빛을 쬐고서 상처나 병이 나은 모양인지, 주위 사람들이 입을 모아 교황의 기적을 기뻐했다.

"감사합니다아, 참말로 감사합니다아."

"교황님은 파리온 신의 사도다!"

"""교황님, 만세! 파리온 신께 영광 있으라!"""

신도들이 교황에 심취하여 눈물을 흘리며 만세삼창을 시작했다.

"나, 어른이 되면 신관이 돼서, 교황님에게 도움이 될 거야."

"나도! 교황님을 위해서 힘낼 거다!"

"나도오!"

멀리서 친족들이 치유를 받은 소년소녀가, 퇴장하는 교황에게 천진한 표정으로 말하는 걸 엿듣기 스킬이 포착했다.

　장막 틈에서 힐끔 보인 교황은 대단히 피로한 기색이었지만, 자신을 따르는 아이들의 순진한 마음이 기쁜 건지 상냥한 표정으로 눈웃음을 지었다.

　퇴장하다가 비틀거려서 현자가 부축을 했는데 괜찮은 걸까?

◆

　『천공의 방』도 오랜만이네.」

　그날 밤, 우리들은 대성당의 최상층에 있는 「천공의 방」에 왔다. 교황 주최의 축하연에 참가하기 위해서다.

　"하지만, 종교 시설 안에서 파티를 하다니, 어쩐지 이상한 느낌이야.」

　"교회의 결혼식도 교회의 정원에서 파티를 하거나 하잖아.」

　대개 결혼식장 안에 있는 교회의 정원이겠지만.

　"좋은 냄새~?」

　"어떤 요리가 있는지 지금부터 기대가 되는 거예요.」

　"염소 고기 요리가 많은 것 같군요.」

　만찬은 「천공의 방」에서 교황의 축사가 끝난 다음, 한 층 아래의 대형 홀에서 하는 모양이다. 아래층에서 미약하게 전달되는 요리의 냄새에 아인 소녀들이 흥미진진한 표정으로 코를 킁킁거리고 있었다.

"악기."

미아가 방의 한 구석에서 준비를 하는 음악대를 발견했다.

"어쩐지 굉장한 악기네요."

"하프를 둘 붙여서 하트 모양으로 한 것 같은 악기네. 현의 수가 굉장해."

"음색이 신경 쓰인다고 고합니다."

미아, 루루, 아리사, 나나 넷이 음악대 쪽으로 갔다.

나도 함께 가고 싶었지만, 다른 초대객과 인사를 해야 하니 참았다.

"사토 공! 여기에 계셨소이까."

그렇게 말하며 나타난 것은 사가 제국의 사무라이고, 포치와 타마가 잘 따르는 스인 카아게류 면허개전인 카운도 씨였다.

그의 뒤에 마찬가지로 사가 제국의 사무라이이며 지 게인류 면허개전인 루도루 씨가 있었다.

"두 분은 오늘 돌아오신 건가요?"

이 두 사람은 사가 제국의 흑기사 뤼켄과 마찬가지로, 용사 하야토 일행이나 우리들과 함께 차원 잠행선 쥘 베른으로 한 번 귀환했었는데, 그들이 지휘해야 할 정찰부대를 마굴에 남겨둔 탓에 귀환을 지원하기 위해 마굴까지 마중을 나갔었다.

"아니, 돌아온 건 어제라네."

어쩐지 지쳐 보이기에 부대의 퇴각이 힘들었는지 물어봤더니—.

"귀환 작업은 문제가 없었네만……."

말을 흐리는 그들의 말 구석구석에서 이유를 알 수 있었다.

아무래도 그들의 상사인 흑기사 뤼켄이 귀환작업을 그들에게 떠넘기고 고속 비공정으로 사가 제국에 귀환하려고 하는 것을 말리느라 힘들었던 모양이다.

"황제폐하께 마왕 토벌 소식을 주상하는 영예를 바란 것일 터이네만……."

원정에 나선 자신의 부대를 내버려두고 먼저 돌아가는 건, 좀 지나치게 무책임하니까.

"이거이거 마왕에게 두들겨 맞아 뻗어 있던 신전기사 나리가 아니신가? 귀공의 손에 있어서야 성검도 참으로 가엾구만."

"뭐라고! 녹막이 주제에, 성스러운 파리온 님의 기사를 우롱하는가!"

큰 소리로 말다툼을 하는 소리가 들렸다.

흑기사와 성검사인 신전기사 메자르트가 말싸움을 하는 모양이다. 정말로 저 두 사람은 사이가 나쁘군.

"……또 저러는군."

"축하연에서는 서로 마주치지 않도록 노력을 해줬으면 좋겠소이다."

사무라이 두 사람이 마주보며 질색하는 표정을 지었다.

그래도 방치할 수는 없는지, 한숨을 한 번 쉰 다음에 말싸움하는 자리로 발 빠르게 걸어갔다.

사무라이 두 사람이 말리는 흑기사와 신관들의 벽에 가로막힌 성검사가 물리적으로 떨어져서, 연회장의 구석과 구석으로 내몰렸다.

이러면 당분간은 괜찮겠지.

미묘한 분위기를 씻어내고자, 음악대가 파리온 신국의 민속 악곡을 연주하기 시작했다. 길거리에서도 들어본 적이 있는데, 훨씬 세련되어 마음에 호소하는 박력이 있었다.

특히 미아가 좋아했던 하트 모양의 더블하프를 퉁기는 연주 자가 굉장하다.

그녀는 파리온 신전의 무녀로, 「주성 소르르니아의 제자」라는 호칭을 가지고 있었다. 어쩐지 엘프 같은 이름인 사람이 스승인 가 보다.

"역시 프루 제국 시대의 성악기로군요."

"네, 역사가 느껴지는 음색입니다."

선이 가는 생김새의 신관들이 그런 대화를 하는 것을 엿듣기 스킬이 포착했다.

재미있는 악기니까 입수할까 생각했었는데, 몇백 년 전에 멸 망한 고대 제국의 유품이면 무리일지도 모르겠다. 나중에 레플 리카를 구할 수 없는지 악단 사람에게 물어봐야지.

근사한 음악에 귀를 기울이는 사이 교황과 도브나프 추기경 이 도착한 모양인지, 사가 제국의 흑기사와 사무라이 두 사람, 더욱이 정찰대의 대장들이 단상에 불려나가 식전이 시작됐다.

우리들도 신전기사들과 함께 가장 앞줄에서 식전을 지켜보았다.

흑기사나 사무라이 두 사람은 이미 용사 일행이나 우리들, 성 검사와 함께 교황에게 성대한 찬사를 받았을 테지만, 이번에는 귀환한 정찰대의 지휘관이라는 입장에서 식전에 참가하는 모양이다.

그들과 마찬가지로 마왕 토벌의 보급이나 감시를 도와준 신관병단이나 현자 휘하의 첩보원들은 철수가 끝나는 날에 따로 개최하는 모양이다.

포치와 타마의 배에서 리드미컬한 소리가 들리기 시작할 무렵, 드디어 식전이 끝나고 신관들의 안내를 받아 만찬장으로 이동했다.

"식기 아저씨가 아주 예쁜 거예요."

"테이블 클로스도 멋져~?"

파란 실로 자수가 들어간 새하얀 테이블 클로스 위에 백자 그릇이나 정성스레 닦인 은식기가 놓여있고, 촛대에 걸어둔 조명이 밝히는 마법의 불빛을 받아서 반짝반짝 빛을 반사하고 있었다.

"마치 천상의 식탁 같아요."

루루가 기쁘게 웃었다.

"명찰."

"마스터, 좌석에 명찰이 있다고 고합니다."

"이거라면 어디 앉을까 망설이지 않아도 되겠군요."

리자가 중얼거리는 것보다 조금 늦게, 우리들의 안내를 맡은 신관이 자리로 이끌어 주었다.

교황이나 추기경과 가까운 자리다. 성검사나 흑기사 쪽이 더 상석이라서 바로 옆은 아니다. 성검사와 흑기사는 교황을 끼고 반대쪽 테이블이니까 조용하게 식사를 할 수 있겠군.

"나날의 양식을, 성스러운 파리온님께 감사하며—."

종교 국가답게, 파리온 신에게 기도하며 만찬이 시작됐다.

무척 공을 들인 파리온 신국풍의 호화로운 코스 요리가 차례차례 나온다. 이 연회를 위해 일부러 서관문령에서 날라온 해산물을 듬뿍 사용했고, 미식에 익숙한 주교나 사제들도 감탄의 한숨을 흘리며 매우 만족했다.

"가지, 맛있어."

"이 구운 가지랑 야채구이가 무척 맛있어요."

"조개껍질 모양 소스 그릇이 귀엽다고 찬사를 보냅니다."

지역의 특색인지, 신선한 야채가 성찬으로 분류되는 모양이다. 모두 소재를 잘 살려서 정성스레 조리가 되어 있어 무척 맛있다. 요구르트 같은 소스의 부드러운 산미가 독특한 풍미를 풍기고 있었다.

"닭고기의 오일 구이도 맛나~?"

"이 길쭉한 햄버그 선생님도 맛있는 거예요."

포치가 말하는 요리는 다진 염소고기를 막대 형태로 만든 반죽 같은 요리다. 매콤달콤한 양념을 발라서 구웠다.

"조금 더 씹는 맛이 있으면 좋겠습니다만, 이 정도 성찬 앞에서 괜한 주문을 하면 벌을 받겠군요."

만찬장에서는 기이한 눈길을 받지 않도록 새우나 작은 게를 껍질까지 통째로 먹질 않았으니까, 리자에겐 좀 부족할지도 모르겠다.

"아리사는 입에 안 맞니?"

아까부터 조용한 아리사에게 말을 걸었다.

"아니~ 그렇지는 않은데, 바로 옆 도시에서 식량난이 일어나고 있는 걸 알아 버리면. 어쩐지 좀 켕겨서."

그래, 그런 생각을 하고 있었구나.

"노, 아리사. 식사는 맛있게 먹는 것이, 조리된 생물에 대한 예의라고 고합니다."

"그래, 아리사. 켕기는 느낌보다도, 그 사람들을 위해서 할 수 있는 일을 생각하는 게 평소의 아리사잖아."

"……그렇네. 그랬어! 맛있는 요리랑 대책은 나눠서 생각해야지!"

"예스 아리사. 그것이 합리적이라고 고합니다."

나나와 루루가 달래자, 아리사가 기운차게 식사를 하기 시작했다.

만찬 뒤에라도, 아리사랑 빈곤층을 위한 대책을 생각해 봐야겠어.

만찬 뒤에는 다시 천공의 방에서 음악 감상을 하면서 환담을 나눴다.

어느샌가 설치된 무대 위에서, 무녀복의 여성들이 나긋한 리듬의 춤을 선보이고 있었다. 노출이 적은 옷이지만, 움직임이 상당히 섹시하다.

"—식사는 입에 맞나요?"

유리잔을 한 손에 들고 춤을 감상하는 우리들에게, 현자를 거느린 자자리스 교황이 말을 걸었다.

"네, 대단히—. 오늘의 식량도 만족스레 먹지 못하는 백성이 키운 것이라고 생각하면 각별한 맛이었답니다."

지방의 참상을 우려한 탓인지, 아리사가 보기 드물게 비꼬는 말의 바늘로 콕 교황을 찔렀다.

본인은 슬픈 표정을 지을 뿐이지만, 아무래도 주위에서는 입 다물지 않았다.

"뭐냐, 이 무례한 계집은!"

"성하께 무례하지 않은가!"

아리사에게 분노를 드러낸 것은 아까부터 교황에게 아첨을 떨며 달라붙는 사제들이었다.

"기다리세요. 이 소녀를 탓해서는 안 됩니다. —아가씨, 당신 말이 맞아요."

교황은 화를 내기는커녕, 아리사를 규탄하는 사제들을 막고서 몸을 낮추어 아리사와 같은 눈높이로 맞춘 다음 진지하게 말했다.

"백성이 만족스럽게 먹지 못하는 상황에서, 성스러운 가르침을 사람들에게 전하는 우리들이 이러한 사치를 부리는 것은 부끄러운 일이지요. 저도 언제나 생각합니다. 이러한 모임으로 낭비되는 음식을 민초들에게 나누어줄 수 있다면 좋겠다고요."

표정과 어조로 봐서, 교황은 진심으로 그렇게 생각하는 게 느껴진다.

"성하, 서둘러서는 일을 그르치게 됩니다. 하나씩 차근차근 정책을 시행하는 것 말고는, 모든 백성을 풍요롭게 한다는 성하의 이상을 이룰 수가 없습니다."

현자가 자책하는 교황을 달랬다.

"알고 있습니다, 솔리제로. 그대가 다른 나라를 돌면서 가져온 니르보그 덕분에 아사자도 큰 폭으로 줄었지요. 다음은 난항을 겪는 양식 사업이 궤도에 오르기만 한다면……."

그 검은 당근 같은 엄청 맛없는 야채 니르보그는 현자가 손에 넣은 물건인 모양이군.

교황의 이상을 이루기 위해서, 이래저래 시도하는 모양이다.

아리사도 같은 생각을 했는지, 교황에게 고개를 숙이며 순순히 사과했다.

"죄송합니다. 잘 알지도 못하고 비꼬는 말을 해버려서."

"괜찮아요. 그대처럼 의견을 내주는 분이 없으면 우리는 모르는 사이에 현재 상황에 익숙해집니다. 그렇게 되면 우려만 하면서 현재 상황을 타파하려 하지 않고, 게으르게 보내버릴지도 모르니까요."

교황이 너그럽게 아리사의 사과를 받아들였다.

"역시 성하십니다!"

"이토록 마음이 넓으시다니."

"저 지호우스스, 성하의 말에 감명을 받았습니다!"

주위의 사제들이 교황을 알맹이 없는 말로 추켜세운다. 그들의 뇌리에는 아리사가 이미 남아있지도 않은 모양이다.

온건하게 끝나서 다행이다— 라고 생각하며 주위를 확인하자, 조금 떨어진 장소에서 추기경이 차가운 눈길로 교황을 지켜보고 있었다.

그는 교황의 방침이나 사상을 좋게 생각지 않는 모양이군.

"성하께서 피로하신 것도 모르고……."

현자는 교황의 추종자에 질색하는 모양이다.

"현자 나리, 방금 전에는 제 가신이 실례했습니다."

"상관없네. 성하께서 이미 용서하셨으니. 그리고 마왕 토벌에서 활약한 용사라면, 조금 정도의 실수는 덮어둘 수 있지."

현자가 가볍게 흘렸다. 딱히 응어리는 없는 모양이다.

"방금 『양식 사업』을 말씀하셨습니다만, 뭔가 기술적인 문제가 있나요?"

"양식 사업에 흥미가 있는가?"

"아뇨. 뭔가 힘이 될 수 없을까 해서요."

"유감이지만, 문제는 도시 단위의 마력 배당이라네. 개인의 힘으로 어떻게 할 수 있는 게 아니지."

도시 핵의 마력 문제일까?

마력로로 보조한다고 해도, 파리온 신국에서는 만성적으로 마핵이 부족한 모양이니까.

"그야말로, 사람 키의 세 배쯤 되는 거대한 물 광석을 도시의 수만큼 준비할 수 있다면 모를까, 하지만 그럴 수 있었다면 애당초 양식 따위 하지 않고 야채나 곡물을 지금의 몇 배나 키울 수 있었겠지."

유감이지만, 내 재고에도 그 정도로 대량의 물 광석은 없다.

미궁에서 대량으로 획득한 불 광석이나 흑룡 산맥에서 얻은 거대한 바람 광석이나 얼음 광석이라면 그 정도는 여유롭게 되는데, 다른 건 그렇게 많이 못 모았단 말이지.

"이거 써~?"

타마가 요정 가방에서 작은 물 광석을 꺼내 내밀었다.

저건 미궁의 수몰 지역이나 설탕 항로에서 주운 거네.

"……흠."

현자가 타마에게서 받은 물 광석을 빤히 바라본 다음, 손목을 비틀어 꽃으로 바꾸었다.

"뉴!"

"돌이 꽃으로 바뀐 거예요!"

현자의 마술에 타마와 포치가 눈을 동그랗게 뜨며 놀랐다.

"이건 인술이다. 해보겠나?"

"네잉!"

"포치도 해보는 거예요!"

현자가 말하고, 타마와 포치에게 꽃과 물 광석을 건넸다.

타마와 포치가 눈빛을 반짝거리며 시도했지만, 마술의 트릭도 모르고 흉내를 내서 성공할 리가 없으니 몇 번을 도전해도 실패했다.

그래도 열심히 도전하는 두 사람의 모습에 주위의 어른들도 미소를 지었다.

미묘한 분위기였던 주변의 분위기도, 두 사람 덕분에 밝아진 모양이다.

"사토 공, 포치와 타마는 뭘 하고 있는 것이오이까?"

"마술입니다."

"그렇군, 듣고 보니―."

사가 제국의 사무라이인 카운도 씨와 루도루 씨가, 파리온 신국산의 후르티한 와인 잔을 기울이며 찾아왔다.

"카운도~?"

"루도루도 같이 있는 거예요!"

둘을 발견한 타마와 포치가 분투하고 있던 마술을 포기하고 날아왔다.

훈련으로 친해진 덕분에, 사무라이 두 사람이 머리를 쓰다듬자 타마와 포치가 기분이 좋다.

"사토 공은 이 다음에 어쩌실 텐가?"

"사가 제국에 올 거라면, 우리들의 비공정에 동승하는 것을 권장하겠소이다."

"고마운 제안입니다만, 저희들은 서방소국을 돌아보는 일이 있어서요……."

경치를 즐기며 관광을 하는 것뿐이지만, 일단은 관광 부대신의 일이기도 하단 말이지.

"그렇소이까? 그렇다면 흑연도의 사무라이 대장이나 수라산의 검성 나리를 만나보는 건 어떻겠소이까?"

"어떤 분들인가요?"

명칭으로 대강은 알겠지만, 일단은 물어봤다.

"본관들도 면식은 없소이다. 사무라이 대장은 용사님조차도 종자로 삼기를 바랐을 만큼 강자이며, 서방에서 가장 실력 있는 사무라이외다."

"흑연도는 사가 제국에서 이반한 자들이 모이는 곳이지. 그 탓에 그 섬에는 각 유파의 기술이 독자적으로 진화를 이루었다 네. 포치처럼 사무라이를 동경하는 자라면 틀림없이 수행이 될 것일세."

"그건 굉장히 굉장한 거예요! 포치는 수행하고 싶은 거예요!"

포치가 펄쩍 뛰어오르며 기뻐했다.

"닌자는~?"

"함께 흘러 들어간 닌자도 있을 테지만, 소문이 많지는 않더군."

"유감~?"

귀를 폭 숙이는 타마의 머리를 루도루가 쓱쓱 쓰다듬었다.

"검성은 어떤 사람인가요라고 묻습니다."

"그쪽도 만난 적은 없다네. 선대 용사— 하야토 님의 선대를 섬긴 종자인데, 시가8검 필두인 쥬레바그 공의 스승이기도 한 분이라고 하지."

"루스스 공과 휘휘 공이『그건 검성 같은 귀여운 거 아냐. 검 의 괴물— 검귀야』라고 말씀을 하셨소이다."

쥬레바그 씨의 스승이고, 덤으로 용사 하야토의 종자인 호랑 이 귀 종족 루스스와 늑대 귀 종족 휘휘가 그렇게까지 말했다 면, 상당한 걸물이 틀림없다.

"그렇다면 부디 겨루어보고 싶군요."

"예스 리자. 검성의 검을 받아보고 싶다고 고합니다."

리자가 눈을 활활 태우며 주먹을 쥐고, 나나는 무표정하게 리자와 같은 포즈를 취했다.

표정은 전혀 다르지만, 두 사람 다 검성과 수행을 하고 싶은 모양이다.

"예정이 잔뜩 생겼네."

"그렇네."

서두르는 여행도 아니니까 순서대로 돌아보면 되겠지.

"우음."

"그런 표정 짓지마, 미아. 서방소국에는 『현자의 탑』이라는 게 있다고 하니까, 거기서 새로운 마법을 얻을 수 있을지도 몰라."

"흥미."

볼을 부풀리고 있던 미아가, 아리사의 이야기를 듣고 흥분한 기색으로 고개를 끄덕거렸다.

이 나라의 현자 솔리제로와 관계가 있는지는 모르지만, 나도 「현자의 탑」에는 흥미가 있다. 요워크 왕국이 키메라로 만들어 버린 사람들을 본래 모습으로 되돌리는 방법이 없는지 조사하고 싶단 말이지.

◆

"여기가 추기경의 저택인가—."

만찬 다음날, 나는 혼자서 파리온 신국의 넘버2인 도브나프 추기경의 저택을 찾아왔다.

이유는 불명이지만, 만찬이 끝날 때 추기경에게 점심 식사 초대장을 받았기 때문이다.

나를 태운 마중 마차는 정문에서 멈추지 않고 지나쳐 엔트랜스의 주차 공간으로 갔다.

—검다.

하얀 옷이나 무염색의 옷이 많은 파리온 신국치고는 보기 드문 검은 옷을 보았다.

현자가 방문한 건가 생각했는데, AR 표시를 보니 현자가 아니라 그의 제자인 모양이다.

현자의 심부름으로 추기경 저택을 방문한 거겠지.

"잘 왔네, 펜드래건 자작."

"초대해 주셔서 지극히 영광입니다."

엔트랜스까지 일부러 마중을 나와준 추기경과 함께 식당으로 갔다.

널찍한 식당의 긴 테이블에는 나랑 추기경 2인분의 식기밖에 준비되지 않았다.

어쩐지 진정이 안 되는 기분이네. 점심 식사 전에 용건을 물어봐야지.

"그래서 오늘은 어떠한 용건이신지—."

"그건 식사를 한 다음이라도 괜찮겠지. 오늘은 미식가인 귀공을 위해서 서방소국의 진미를 모았어. 부디 감상을 들려주게."

오호라, 그건 흥미가 있다.

용건은 나중에 듣기로 하고, 지금은 요리에 집중해야지. 신경 쓰이지만, 맛있는 요리 쪽이 중요하다.

"식전주는『사법국가』쉐리퍼드 법국에서 들여온,『신의 온정』을 준비했습니다. 숙취가 되는 일도 취하여 자신을 잃는 일도 없다는 특색이 있습니다."

황금색의 술을 투명한 잔에 따른다. 미약하게 벌꿀의 달콤한 향기가 코를 간질인다. 벌꿀주의 일종인가 보네.

"─후우, 맛있군. 쉐리퍼드 녀석들에게는 아까운 미주야."

테이스팅인데, 추기경은 잔의 술을 단숨에 비워버렸다. 추기경은 이 술을 좋아하는 모양이군.

"금욕주의인 우리온 중앙신전의 목석 놈들이 놓지 못하는 것도 이해가 되는군."

쉐리퍼드라는 나라에는 우리온 중앙신전이 있는 모양이다.

맛보기를 마친 추기경이 고개를 끄덕이자, 급사가 내 잔과 추기경의 잔에 황금색의 미주를 따랐다.

"건배를 하지."

서로의 건강과 평화를 기원하며 가볍게 잔을 들어 술을 입으로 옮긴다.

매끄러운 벌꿀의 달콤함과 가벼운 알코올에 혀가 즐겁고, 그리고 벌들이 꿀을 모은 꽃의 향기가 코를 지나간다. 지금까지 마신 벌꿀주 중에서도 손꼽을 정도로 맛있다. 이걸 넘어서는 것은 보르에난의 숲에서 마신 엘프 비장의 벌꿀주 정도다.

둘이서 말없이 술을 즐기고 있자, 첫 요리가 나왔다.

"전채는『꽃과 사랑의 나라』오베르 공화국에서,『꽃과 사랑의 샐러드, 여신의 한숨풍』이옵니다. 이번에는 특별히 문외불출의 소스를 오베르 공화국에서 불러들인 요리사가 만들었습니다."

오옷, 전채 하나를 위해서 요리사를 불러오다니, 상당히 사치스럽네.

샐러드 위에 얇은 햄과 젤리로 꽃을 만들었다— 아니, 아니네. AR 표시가 진짜 꽃이라고 가르쳐 주었다. 장식이 아니라 식용인가 보다. 일본에서도 국화나 민들레를 먹기도 하니까, 이세계에서도 보기 드문 건 아닐지도 모르겠네.

눈으로 즐기는 것도 좋지만, 기둥 뒤에서 이쪽을 살피고 있는 요리사가 제정신 못 차리는 분위기니까 이제 슬슬 손을 대야겠어.

—식감이 재밌네.

얇은 햄 같은 색의 꽃은 입 안에 들어가자 바삭바삭 부서지고, 달콤함과 희미한 산미를 남기면서 사르르 녹아들었다. 젤리 같은 꽃은 입 안에서 말랑하게 녹아 혀에 달라붙는다. 느긋한 감칠맛 뒤에 톡톡 터지는 건 탄산이겠지.

문외불출이라는 벌꿀 베이스의 소스가 탄산이 터진 뒤에 혀를 부드럽게 달콤함으로 감싸고, 사르르 녹아 뒷맛을 남기지 않고 깔끔하게 해준다. 이거라면 잠깐 쉬지 않아도, 앞의 맛에 영향을 받지 않고 다채로운 맛의 샐러드를 즐길 수 있겠어.

"흠. 재미있는 식감이야. 맛도 좋군. 테니온 중앙신전에서 온 사자가 언제나 자랑할 만하군."

어이쿠, 너무 진지하게 맛을 봤다. 나 대신에 추기경이 감상을 말하자, 기둥 뒤에서 지켜보고 있던 요리사가 안도한 표정을 지었다.

내 감상도 바라기에, 너무 말이 길어지지 않도록 주의하며 맛있었다는 뜻을 전했다.

"수프는『변환의 나라』피아로오크 왕국에서, 『영웅신을 칭송하는 무지개 수프, 변덕 풍미』입니다. 취향에 따라, 다른 접시의 조미료를 사용해 주십시오."

노란색의 수프가 담긴 수프 접시 옆에, 조개껍질을 본뜬 작은 접시가 여러 개 놓여 있었다. 후추나 암염은 알겠는데 산초나 계피 같은 것도 분말이 되어 작은 접시를 채우고 있었다. 귀이개 같은 스푼으로 조미료를 넣으면 수프의 색이 변하는 모양이다. 상당히 판타지하군.

중요한 맛은, 아무것도 안 넣은 처음의 노란색 수프는 크림계통의 평범한 맛이었지만, 추천하는 순서대로 조미료를 투입한 것은 어느 것이든 조미료로 변화할 때마다 맛이 안 좋아졌다.

"……희한한 수프로군요. 조미료를 넣을 때마다 맛이 바뀌니 마지막까지 질리지 않고 즐길 수 있겠습니다."

"겉치레는 됐네. 자이크온 중앙신전의 큰소리는 옛날부터 그랬으니."

아무래도, 추기경의 입에도 안 맞은 모양이다.

나랑 추기경이 스푼을 놓는 것에 맞추어 다음 접시가 나왔다.

눈에 안 띄지만, 급사나 요리의 진행을 관리하는 사람들도 일류의 일을 하고 있었다.

"생선 요리는『해운국』인 갈레온 동맹에서, 『검극 참치와 크라켄의 초꽃무침, 영웅식』이옵니다. 파리온 신전의 무녀들이 엄중

하게 독기를 빼냈으니, 부디 안심하고 맛을 보십시오."

참치랑 문어가 중심인 카르파쵸인가? 얇게 저민 회를 꽃처럼 담았다.

요리를 담은 장식대가, 검극 참치라는 생선의 검 같은 뿔을 가공한 것이라고 한다. 장식대가 검처럼 보이니까 영웅식인가?

"—맛있어."

무심코 목소리가 나와버렸다.

검극 참치의 농후한 감칠맛이 입 안에서 녹아내린다. 그보다 조금 늦게 초와 소스의 향기가 상냥하게 코를 지나간다. 크라켄 쪽도 아작아작해서 맛있다. 사냥한 직후에 제대로 처리하지 않으면 이렇게 안 된다. 상당히 일을 잘 한 모양이군.

그건 그렇고, 더운 지방에서 먹는 카르파쵸는 초가 상큼해서 좋네.

"마음에 든 모양이군. 펜드래건 경은 크라켄에 익숙한 모양인데, 역시 시가 왕국 근해에는 크라켄이 많은가?"

"근해에는 거의 오지 않습니다만, 반도 부근이나 설탕항로에서는 자주 봤습니다."

그때마다 사냥했으니 스토리지 안에 미처 소비 못한 양의 문
옥토퍼스 크라켄   스쿼드 크라켄
어형 해마와 오징어형 해마의 스톡이 축적돼 버렸다. 하나하나가 크다 보니, 좀처럼 줄어들지 않는단 말이지.

시가 왕국 근해의 마물 사정을 이야기하는 사이에, 카르파쵸가 사라져 버렸다. 식초의 종류나 소스를 만드는 법은 상상이 되니까 재료가 모이면 동료들한테도 만들어주도록 할까.

다음 요리는 은색의 반구 덮개를 덮은 상태로 나왔다.

"고기 요리는 『태양의 나라』 사니아 왕국에서, 『주황 임금 양의 재탄생, 햇살의 완성』이옵니다. 주황 임금 양은 사냥터에서 해체되어, 그 고기를 빙석과 함께 아이템 박스에 넣어, 머나먼 사니아 왕국에서 세 마리의 와이번을 이어 타며 가져왔습니다. 조리한 요리사는 사니아 왕국에서 10년간 수행하고, 그 나라의 궁정 요리를 맡은 바 있을 정도의 명장이옵니다. 부디 구석구석 맛을 보시기 바랍니다."

이번이 메인 요리인지, 설명을 하는 급사장도 기합이 들어가 있다.

그릇 위에 몇 종류의 고기 요리가 올라가 있었다. 바로 앞에 있는 건 갈비 고기를 구워서 주황색의 소스를 뿌린 것, 중앙은 깊은 그릇인데 들어 있는 건— 주황 임금 양의 뇌 졸임, 오른쪽에는 간의 파페와 난처럼 얇게 구운 빵이 곁들여 있었다. 왼쪽은 내장 졸임 같았다.

"펜드래건 경. 이 요리가 처음이라면, 중앙의 깊은 그릇부터 먹는 것이 좋다네. 거기서부터 오른쪽으로 먹으면 잡미가 느껴지지 않아. 레몬수로 입을 헹구는 것도 좋지."

추기경이 친절하다. 그 자신도 식도락가라서 그런지, 요리를 맛있게 먹는 것과 맛있게 먹이는 것이 같은 뜻일지도 모르겠군.

나는 추기경에게 감사를 하고 추천한 것처럼 스푼을 넣었다.

탄력이 있을 법한 모습과는 반대로, 뇌 졸임은 두부처럼 저항 없이 스푼을 받아들였다. 수프와 함께 입으로 옮기자, 매끄럽게 입 안으로 들어왔다. 처음에 느낀 것은 수프의 부드러운 맛이다.

육즙과 코코넛 밀크로 만들어진 그것이 혀 위의 미뢰를 씻어내리고, 뇌 본체의 섬세한 맛과 질척한 식감을 충분히 전해준다. 맛있다. 뇌라는 것에 조금 저항이 있었지만, 이대로 마지막까지 먹어 버리고 싶은 욕구에 질 것 같았다.

다음으로 손을 댄 간은 농후하며 비린 피 냄새나 쇳내 같은 묵직함도 없고, 극상의 맛을 전해준다. 이거라면 간이 거북한 사람이라도 먹을 수 있겠어.

이어서 힘줄 구운 것에 손을 댔다. 이것은 지방의 감칠맛이 엄청나다. 나이프와 포크로도 먹을 수 있겠지만 추기경의 권유에 따라 손으로 잡아서 먹자, 야성이 흔들려 깨어날 정도로 입안에 행복함이 넘친다. 이 요리는 꼭 아인 소녀들에게 먹여주고 싶군.

마지막에는 내장 졸임으로 다종다양한 식감을 즐기고, 레몬수로 입을 상큼하게 씻어낸 다음에 처음으로 돌아간다.

볼륨이 상당했지만, 맛의 루프를 즐기는 사이에 순식간에 접시가 텅 비어 버렸다.

"—헤랄르온 중앙신전 녀석들이 자랑할 만하군. 모래바다의 전갈 놈들만 없다면, 더욱 무역을 늘릴 수 있을 텐데."

먼저 다 먹은 추기경이 와인을 마시면서 그렇게 중얼거렸다.

"디저트는『예지의 탑』도시국가 카리스오크에서, 『지식신의 샘, 용암식, 화원 풍미』이옵니다."

커다란 접시에 올린 칵테일 글라스에, 투명한 젤리와 공 모양의 과일이 들어 있었다.

급사가 스윽 내 뒤에서 손을 뻗어, 유리 재질 머들러 같은 것으로 과일 젤리의 표면을 통, 두드렸다.

그 순간, 과일 젤리가 빨간색으로 변하더니 화산에서 넘치는 용암처럼 칵테일 글라스에서 넘쳐 큰 접시에 빨간 꽃잎을 그렸다. 큰 접시에 처음부터 발라놓은 소스가 붉은색의 꽃잎 형태를 만들고, 그 윤곽에 옅은 그라데이션을 만드는 모양이다.

"즐거운 연출이군요."

나와 함께 놀라고 있던 추기경에게 말을 걸었다.

"자기 연구 말고는 흥미가 없는 카리온 중앙신전 녀석들도, 사람을 즐겁게 만들 수 있는 모양이야."

추기경이 어흠 헛기침을 한 다음, 스푼을 손에 집었다.

맛있을 것 같으니, 나도 충분히 겉모습을 탐닉한 다음 디저트를 먹기 시작했다.

젤리는 평범한 젤리였지만, 붉은색의 원료가 된 과일이 좋은 맛을 내주고 있었다. 조금 시지만, 그것은 공 모양 과일의 달콤함이 중화해준다. 이 과일도 과육을 공 모양으로 만들기만 한 게 아니라, 설탕으로 감싸거나 다른 종류의 젤리로 감싼 모양이다.

맛을 탐닉하는 사이에 마지막 한 조각까지 깔끔하게 다 먹어버렸다.

추기경과의 점심 식사라고 하기에 내키지 않았었는데, 생각 이상으로 즐거웠다. 그러면 오유고크 공작령의 먹보 귀족들과 시가 왕국의 재상하고도 마음이 맞지 않을까?

"—교역, 말인가요?"

대만족한 점심 식사를 마치고, 살롱으로 장소를 옮겨 본론으로 들어갔다.

"그래. 시가 왕국과 교역을 늘리고 싶네."

마음대로 늘리면 되지 않나?

"교황의 이상을 이루기 위해서는, 세금이나 헌금 이상의 돈이 필요하네. 그걸 위해서 교역을 늘리고 싶은 것이지."

"그것은 좋다고 생각합니다만, 저는 외교관이 아니라 관광성 소속입니다. 담당하는 부서에 중개 정도는 할 수 있습니다만, 국가 사이의 교역을 다룰 권한은 가지고 있지 않아요."

시가 왕국의 항구에서 파리온 신국의 교역선을 본 적이 있다. 새삼스레 내가 중개를 부탁할 필요도 없을 텐데.

"그건 알고 있다네. 수트안델의 오유고크 공작이나 타르투미나 태수인 호이넨 백작하고도 이미 거래를 하고 있어. 그러나, 그것만으로는 부족하지. 비취 비단이나 평범한 특산품으로는 눈이 높아진 내해 상인들의 심금을 울릴 수가 없어."

그렇군. 새로운 상품이 필요한 건가?

참고로 그가 말하는 「내해」란 것은 서방소국의 한가운데에 있는 동서로 넓은 내해인데, 서방의 끝에서 외해로 이어져 있다. 유럽에 있는 지중해 비슷한 장소 같았다.

"서방소국은 내해의 선상무역이 융성하지. 방금 먹은 요리들도 배로 운송해왔다네. 그러나, 해운이 융성하기 때문에, 언제나 새로운 상품에 굶주려 있는 것이지."

추기경이 그렇게 말하며 내 눈을 보았다.

"관광성의 부대신이라면, 자국의 특산품도 잘 알지 않는가? 그리고 난관이 많은 설탕항로에 독자적인 교역선단을 운항시키고 있다고 들었지."

설마 펜과 창 용 상회까지 알고 있을 줄은 몰랐네. 정보 전달에 시간이 걸리는 세계라고 생각하기 어려울 정도의 첩보력이다.

"그 상회에는 출자를 했을 뿐입니다. 실제로 운용하는 것은 상회 사람에게 맡기고 있어요."

"상관없어. 이익이 있다면 상인은 움직일 테니."

그렇게 말하고 추기경이 두루마리를 펼쳐 테이블에 놓았다.

잘 모르는 품목이 많지만, 시가 왕국에서 본 적이 있는 고액 상품이 주욱 적혀 있었다.

목록을 숙독하는 척하면서, 공간 마법 「원거리 통화」로 에치고야 상회의 지배인에게 확인해봤다. 모두 상당히 돈벌이가 되는 물건들뿐인 것 같다. 이쪽의 시세는 모르지만, 폭풍이나 마물과 만나 교역선단을 잃는 리스크를 고려해봐도 충분히 거래할 수 있다고 한다.

"상당히 매력적이군요."

—칩이 사람의 목숨만 아니라면.

"내키지 않는 모양이군?"

"장거리 항해는 선원들의 안전에 문제가 있으니까요."

"그건 당연하지 않나? 뱃사람들은 자신의 목숨을 내깃돈으로 거금을 노리는 도박꾼들이야."

그럴지도 모르지만, 이 세계의 바다는 지나치게 위험하다.

펜과 창 용 상회 때처럼 본래 뱃사람이었던 사람의 재출발을 밀어주는 거라면 모를까, 자기 돈벌이를 위해서 사람의 목숨을 위험에 떠미는 것은 좀 그렇지.

"그리고 『등불』과 그것을 유지하기 위한 신관을 교역선단의 배 한 척에 한 명씩 파견한다고 약속하지. 그거라면 문제없지 않겠나?"

그가 말하는 「등불」이란 것은 「파리온 신의 등불」이라고 불리는 바다의 마물 퇴치술이라고 하는데, 그 빛을 두려워하는 마물들이 다가오지 않게 된다고 한다. 물론 심해에서 올라온 마물이나 연안에서 하늘의 마물이 습격하는 일도 있다고 하니까, 완벽하지는 않은 모양이다.

평범하게 쓰면 시가 왕국까지 지속되지 않고 내해 끝에 있는 갈레온 동맹까지 왕복이 고작이라고 하는데, 「등불」을 유지할 수 있는 전문 훈련을 받은 신관이 동승하면 시가 왕국까지 항로를 어떻게 왕복할 수 있다고 했다.

"흑연도 따위의 난관도 있지만, 『등불』 없이 여행을 하는 것과 비교하면 사고도 적어. 이 나라의 뱃사람은 마물보다도 폭풍이나 흉어가 더 무섭다고 하더군."

추기경은 상당히 자신이 있어 보였다.

나는 공간 마법 「원거리 통화」로 에치고야 상회 지배인에게 연결했다. 파리온 신국의 추기경이 방금 보여준 목록의 상품을 교역하고 싶다고 타진을 해왔다고 쿠로의 어조로 말하자, 교역용 배를 준비하는 이야기를 하기 전에 즉답으로 승낙해주었다.

경험이 풍부한 선장과 선원에 짚이는 사람이 있다고 하니까, 다음 준비는 지배인 쪽에 맡기기로 했다.

"알겠습니다. 그렇게까지 말씀하신다면, 긍정적으로 검토하겠습니다. 친하게 지내는 상회와 의논을 해볼 테니, 조금 기다려 주세요."

"오오 그런가! 편지를 보낼 거라면 사막을 넘어가는 비룡편을 준비하지."

기분이 좋아진 추기경과 악수를 나누고, 내해 주변에 있는 각 나라들의 미식에 대해서 배웠다.

서방소국은 프루 제국이 붕괴할 때 귀족이나 문화인들이 흩어져 만들어진 나라가 많아서, 식문화나 예술이 특히 융성하다고 했다. 동료들의 수행을 하는 김에 여기저기 들르면서 즐겨보도록 할까.

"그런데, 펜드래건 경. 귀공은 이러한 약제를 알고 있는가?"

추기경이 종자에게 신호를 보내자, 테이블 위에 앰플 같은 형태를 한 빨간 작은 병과 보라색의 작은 병이 놓였다.

AR 표시에 따르면, 붉은색 작은 병이 마인약을 농축한 폐마인약, 보라색의 작은 병이 고농도의 마력부활제라는 마력회복약이었다. 둘 다 비고란에 치사성의 금지약품이라고 적혀 있었다.

"아뇨. 본 적이 없군요."

"그렇군. 서관문령에 있던 『자유의 빛』의 거점에서 발견된 약이야. 시가 왕국에서도 발견되지 않았다면, 새롭게 개발된 약품일지도 모르네."

마왕 신봉 집단인 「자유의 빛」과 관련된 물건이라면, 치사성의 금지약품이 발견돼도 신기할 것 없었다.

"어떤 효과가 있는 건가요?"

"붉은 폐마인약을 마신 레벨 3의 사형수가 이형으로 변하더니, 오우거만한 거구가 되어 날뛰었어. 레벨 30의 신전기사 세 명이 덤벼서 간신히 억눌렀지만, 그때까지 간수 여섯 명이 살해당했지. 사형수는 소심한 성격이었다고 하는데, 날뛰는 낙타가 이러랴 싶을 만큼 흉폭하게 변했다고 하네."

그렇군. 이런 약을 양산해서 뿌리면 난리가 나겠는걸.

"그러면 억누른 다음에는 본래대로 돌아온 건가요?"

"아니, 그대로 죽었다고 하네. 쓰고 버리는 병사를 만드는 것 전용의 약이겠지. 정말이지, 마왕 신봉자 놈들다운 징그러운 약을 만들었어."

행정을 담당하는 그가 보기에, 테러리스트가 쓸 법한 약은 혐오의 대상인 거겠지.

"그러면, 보라색 약은 어떤 효과가 있나요?"

"모르겠다네. 사형수 세 명에게 시험해봤지만, 이름 그대로 마력이 회복하는 것 말고는 알 수가 없었어. 약을 마시고 다섯을 세기도 전에, 모두 코와 귀에서 피를 흘리며 죽어버렸지."

으엑, 상상해 버렸다.

정말 징그러운 약인데.

"무시무시한 약이군요. 파리온 신국에서는 이 약을 어떻게 다루는 건가요?"

"그야 뻔하지 않은가? 모두 폐기야. 성하께 보고하기 위해 이 두 병은 남겼지만, 다른 앰플은 모두 내가 보는 앞에서 모래에 뿌리고 불태웠지. 전쟁 장사꾼들 눈에 띠기 전에 폐기하지 않으면, 파리온 신국이 서방소국의 불씨가 되어 버릴 걸세."

그러고 보니 파리온 신국은 서방소국의 분쟁을 조정해서 전쟁을 하고 싶은 나라들이 성가시게 취급한다고 했었지.

추기경과 그런 이야기를 하고 있는데, 메이드풍의 수습 신관이 추기경에게 편지를 가져왔다.

"펜드래건 경, 귀공에게야."

추기경이 편지 안에 들어 있던 다른 편지를 나에게 내밀었다.

봉인의 문장은 낯선 것이지만, AR 표시가 「성녀궁」의 표식이라고 알려주었다.

"—성녀님께서?"

봉인을 뜯고 편지에 눈길을 주자, 성녀의 초대장이라는 걸 알 수 있었다.

어째서 추기경의 저택으로 온 거지?

그 의문이 표정에 드러났는지, 나와 눈이 마주친 추기경이 「귀공에게 전해 달라고 적혀 있었어」라고 하며 자기 편지를 보여주었다.

국가의 넘버2인 추기경을 심부름꾼으로 쓰다니, 무척 대단한 사람이네.

"왜 내가 아니라, 그를 부르는 것인지……."

추기경의 희미한 중얼거림을 엿듣기 스킬이 캐치했다.

추기경은 조금 기분이 틀어져 보였지만, 그건 심부름꾼 취급을 당해서가 아니라 초대객이 자신이 아니라 나라는 것에 대해서였다.

재능 있는 자의 마을에서 들은 이야기로는, 성녀님은 검은 머리칼의 미인이라고 했으니 무리도 아니다.

"잘 듣게, 펜드래건 경. 그 분은 위대한 파리온 신의 무녀. 그 인생을 모두 파리온 신께 바친 성녀 중의 성녀라네. 부디 무례가 없도록 하게."

저택을 나설 때, 그런 식으로 못을 박았다.

추기경은 성녀에게 진심으로 심취하고 있는 모양이다.

◆

"여기가 성녀궁인가봐."

추기경 저택을 찾아갔던 다음날, 나는 성녀궁을 찾아왔다.

초대를 받은 건 나뿐이지만, 어떤 장소인지 보고 싶다고 하기에 동료들도 문 앞까지 함께 왔다.

"……예쁜 장소네요."

하얀 건물에 연꽃이 떠 있는 수로, 흐드러진 꽃들이나 싱싱한 식물로 장식된 성녀궁을 보고 루루가 볼을 물들이며 한숨을 흘

렸다.

"좋아."

미아가 요정 가방에서 류트를 꺼내 곡을 연주했다.

"슈파파파파파파~?"

크로키장을 꺼낸 타마가, 미아 옆에서 스케치를 시작했다.

성녀궁이 미아와 타마의 심금을 울린 모양이다.

어떤 곡이나 그림이 만들어질까 조금 신경 쓰이지만, 약속 시간이 가까우니까 리자와 아리사에게 뒤를 맡기고 나 혼자 성녀궁으로 향했다.

입구에서 막혔지만 내가 오는 것을 제대로 전해두었는지, 본인 확인 삼아 초대장을 보이기만 했는데도 들어왔다.

"—성녀님의 성역은 이쪽입니다."

안내해주는 수습 무녀가 청량한 목소리로 고했다.

이 성녀궁에는 「신탁」 스킬을 가진 무녀나 수습 무녀가 다섯 명 이상 있었다. 다른 나라의 평균보다 많은 걸 보니, 역시 신의 이름을 딴 나라라고 할 수 있었다.

"성녀님, 펜드래건 경을 안내해 왔습니다."

수습 무녀의 재촉을 받아 성역으로 발을 들였다.

청량한 공기와 파란 빛이 하늘을 떠다닌다. 호흡으로 들이쉬는 성별(聖別)된 공기가, 신비로운 안도감으로 몸을 채운다. 상당히 신기한 감촉이지만 기분이 좋네.

안쪽 소파에 앉아 있는 늙은 여성이 성녀님인 것 같다. AR 표시에 따르면 유 파리온이라는 이름이었다. 공도의 유 테니온 무녀장님 같네.

새하얀 머리칼로 어린아이처럼 천진한 미소를 짓고 있었다.

전에 「재능 있는 자」의 마을에서 들은 성녀의 정보와 다른 점이 많다. 성녀가 두 사람 있는 건가?

"오빠가 신이 말씀하신 애구나?"

노령의 성녀가 앳된 어조로 말했다.

"신이라는 것은 파리온 신을 말씀하시는 건가요?"

"응."

노성녀가 고개를 끄덕였다.

"신께서 말야, 말했었어. ―『잠시, 이 나라에 있어』라고."

"『잠시』라는 건 어느 정도의 기간일까요?"

신들의 스케일로 시간을 지정해도 난처하단 말이지.

"응~ 모르겠어."

무책임하셔라.

"하지만, 그렇게 오래는 아닐 거야."

그러니까 괜찮다고 성녀가 말했다.

그때, 성녀가 빈혈을 일으킨 것처럼 소파에 쓰러졌다.

"―성녀님!"

방에서 대기하는 여신관이 성녀를 지탱하고, 그녀의 맥을 확인했다.

"신탁은 이상입니다. 죄송합니다만, 성녀님의 몸이 안 좋으신 것 같아서―."

안내를 해준 것과 다른 미인 무녀가 재촉하여 나는 퇴실했다.

"그 애를 구해줘."

내 귀에 희미한 목소리가 들렸다.

여신관이나 무녀들에게 둘러싸여 안 보였지만, 지금 그 목소리는 분명히 성녀였다.

내가 누굴 구하길 바라는 걸까?

"펜드래건 경, 바깥에서 성녀님의 상태를 가볍게 언급하지 않도록 충고를 드리겠습니다."

미인 무녀가 입막음을 하려는지 못을 박았다.

"성녀님은 교신을 거듭할 때마다 신기를 쬐어, 그 영향을 받아 어린 소녀 같은 어조와 태도를 하게 되셨습니다만, 내면은 우리들 따위가 닿지 못할 정도의 예지와 자비로 가득하십니다."

파리온 신의 신탁을 계속 받은 탓에, 어린 여신인 파리온 신의 영향을 받았다는 걸까?

테니온 신전의 무녀장은 그렇지 않았지만, 테니온 신에게 받은 영향을 알 수 없었던 것뿐인가? 뭐 무녀장은 노령의 여성이라고 생각이 안 들 정도로 가련한 사람이긴 했지만.

"말하지 않겠습니다."

나는 미인 무녀에게 약속한 뒤, 성녀궁을 떠났다.

서관문령

"사토입니다. 여러 나라를 관광하는 것도 즐겁지만, 여행 계획을 짜는 것 또한 즐거움의 하나라고 생각합니다. 개중에는 여행 잡지를 보기만 해도 만족해 버리는 사람이 있을 정도니까요."

"보였어~?"

"아직 안 보이지만, 멀리서 바다 내음이 나니까 이제 금방인 거예요!"

선두의 낙타 위에서 흔들리고 있던 타마와 포치가 발돋움을 하며 건너편을 보았다.

성녀궁을 찾아간 다음날, 사가 제국 일행의 여행을 배웅한 우리들은 사흘간 성도 관광을 마치고 지금은 내해와 닿아 있는 서관문령으로 가고 있었다.

같은 낙타를 탄 아리사가 나를 돌아보았다.

"하지만~ 잠시 파리온 신국에 있으라는 건, 성도에서 무슨 일 있는 거 아냐?"

"그러면 『잠시, 성도에 있어』라고 하지 않았을까?"

무슨 일이 있어도 각인판을 남겨뒀으니까, 언제든지 공간 마법 「귀환전이」로 성도 파리온에 돌아갈 수 있다. 무슨 일이 생기더라도 나라에서 나가지 않으면 문제없겠지.

"보였다― 벽."

"예스 미아. 목말은 최강이라고 고합니다."

나나의 목말을 타고 있는 미아가, 풀이 듬성듬성한 언덕 너머에서 서관문령의 외벽이거나 파리온 신국을 빙 한 바퀴 돌고 있는「장성결계」둘 중 하나를 발견한 모양이다.

포치가 미아에게 부러운 기색의 시선을 보냈다.

"저건 외벽이군요. 저 멀리 장성결계의 높은 벽도 보입니다."

낙타 위에 직립한 리자가 보고해 주었다. 몸의 균형 감각이 무척 뛰어나다.

"뉴!"

닌자 타마가 민첩한 움직임으로 직립한 리자의 양 어깨를 발판 삼아서 일어섰다.

"마치 어디 무슨 잡기단이나 서커스 같네."

"포치도! 포치도 **잡기단커스**하는 거예요!"

아리사가 웃고, 포치가 리자의 다리를 올라가려다가 밸런스가 무너졌다. 지원하려고 한 리자나 타마도 끌어들이며 낙타 위에서 떨어질뻔했지만, 마술적인 염력인「이력의 손」으로 지탱할 것도 없이 금방 자력으로 일어섰다. 근육과 균형 감각의 승리다.

"배가 잔뜩 있네."

"범선에 갤리선, 삼각돛의 쾌속선까지 다양한걸."

내해에 맞닿아 있는 서관문령은 서방소국을 향한 현관문이라서, 항구의 잔교에 배가 잔뜩 입항했고 앞바다 쪽에도 입항을 기다리는 배가 수십 척이나 떠 있었다.

항구에는 상인이나 뱃사람들뿐 아니라 항만 관련의 노동자가 바쁘게 오가며, 교역품을 일시 보관하는 창고가 주르륵 늘어서 있었다. 여기서는 창고의 끝이 안 보일 정도였다.

"다들 화려하네~. 성도는 수수한 색조였으니까 괜히 그런 것 같아."

"여러 나라의 사람이 있구나."

아리사와 루루가 무역선의 상인이나 뱃사람들의 옷을 보고 감상을 중얼거렸다.

파리온 신국의 성도가 수수한 색조의 옷이 많았으니까 괜히 더 그렇게 보이는 거겠지.

"떠들썩."

"시가 왕국의 무역도시나 설탕항로보다도 다채롭다고 고합니다."

나나가 말한 것처럼, 인종이나 복장의 다양함이 압도적으로 위다.

여기서도 모래 종족들은 육체노동자로 혹사당하는 모양이지만, 동료들이 눈치 못 챈 것 같으니 딱히 말을 하진 않았다.

타마와 포치의 배가 꼬르르륵 소리를 냈다.

"배고파이~?"

"이제 슬슬 점심 먹을까—."

"저쪽에서 좋은 냄새가 나는 거예요! 분명히 노점 아저씨가 있는 거예요!"

내가 말을 마치기 전에, 포치가 어선이 늘어선 부두를 가리켰다. 내 코에는 아직 냄새가 안 닿았지만, 지금은 포치의 배고파 센서를 믿자.

냄새의 근원은 생선 판매장 너머에 있는 매대인가 보다.

"설탕항로처럼 색채가 풍부한 생선이 잔뜩 있군요."

"갑각류의 형태가 기묘하다고 지적합니다."

루루와 나나가 말한 것처럼, 시가 왕국 연안하고는 완전히 다른 종류 같았다.

"생선은 겉모습이 화려한 쪽이 맛있지! 이 육점날개는 지금이 제철이야. 절대 손해를 안 보니까 사가라구!"

"육점날개도 좋지만 사람 수가 많으면 괴또라지야! 이거 조림은 최고거든?"

"그러면, 둘 다 열 마리씩 주세요."

"오옷, 말이 통하는구만. 육점날개는 회를 떠서 초로 무치는 게 제일 맛있어. 몇 마리 덤으로 줄 테니까 연습에 쓰라구."

"그러면 괴또라지도 한 마리 덤으로 주지."

"뭐야? 거 쩨쩨하구만. 이국의 아가씨들한테 파는 거잖아. 좀 더 넉넉하게 주라고!"

"어쩔 수가 없구만. 그러면 파리온 님의 『등불』에 타 들어가는 기분으로, 두 마리 더 덤으로 주지!"

기운이 넘치는 생선팔이들에게 루루가 웃으며 생선을 사들였다.

그 옆에서는 나나가 무표정한 채로, 바구니에서 넘칠 것처럼 갑각류나 조개를 잔뜩 사고 있었다.

"거기 오빠, 놀맹이는 어때? 밤의 친구로 좋은데."

섹시한 누님의 깊은 골에 시선이 빨려 들어갈 것 같았지만, 미아가 「우웅」 하면서 소매를 당기는 바람에 정력에 좋을 것 같은 생선에는 손대지 않고 넘어갔다.

"아가씨, 크라켄은 어때?"

"날오징어도 있어."

이곳의 크라켄은 아직 어린 건지, 본체만 2미터쯤 되는 사이즈밖에 없었다.

크라켄은 대량으로 재고가 있으니까 안 샀지만, 귀가 가변익인 「날오징어」는 구조가 신경 쓰여서 몇 마리 샀다.

이런 느낌으로, 생선팔이들을 지나는 사이에 대량의 어패류를 사버렸다.

"맛나맛나~?"

"역시 구운 새우나 구운 게는 씹는 맛이 좋군요."

드디어 도착한 어부들 상대로 장사하는 매대가 늘어선 노점 구역에서, 우리들은 신선한 어패류에 매우 만족했다.

타마와 리자 옆에서, 포치가 열심히 아구아구 오징어 구이를 깨물고 있었다. 어지간히 배가 고팠나 보네.

"괴또라지 조림이 농후해서 맛있다고 찬사를 보냅니다."

"육점날개랑 미역의 초절임도 산뜻해서 맛있어요."

나나는 차가운 스튜, 루루는 초절임을 고른 모양이다.

"이런 거면 되는 거야! 이런 게 좋은 거야!"

꼬치에 꿴 생선의 소금구이와 구운 새우의 꼬치를 양손에 든 아리사가, 뭔가 미식 만화에 있을 법한 대사를 말하며 떡 버티고 섰다. 숯불의 석쇠구이가 맛있단 말이지.

"사토."

미아가 우무 같은 게 들어있는 그릇을 가져왔다.

AR 표시에 따르면 우무묵이 아니라 해파리를 가늘게 썬 것이었다.

"맛있어."

미아가 젓가락으로 가늘게 썬 해파리를 내밀며, 「아~앙」이라고 하기에 한 입 먹어봤다.

먹기 전에 생각한 것처럼 맛은 싱겁다. 우무 같긴 하지만, 제법 탱탱하고 단단한 식감이다. 초간장에 찍어 먹는 편이 맛있을 것 같지만, 흑설탕청을 써서 디저트풍으로 먹는 것도 좋겠다.

그게 계기가 되었는지, 다들 서로가 고른 요리를 교환해서 먹어보는 품평회 같은 것이 시작돼 버렸다. 미아를 본받아, 다른 애들도 나한테 먹여주는 흐름이 된 것은 의문이지만.

"라라기의 마법 도구는 입수를 하셨나?"

귀에 익은 익숙한 나라 이름에, 무심코 목소리의 주인 쪽으로 의식을 돌려버렸다.

거기에는 몇 명의 상인들이 노점 뒤의 식사 공간에서 잔을 나누고 있었다.

"유감이지만 갈레온 동맹이나 카리스오크의 어용상인이 채어갔습니다."

"그쪽도 그렇군요……. 제가 노리고 있던 시가 왕국의 비취 비단도 사니아 왕국과 테니온 공화국이 채갔습니다."

"역시 중앙신전이 있는 나라들은 굉장합니다."

중앙신전— 이 파리온 신국에 있는 파리온 중앙신전처럼, 내 해와 닿은 나라들에 있는 일곱 신들을 모시는 신전의 총본산 같은 장소를 말하는 거다.

"뭐, 재화를 휘둘러 매입을 독점하는 정도라면 귀여운 수준입니다. 같은 중앙신전이 있는 나라라도 피아로오크처럼 권위로 위협하는 녀석들은 곤란합디다."

"지금은 자이크온 신의 권세도 그늘이 졌으니, 조금은 얌전히 있어주면 좋겠습니다만……."

세류 시에서도 자이크온 신의 풍보 신관장이 문제를 일으켰는데, 이쪽에서도 비슷하게 폐를 끼치는 녀석이 있는 모양이군.

"조용한 것은 쉐리퍼드 법국 정도일까요?"

"그곳은 머리가 굳은 법률가들의 나라이니, 그다지 사치품을 바라지 않는다고 하더군요."

"그곳은 우리온 신의 앞마당이니까요. 요전에는 금지품을 들여간 상인이 해적과 함께 목이 매달렸다고 합니다."

"그건 참 가혹하군요. 뭐 『단죄의 눈동자』를 가진 자가 많은 쉐리퍼드 법국에 금지품을 가지고 간 것이 어리석습니다만……."

그러고 보니 「단죄의 눈동자」는 우리온 신 유래의 기프트였지.

그런 것을 떠올리고 있는데, 아리사가 소매를 잡아당겼다.

"주인님! 저쪽에 이국 상인의 매대가 있어서, 이걸 팔고 있었어!"

"헤에, 파스타구나."

면류가 보급되지 않은 나라가 적으니까 뜻밖의 만남이다.

나는 아리사의 해산물 파스타를 한 입 나눠서 먹고, 아리사의 요청으로 내가 먹고 있던 그릇에서 한 입 나눠주었다.

"아리사! 이쪽인 거에요!"

"허리업~."

아리사가 포치와 타마의 목소리를 듣고 달려갔다.

또 뭔가 보기 드문 음식을 발견한 모양이다.

그건 그렇고, 점심때라 그런지 노점 구역에 사람이 늘어났다.

"순례자 나리, 괜찮다면 한 잔 사도 되겠나?"

"나으리의 후의에 감사드립니다. 여러분의 항해에 신들의 가호가 있기를."

상인들이 검소한 옷을 입은 순례자들을 먹을 것과 마실 것으로 환대했다.

이 순례자들은 방금 그 상인들의 화제에 나왔던 중앙신전을 순서대로 도는 여행을 하고 있다고 하는데, 상인들은 그런 순례자들에게서 각국의 소문을 듣고 장사에 보태는 모양이다.

"일곱신 순례는 이 파리온 신국이 마지막이신가?"

"아뇨. 피아로오크 왕국에 들르는 항로가 없어서, 여기서 남쪽 연안의 피아로오크 왕국을 참배한 다음에 육로로 사니아 왕국에 갈 생각입니다."

"육로라고 해도, 사니아 왕국을 감싸는 모래바다는 바다와 다름없는 장소입니다. 부디 조심하시길."

"충고 감사합니다. 상인 나리의 교역에 신들의 축복이 있기를."

헤랄르온 중앙신전이 있는 사니아 왕국은 내해와 닿질 않은 모양이다.

상당히 여러 가지 소문을 들을 수 있으니, 비싼 술 몇 병을 선물 삼아 상인들의 대화에 섞여보기로 했다.

이런 소문 이야기를 모으는 것도 여행의 참맛이라니까.

"괜찮다면, 이야기를 같이 할 수 있을까요?"

"그럼! 좋고말고!"

"술을 가져오는 말이 통하는 젊은이는 대환영이지."

무역항이라는 토지색 탓인지, 외부인을 꺼리지 않는 모양이다.

"역시, 자염대륙에는 한 번 가보고 싶군."

"정말로 있는 건가? 갈레온 동맹이 선단을 짜서 원정을 갔었지만 한 척도 돌아오지 못하고, 『현자의 탑』의 장거리 탐색용 비공정도 행방을 모르지 않나?"

"프루 제국 시대의 고문서에는 『바다를 서쪽으로 서쪽으로 한 달 나아가면 보라색 불꽃에 휩싸인 대륙이 있다』라고 적혀 있어. 우리가 가지 못하는 것뿐이지, 자염대륙은 분명히 있는 거지."

호오. 다른 대륙 이야기라.

세계수에 기생한 해파리—「사악한 해파리」를 퇴치할 때 세계 일주를 했지만, 그때는 여유가 없어서 대륙의 이름까지는 의식하지 않았었다. 적어도, 이 대륙의 서쪽에 다른 대륙이 있었던 기억은 있으니까 그게 자염대륙이겠지.

"그런 있는지 없는지도 모를 대륙보다도, 간다면 환락도시 베로리스지. 이 세상의 쾌락을 모두 맛볼 수 있다더군."

허허어, 그건 흥미로운데.

"그곳은 악덕도시 시베랑 똑같아서 주의하지 않으면 장사 밑천까지 사라져버립니다."

"장물아비나 해적들이나 가는 시베랑 똑같이 취급하면 안 되지. 시베는 노예상인마저도 피하는 위험한 도시잖아."

"악당 놈들이라지만, 적룡 웰쉬의 둥지가 있는 섬에 도시를 만들다니 용케 생각을 했어."

"그렇기 때문에, 주변 국가들도 손을 대지 못하는 것 아닌가."

테이블 토크 RPG라면 게임 마스터가 희희낙락 시나리오를 짤 법한 장소군.

적룡과 교류를 해보고 싶지만, 군자는 위험한 곳에 다가가지 않는다고 했다. 악덕도시에는 다가가지 말아야지.

"악덕도시 시베의 해적도 성가시지만, 영웅반도와 쌍둥이반도 사이의 도서군이 가장 난관입니다."

"그곳은 와이번의 둥지가 있고, 해적이 숨을 장소가 많아서 언제 습격을 받을지 알 수가 없으니까요."

"쉐리퍼드 법국의 해군도 해적들에게는 꽤 고생하고 있다고 합니다."

영웅반도라는 건 피아로오크 왕국이 있는 남쪽 해안의 반도이고, 쌍둥이반도라는 건 뿌리 부분에 쉐리퍼드 법국과 도시국가 카리스오크가 있는 북쪽 해안의 반도였다.

"갈레온 동맹의 해신 곳에서도 해적이 세력을 늘리고 있었습니다.”

“그거 조심해야겠습니다.”

“갈레온 동맹이라고 하니, 갈레오크 시의 항구에서『방황하는 선인』을 만났습니다.”

“프루 제국 시대부터 살아 있다는 선인 말인가요……? 그거 흥미롭군요.”

선인은 역시 하얀 수염일까?

“서부 지방 이야기라면, 오베르 공화국의『변태 요리사』를 만났습니다. 용모나 복장은 소문 그대로였지만, 그 이상으로 맛이 근사했어요.”

“그거 부럽군요. 그의 요리도 멋지다고 합니다만, 저는 시가 왕국에 나타났다는『기적의 요리사』가 신경 쓰입니다. 투명한 수프는 그 나라의 식도락가들도『기적의 맛』이라고 절찬을 했다고 합니다.”

“네, 그 소문은 저도 알고 있습니다. 한 번이라도 좋으니까 만나보고 싶군요.”

죄송합니다. 여기에 본인이 있어요.

벌써 만났다고 할 수는 없으니까, 무표정 스킬 선생님의 도움을 빌어 미소를 지었다.

“나으리, 이제 슬슬 배의 등롱에『등불』을 받을 시간입니다.”

종자가 말을 건 상인이, 자리를 떠나 신전 쪽으로 갔다.

등불이라는 건 추기경이 말했던 그건가?

“『파리온 신의 등불』말인가요?”

"네, 그겁니다. 대단히 영험이 있어서 바다 마물을 퇴치하는 힘이 있어요."

"그만큼 헌금을 해야 합니다만, 안전하고 바꿀 수는 없어요."

"좋지 않습니까? 옛날에는 파리온 신을 신봉하는 사람에게만 빌려주었던 등롱을, 헌금만 하면 빌릴 수 있으니까요."

"그렇습니다. 자자리스 예하의 시대가 된 뒤부터, 입항세는 거의 거저나 다름이 없어졌고, 바깥 바다 항로에 필요한 등롱의 효과 시간을 늘리기 위한 신관까지, 헌금에 따라서는 파견을 해 주고 있으니까요."

대강 추기경이 말했던 이야기와 틀린 부분이 없다.

"그러고 보니, 성도에 사가 제국의 용사님이 오셨다고 하더군요."

"마굴에 나타난 마왕이라면, 용사님과 파리온 신전의 성검사 메자르트 경이 토벌에 성공했다고 하더이다."

"역시 메자르트 공. 성검 블루트강의 선택을 받을 정도의 분 이시니까요."

"메자르트 경이라고 하면, 오베르 공화국의 화주를 좋아한다 고 하십니다. 마왕 토벌에 참가하실 정도인 분과 가까워질 수 있다면, 화주 정도는 싸다고 할 수 있지요."

"장사를 하는 좋은 기회가 되겠습니다."

상인들이 얼굴을 마주보며 씨익 웃었다.

역시 상인이야. 잡담을 하면서도 돈벌이의 여지를 놓치질 않네.

"주인님!"

아리사가 외치는 소리에 상인들에게서 의식을 되돌렸다.

식사를 마친 동료들이 가까운 노점에서 장을 보고 있었나 보다.

루루가 진지한 표정으로 뭔가를 보고 있었다. 나는 상인들에게 작별을 고하고 그쪽으로 갔다.

노점에 늘어선 작은 병에 예쁜 알사탕 같은 것이 들어 있었다.

"사니아 왕국의 보석소금이야. 맛이 풍부하니까 한 번 쓰면 놓칠 수 없을걸?"

가게 주인이 작은 보석소금을 망치로 부순 것을 우리들에게 내밀었다.

종이 위의 소금을 손가락에 묻혀 입으로 옮겼다. 미네랄이 풍부한 암염 같다. 조금 잡미가 있지만, 특색이 강한 고기를 구울 때 좋겠네.

"얼마인가요?"

"한 병 사준다면 금화 1닢이야."

"비싸요. 반은화라면 살게요."

가게 주인이 바가지 가격을 제시하자, 루루가 흥정을 시작했다.

시세 스킬에 따르면, 은화 1닢 정도다. 파리온 신국의 금화는 큼직하고 반대로 은화가 자그마하니까, 은화 20닢으로 금화 1닢이 된다. 서방소국은 은 시세가 낮은 모양이군. 대동화는 없고, 대신 은화를 절반으로 한 반은화나 네모난 사반은화라는 것이 있다.

"어쩔 수 없지, 사반은화 3닢으로 팔게."

아무래도 흥정 승부는 루루의 승리 같았다.

"주인님은 안 사?"

"사니아 왕국에는 갈 예정이니까, 산지에서 한꺼번에 살 거야."

시험 삼아서 쓸 거라면 한 병으로 충분하고 남으니까.

"겉보기에도 귀여우니까 선물로 좋지 않아?"

그 시점이 없었네. 귀족에게는 안 어울리지만, 에치고야 상회나 히카루한테 들렀을 때 선물하는 것도 좋겠다. 미궁도시의 제나 씨나 카리나 양과 나나 자매들도 기뻐하겠어.

나는 앞선 말을 취소하고, 병에 들어간 보석소금을 잔뜩 사기로 했다. 루루가 더욱 기합을 넣고 흥정을 한 것은 말할 것도 없었다.

◆

"즐거워 보이는구만, 젊은 나리."

뒤를 지나가던 남자가 작은 소리로 중얼거렸다.

에치고야 상회의 첩보원으로 일하고 있는 전직 괴도 피핀이다.

"그래, 피핀. 요전에는 덕을 봤어. 용사님도 고맙다고 하시던걸."

"그거 다행이군."

피핀에게는 성도에서 용사 하야토의 독살 대책을 부탁했었다.

"오늘은 무슨 일이지?"

"쿠로 님이 새로운 일을 주셨지."

피핀이 가볍게 어깨를 으쓱거렸다.

"파리온 신국이나 서방소국에 지점을 내기 위한 사전 조사를

87

하라고 하더군."

뭘 명령한 건 나니까 물론 알고 있었다. 추기경 저택에서 돌아오는 길에 명령했다.

에치고야 상회에서 지점장 후보나 지점 요원을 전이로 데리고 오는 건, 추기경이 준비해준 비룡편이 시가 왕국에 도착한 내일 이후에 할 예정이다.

"뭐 쿠로 님이 사람을 험하게 부리는 건 상관없는데, 밑천이 없단 말이지."

아이쿠. 나도 참 필요한 자금 주는 걸 깜빡 했네.

"그렇군. 내가 내주면 좋겠다는 건가?"

"말이 통하네. 금화 100닢 정도 있으면 좋겠는데……."

"파리온 신국의 금화는 그렇게 없는데?"

"환전은 이쪽에서 할게."

나는 시가 왕국의 금화가 든 주머니를 피핀에게 건넸다.

다음부터는 공간 마법 「물질 전송」으로 보내줘야지.

"헤헷, 고맙수. ―근데 좀 많지 않아?"

"그건 너에 대한 보수야. 용사님을 위해 그림자 속에서 움직여준 답례지."

"역시 젊은 나리. 말이 통한다니까. ―아 그렇지. 이 도시가 처음이면 남쪽의 바자르에 가봐. 내해에서 수입해온 보기 드문 물건이 잔뜩 있으니까."

금화가 든 주머니를 든 피핀이 그렇게 말하고 인파 속으로 뒤섞여 사라졌다.

"지금 그거 전직 괴도 아저씨지?"

"그래. 용사의 독살 대책을 부탁했었어. 이번에는 에치고야 상회의 지점 설립을 위한 사전 조사를 시킬 예정이야."

쇼핑을 마친 아리사가 피핀과 교대하듯 다가왔다.

"그보다도 바자르 정보를 얻었으니까 가보자."

동료들의 찬동을 얻어서, 우리는 피핀에게 들은 남쪽의 바자르에 갔다.

"유생체를 발견했다고 고합니다!"

"기다려."

뛰쳐나가려는 나나를 미아가 막았다.

"기다리고 있으면 팔려버린다고 항의합니다. 만남은 한 번 한 번이 중요하다고 아리사도 말했다고 주장합니다."

나나가 발견한 것은 작은 동물 모양의 수수께끼 소도구였다.

내가 OK를 보내자 나나는 미아의 손을 잡고서 노점으로 돌격했다.

"저쪽도 뷰티풀~?"

"쪼그맣고 귀여운 거예요."

타마와 포치가 어딘가의 민속 공예품 나무 조각을 록온한 모양이다.

"이건 무엇에 쓰는 걸까요?"

리자가 뒤에서 그것을 보고 고개를 갸웃거렸다.

"그건 투창용 투척기야. 돌기에 투창의 자루 끝을 넣어서 쓰는 거지."

타마와 포치가 발견한 나무를 조각한 작은 새 같은 기구는 무기였나 보다. 가게 주인 말에 따르면 평범하게 던지는 것보다도 멀리 날아간다고 하기에, 전용 투창과 세트로 구입해 봤다.

"아리사, 이거 봐. 별난 호두까기가 있어. 이건 뭘까?"

조리용 기구를 파는 가게에서 루루가 대흥분이다. 보기 드물게 아리사가 휘둘리고 있었다.

피핀이 말한 것처럼 「보기 드문」 것이 잔뜩 있다.

"주인님! 주인님! 와봐!"

아리사가 부르기에 급행했다.

무슨 일이 있었나 했는데, 평범하게 보기 드문 걸 발견한 모양이다.

"변형하는 마검이래!"

"마검—인데 목검?"

본체에 패인 자국이나 골이 있는 목검이었다.

골 같은 양각이 조각된 조금 별난 장식이 되어 있다.

"일단 마력을 주입해봐— 조금만이야?"

아리사가 못을 박기에 조금만 마력을 흘려봤다.

"—오옷."

목검이 변형했다.

검의 칼날이 닿는 장소에서, 마물의 부위로 보이는 조개가 연상되는 칼날이 튀어나왔다.

"재밌지?"

아리사가 웃으면서 말했다.

분명히 재미있기는 한데, 실용성은 낮을 것 같아.

"이 방패도 칼날이 튀어나와."

아리사가 카이트 실드를 들어서 보여줬다.

"형씨들, 비싸 보이는 옷을 입고 있는데 다른 나라의 귀족님이야?"

"네, 시가 왕국의 귀족입니다."

"어이쿠, 이거 실례했습니다요. 잘난척하는 느낌이 없어서 상인인줄……."

가게 주인이 머리를 긁적인 다음에 말을 이었다.

"귀족님용이라면, 이런 것도 있습니다요."

그는 상자에 든 소도구를 전시대 아래서 꺼냈다.

수정을 조합한 것 같은 오브제였다.

"이것도 같은 마법 도구 공방에서 만든 물건입니다. 마력을 흘리면— 보세요."

둥그렇다고 할까 뭔가 뭉쳐 있던 오브제가 마력을 흘리자마자 샤프한 인상의 오브제로 변형했다. 수정인줄 알았는데, 보기에만 비슷한 마물 소재였나 보다.

토대에 빛 광석을 조합했는지, 오브제가 안쪽에서 옅은 빛을 비추어서 예쁘다.

"상당히 예쁘군요."

"진짜는 여기서부터입니다."

허허어. 또 뭔가 있는 건가—?

나는 기대하면서 가게 주인의 손끝을 보았다.

─오옷.

바깥쪽의 뾰족한 파츠가 분리되어 오브제 주위를 부유한 채 회전하기 시작했다.

가만 보니 실 같은 것으로 본체와 이어져 있는 모양이다.

"헤에, 굉장하네."

"그럼그럼. 그렇고말고."

아리사가 감탄하자 가게 주인도 웃었다.

"그래서, 뭐에 쓰는 마법 도구야?"

"─윽."

아리사가 물어보자 가게 주인이 굳어버렸다.

"왜 그래?"

"……이, 이걸로 끝이야."

"끝?"

"조펜테일 공방의 마법 도구는 기본적으로 『변형』하는 것뿐이야. 방금 전의 목제 마검처럼 숨겨진 무기 같은 것도 있지만, 장난감의 영역을 벗어나지 못하는 물건들뿐이지."

가게 주인이 풀이 죽었다.

그는 조펜테일 공방의 작품을 좋아하는 모양이다.

"장난감이라도 좋지 않나요? 이 기술은 장래 여러 가지 분야에서 도움이 되는 날이 올 겁니다."

"저, 정말로 그렇게 생각해?"

"네."

매달리는 것처럼 내 손을 잡는 가게 주인에게 힘차게 고개를 끄덕였다.

그 증거로 조펜테일 공방의 마법 도구를 종류별로 샀다.

내 마법 도구 만들기나 장비 만들기에 도움이 될 것 같으니까.

"역시 대국의 상급 귀족님……. 이런 큰 장사는 처음이야. 혹시 카리스오크에 갈 일이 있으면, 조펜테일 공방에 들러줘."

가게 주인이 말하더니, 여러 가지를 덤으로 주었다.

그건 그렇고 「변형이 좋다」라는 공방이라……. 어쩐지 「회전광」 샤하드 박사랑 통하는 면이 느껴지는데.

그렇게 즐거운 만남도 있고, 그 날은 저녁까지 액세서리나 별난 소도구 등을 보러 다녔다.

상당히 다채로워서 보기만 해도 즐거웠다.

◆

"""어서 오세요, 쿠로 님!"""

저녁 식사를 한 다음에 파리온 신국 지점의 의논을 하려고 에치고야 상회에 갔더니, 지배인 집무실에서 마주친 간부 아가씨들이 소리를 모아 인사를 했다.

"별다른 건 없나?"

무심코 「다녀왔어」라고 대답을 할뻔했지만, 쿠로의 캐릭터랑 다르니까 쿨하게 한 손을 들어 응답하고 담백한 어조로 에르테리나 지배인에게 물었다.

"만사 순조롭습니다, 쿠로 님."

반짝거리는 눈동자로 지배인이 대답했다.

겉보기에는 화려한 금발 미녀인데, 이러고 있으면 순진한 소녀 같았다.

집무실의 문이 열리고, 예리한 미모를 가진 은발 미녀가 나타났다. 지배인 비서인 티파리자다.

"어서 오십시오, 쿠로 님. 명을 내려주셨던 교역선의 선장 후보입니다. 20명은 모으고 싶었습니다만, 아직 12명밖에 연락을 하지 못했습니다. 그 중에서 7명은 승낙을 했습니다."

티파리자, 너무 유능해.

이야기를 한지 사흘밖에 안 지났는데, 벌써 7명이나 선장 후보를 확보했다니.

목록을 보아 하니 세 명이 서방소국으로 가는 서방 항로를 경험한 적이 있는 베테랑이고, 나머지도 신진기예로 설탕 항로에서 교역한 경험이 있었다.

"원거리 항해이기에, 열 명은 필요하다. 무역도시 타르투미나에 교역용으로 확보한 열 척의 배를 이동시켜뒀으니 정비를 부탁한다. 골렘을 수호자로 두고 왔으니 간부 중 누군가를 데리고 가는 걸 잊지 마라."

그 열 척은 설탕항로에서 획득한 표류선이나 난파선이다.

여기 오기 전에 들러서 항구의 앞바다에 띄워두었다.

"알겠습니다. 배의 내역을 알 수 있을까요?"

"모두 대형의 갈레온선이다."

장거리니까 대형의 외양선으로 정리하는 편이 좋겠지.

"쿠로 님, 고속선도 몇 척 있는 편이 좋다고 선단장 후보인 루클라 선장에게 조언을 들었습니다."

"알았다. 세 척 정도 고속선도 준비하지. 부족하면 추가한다."

어떻게 쓸 건지는 현장에서 일하는 사람에게 맡기면 되겠지.

아직 중형선이나 소형선은 비슷한 수 이상 있으니까, 사람이 늘어나면 근거리 교역에도 쓰면 되겠지.

지배인 말에 따르면, 무역도시 타르투미나에 화물 창고나 거점을 다수 확보하고 선원의 모집이나 물자 집적을 시작했다고 한다. 교역 품목에 관해서는 지배인에게 떠넘겼으니, 나는 그녀의 센스를 믿고서 기다릴 뿐이다.

"파리온 신국 지점의 설립 요원에 대해서는, 이번에는 규모가 클 것 같으니 메리나를 파견할 생각입니다."

지배인이 말하는 메리나는 비스탈 공작령의 면화 매수에서 대활약을 한 간부 아가씨다. 지금은 방적이나 양잠 관련의 책임자로 일하고 있었을 텐데, 본인의 얼굴을 보니 의욕이 충분한 것 같아 허가를 내렸다.

"좋다, 메리나라면 적임이지."

그녀는 매수의 센스나 시세 감각이 뛰어나다. 장래에는 서방 소국에 있는 지점의 통괄자로 임명하는 것도 좋겠어.

"쿠로 님의 기대에 응답할 수 있도록, 저 메리나, 온 힘을 다해 지점 업무에 매진하겠습니다!"

기합이 지나쳐서 무섭다. 조금 힘을 빼도록.

"인계를 마치고 준비가 끝나는 건 언제지? 파리온 신국까지 내가 보내주마."

"정말인가요! 인계는 이미 끝났으니 내일 아침이라도 괜찮습니다!"

내가 보내준다는 게 뭔가 스테이터스가 되고 있는 건지, 메리나가 동료 간부 아가씨들에게 성대한 축하를 받아 싫지 않은 표정을 짓고 있었다.

지배인과 티파리자가 험악한 표정을 짓고 있었지만, 나랑 눈이 마주치자 그걸 숨겼다.

엿듣기 스킬이 포착한 간부 아가씨들의 소곤소곤 이야기를 들어보니, 전이로 옮길 때 안아 들어주는 것이 화제가 되는 모양이다. 분명히 성희롱이 어떻고를 이야기하는 게 틀림없어.

메리나 **일행**을 옮길 때는 성희롱이 되지 않도록, 평소처럼 안아 들고서 옮기는 게 아니라 피핀한테 한 것처럼 「이력의 손」으로 들어서 옮기자. 응, 그걸로 만사 해결이다.

어흠. 헛기침을 한 지배인이 입을 열었다.

"북방에 파견한 로우나에게서, 카게우스 백작령에 도착했다는 보고가 있었습니다. 동행하고 있는 샤루루룬의 말에 따르면 요워크 왕국의 내란이 격화되고 있다고 하며, 산을 넘어오는 난민이 늘어나고 있다고 합니다."

지배인은 말을 안 했지만, 돌 늑대를 좋아하는 간부 아가씨 로우나가 보낸 편지에는 「용 봤어. 박력 엄청나!」라고 적혀 있었다. 요워크 왕국의 지배에서 해방된 하급룡이 건강하게 날아다니는 모양이다.

"동쪽으로 돌며 지점을 설치하고 있던 코스트나가 세류 시에 도착했다고 합니다. 펜드래건 자작이 의뢰한 양과 염소의 조달은 주문 수가 많아서, 시세가 무너지지 않도록 세류 백작령과 카게우스 백작령에서 사들인 다음에 쿠보크 왕국으로 옮길 예정입니다."

쿠보크 왕국의 양이나 염소 조달은 아리사의 요청이라서, 에치고야 상회에 의뢰했다.

지배인이 말한 코스트나는 간부 아가씨 중 한 명으로, 수수하지만 참을성 있고 견실하게 일을 한다. 지금까지는 메리나의 보좌나 프랜차이즈 관련 물건 교섭 따위에서 활약해준 애다.

"시가 왕국 안의 지점은 대체로 설립이 완료됐습니다. 인접한 중앙소국군이나 동방소국군은 시장 규모가 작아서, 현지 사람을 고용하여 출장소 같은 것을 만들까 생각하고 있습니다. 동방의 스이루가 왕국이나 마키와 왕국, 북방의 카조 왕국이나 사가 제국에 면식이 있는 인원을 고용했으니, 가까운 시일 안에 선발 상단을 파견하겠습니다."

지점 설립도 순조로운 모양이군.

"비공정을 이용한 무노 백작령 이민 사업입니다만, 로틀 집정관에게 긍정적인 대답을 들었습니다. 기술자나 장인, 전직 문관 같은 지식층은 무노 시로, 그밖에는 펜드래건 자작이 태수로 취임 예정인 브라이튼 시나 그 주변의 취락 터를 예정하고 있다고 합니다."

……태수로 취임 예정이라는 건 못 들었는데?

뭐 태수로 임명할 수 있는 인재가 없으니까 일단 임시 인사겠지만.

브라이튼 시라는 것은 우리가 왕도에 머무르는 사이에 몰래 마물의 소탕 작전을 한 도시로, 마물들에게 지배되어 있던 장소다.

"브라이튼 시는 『불사의 왕』이 멸망시킨 뒤로, 마물의 영역이 되어 있었다고 들었다만?"

"그것이……. 마물이 어느샌가 소탕되었다고 합니다. 무노 백작 가신인 전직 미스릴의 탐색자가 확인했다고 합니다만…… 로틀 집정관도 이유는 모르는 모양이라—."

드디어 도시를 해방한 게 무노 백작에게 전달된 모양이군.

"—그녀들이 말하는 『은가면의 용사』, 용사 나나시 님에 의한 위업이 아닐까 넌지시 물었습니다."

지배인이 물어보는 시선을 보내기에 고개를 끄덕였다.

"맞았다. 주군과 다른 종자들이 청소를 했다. 『마을을 양산하는 것보다도 대량의 난민을 받아들일 수 있겠지』라고 하셨다."

물론, 그런 이유는 나중에 갖다 붙인 거다.

그때는 동료들의 수행을 하는 김에 청소를 했을 뿐이니까.

난민에 대해서는 아직 정할 것이 있으니까, 몇 갠가 결제를 마치고 제시된 문제점에 해결책이나 해결 방침을 전달한 다음에 그녀들에게 맡겼다.

이민 실행이 머지않으면, 브라이튼 시에 사람이 생활할 수 있는 집합 주택이나 농경지를 준비해야지.

"몇 갠가 사업을 새롭게 개척했고 종래의 사업도 확대하고 있으니 관리직이 부족합니다. 지식층의 응모 자체는 있습니다만, 다른 귀족들의 꼬리가 달린 자나 인격에 문제가 있는 자가 많아서 채용이 난항을 겪고 있습니다."

바로 요전에 증원을 한 참인데 벌써 부족한가?

그렇게 생각하며 티파리자에게 파일을 받고, 그 이유를 이해했다.

연말부터 이미 3배까지 규모가 늘어났다. 단기간에 이 정도로 급성장을 하면 관리직이 부족해져도 신기할 게 없다. 이미 왕도에서도 다섯 손가락 안에 꼽히는 대상회다.

"고참 직원을 관리직으로 발탁하는 수밖에 없겠지."

공간 마법 「원거리 통화」로 아리사와 의논을 했더니, 아리사가 교육 프로그램을 만들어준다고 하기에 맡기기로 했다. 「왕년의 실력을 발휘해야지! 맡~겨만 둬!」라며 자신만만하니, 지배인에게 교육용 매뉴얼을 위부에 위탁하여 만든다고 말하고 이야기를 끝냈다.

이어서 간부 아가씨들에게 보고를 받으며 고생을 위무하고, 어려운 부분을 격려하고, 성과를 칭찬하는 사이에 심야가 되기에 매장이나 공장에는 들르지 못했다. 다음에는 낮에 와서 붉은 머리 넬이나 경비부의 큰언니가 어떤지도 보러 가고 싶군.

왕도에 온 김에, 히카루한테도 들렀다.

"아직 일어나 있었어?"

"이치로 오빠!"

지붕에 쿠션을 놓고 달맞이 술을 즐기고 있던 히카루 옆에 내려섰다.

여기는 미궁도시의 양육원에서 왕립 학원에 유학을 온 아이들이 하숙하고 있는 저택으로, 히카루가 하숙의 관리인을 맡고 있었다. 굳이 따지자면 기숙사 사감 포지션인데, 히카루는 완고하게 「관리인」이라는 호칭을 고집하고 있었다.

"마왕 토벌 축하해."

시가주가 든 잔으로 건배했다.

"고마워— 좋은 술이네."

"에헤헤, 세테가 이것저것 주니까 순서대로 마시고 있어."

세테라는 건 국왕의 애칭이다.

히카루는 그녀의 정체— 시가 왕국을 건국한 왕조 야마토라는 걸 아는 국왕이나 나라의 중진들에게 경애를 받고 있어서, 여러모로 선물이 온다고 했다.

"마왕은 강했어?"

"응, 강했어."

나는 용사 하야토와 동료들이 얼마나 노력했는지 이야기했다.

"권속을 늘리는 타입의 마왕은 성가시단 말이지~. 덤으로 마신옥 유적은 여기저기에 입구가 있으니까 탐색이 힘들다고 했어. 마족은 있었어?"

"그래, 녹색 상급 마족이 또 나왔어."

"녹색이구나~. 녹색이랑 분홍색은 끈질기다니까. 녹색은 금방 도망치고 아바타로 암약하는 데다가, 분홍색은 틈에 숨거나 분열을 하니까."

"히카루도 고생했구나."

"응, 그랬다니까~. 분홍색은 텐짱의 브레스로 거의 소멸했는데도 살점 한 조각만 남아도 부활해버리는 타입이라 끈질기고, 녹색은 위험에 대한 촉이 엄청나거든~. 밋치가 간신히 추적 아이템을 만들어줬는데, 그 다음에는 한 번도 안 나왔어."

어지간히 고생했었는지, 불평이 장문이다.

―아차, 그것보다도.

"히카루, 추적 아이템이라는 건 어떤 거야?"

"이거야. 『꿈의 추적 물레』라는 건데. 실 끝을 마족에게 연결하면 마족이 어디로 도망쳐도 안 떨어져. 그래서 실을 따라가면 마족의 본거지에 쳐들어갈 수 있는 거지."

히카루가 「무한수납」에서 물레를 꺼내 보여주었다.

실 끝 부분에 미스릴제 촉이 있고, 그것 말고는 언뜻 보기에 평범한 물레로 보였다. AR 표시에 따르면, 실이 일정한 조건에서 영체로 변화하는 특수한 것인가 보다.

"이 물레에 전이 능력이 있는 느낌이야?"

"그렇게까진 아니야~. 마족을 추적하는 흔적을 남겨주는 것뿐이지. 다음은 공간 마법사가 흔적을 추적하는 거야. 아리사라면 할 수 있지 않을까?"

마족의 거점에 아리사를 데리고 가는 건 좀 위험하다.

촉을 극소의 각인판으로 바꾸거나, 다른 수단을 모색하고 싶군.

"빌려도 돼?"

"응, 이치로 오빠가 녹색을 쓰러뜨려주면, 밋치도 기뻐할 테니까."

옛날을 떠올린 표정으로 히카루가 웃었다.

선물로 가져온 파리온 신국의 술을 히카루의 잔에 따라줬다.

"좋아! 옛날을 그리워하는 건 끝!"

히카루는 그렇게 말하며 잔을 들이켜고, 방긋이 웃었다.

"그~렇지! 요전에 미궁도시에도 갔었어! 전이문이 엄~청 편리해! 우리들 시대에도 가졌으면 싶었어~."

히카루가 술 내음을 품은 한숨을 쉬면서 데헤헤, 웃었다.

나도 히카루의 기분에 맞추어 빈 잔에 술을 따랐다.

"하치코 자매랑 제나랑 카리나도 강해졌다니까~."

"헤에, 그거 재회가 기대되는데."

몇 번인가 미궁에 가서 HBC를 개최했다고 웃으며 말했다.

히카루 부트 캠프

"또 말야~. 『펜드라』의 우사사 파티도 강해지고 싶다고 하기에 특별 프로그램을 짰어~. 그걸 들은 선생님인 카지로 군이랑 이르나, 지에나도『부디, 가르침을!』이라고 하기에 같이 했었지."

다들 미궁에서 열심히 수행을 하고 있구나.

요전에 공간 마법의「멀리 보기」로 미궁도시 상황을 봤을 때 다들 넋이 나간 표정을 하고 있던 날짜랑 겹치는 것 같은데, 분명히 기분 탓일 거야.

히카루가 즐거워 보이니 다행이다.

"기숙사 일을 도와주는 사람이 두 명 늘었으니까, 또 미궁도시에 묵으면서 상황을 보고 올게."

"그러면 좋지. 그렇지— 그 애들이 현재 장비에 한계를 느끼면, 이걸 건네줄래?"

나는 히카루에게 이코노미 타입의 백은 장비를 건넸다.

이건 전에 팔랑크스를 개발했을 때 보르에난 숲의 연구소에서 만든 녀석인데, 동료들이 쓰는 황금 갑옷의 간이판 같은 녀석이다. 마왕이랑 싸우기에는 역부족이지만 「구역의 주인」급의 적이라면 문제없이 싸울 수 있겠지. 출처에 관해서는 설탕항로의 발굴품으로 해둘까?

카지로 씨나 아야우메 양에게 일본풍의 갑옷을 만들어주는 것도 좋을 것 같네.

"그러고 보니, 제나의 귀향이 취소됐다고 했었어."

연시에 만났을 때 「다음달 즈음에 중간보고를 하기 위해 세류 시에 돌아가는 임무를 받을지도 모른다」라고 했었는데, 그 이야기가 취소된 모양이다.

그녀의 귀성에 맞추어 우리도 세류 시에 재방문을 할까 생각했었는데, 그런 부분은 일하는 사람이 자유롭지 못하니까 어쩔 수 없지.

이야기가 취소된 이유는 에치고야 상회에서 만든 소형 비공정의 2번기가 예정보다 이르게 출고된 탓에, 세류 시에 납품하러 가는 김에 보고서를 지참한 세류 백작령 영지군 미궁 선발대의 문관이 동승했기 때문이라고 한다.

"맞~다. 미궁도시에서 미아에게 악기를 배운 애가, 장래 왕도로 유학을 가고 싶다고 했었어."

"헤에, 진심이라면 원조를 해줘야지."

"에헤헤~ 이치로 오빠라면 그렇게 말할 거라고 생각했어."

왕실 어용의 명주를 기울이면서, 히카루와 서로의 근황을 보고했다.

보르에난 숲에도 들를까 생각했는데, 생각보다 늦어지고 말았다. 이 시간이면 보르에난 숲의 하이 엘프, 사랑스런 아제 씨는 꿈나라에 여행을 떠난 다음일 테니까 아침이 되면 공간 마법 「원거리 통화」로 모닝콜이라도 해볼까.

◆

"저거 뭐야~?"

"저건 등대야."

다음날은 항구의 랜드마크를 관광해봤다.

이 등대는 셋으로 갈라진 토대 위에 있어서, 언뜻 보기에 등대 같지 않다.

바다에서 보이는 면에 파리온 신의 성인이 그려져 있고, 토대 부분에 정밀한 파리온 신국풍의 양각이 정성스레 새겨져 있었다.

여기는 관광지 중 하나인지 수많은 구경꾼이 있었다.

"유생체도 즐거워 보인다고 고합니다."

나나의 시선을 따라가자, 귀여운 아기나 유아를 데리고 온 젊은 부부가 있었다.

"―앗."

손으로 그늘을 만들고 있던 젊은 부인이 쓰러졌다.

부인은 남편이 지탱했지만, 부인의 팔에서 떨어진 아기는 땅을 향해서 거꾸로다.

내 옆에서 나나와 아인 소녀들이 순동으로 달려가는 게 보였지만, 이대로는 늦는다. 나는 언제나 발동하고 있는 「이력의 손」으로 아기를 지탱하여 나나 쪽으로 궤도를 바꾸었다.

헤드 슬라이딩을 한 나나가 아기를 캐치했다.

"나이스 캐치~?"

"역시 나나인 거예요."

"세이프라고 고합니다."

나나의 품 안에서 아기가 울기 시작했다.

"안는 법이 좀 위태로워."

뒤늦게 달려간 아리사가 나나에게서 아기를 받았다.

"괜찮아?"

"아아, 네. 조금 현기증이 난 것 같아요."

부인이 열사병으로 다운된 모양이다.

미아가 부인을 물 마법으로 치유했다. 열사병에는 물 마법이 효과가 좋다.

『─부탁했던 녀석은 못 찾았어. 일단 그쪽 조직에 찾아보라고 돈을 건네뒀지.』

엿듣기 스킬이 포착한 대화가 조금 신경 쓰여서 돌아보자, 거기에는 잘 아는 얼굴이 있었다.

─현자 솔리제로다.

떨어진 장소에 있는 창고 뒤에서, 이국의 선장과 이야기를 하는 모양이다.

『알았다. 다음 항해에서도 부탁하지.』

『맡겨두라고. 당신 제자들을 보내는 김에 찾아볼게.』

현자가 선장에게 뭔가 건넸다.

AR 표시에 따르면 금화였다.

—으엑.

현자가 이쪽을 돌아보았다.

상당히 떨어져 있는데, 내가 보는 걸 눈치챈 모양이네.

어쩐지 어색하기에, 손을 흔들어 얼버무렸다.

"꺅, 잠깐! 그만해!"

아리사의 비명에 돌아보니, 아기가 머리칼을 잡아 당겨서 아리사의 가발이 미끄러져 보라색의 머리칼이 보였다.

"어머나 얘도 참. 미안해요, 아가씨."

가발을 고쳐 쓰는 아리사에게, 미아의 마법으로 치유를 받아 건강해진 부인이 사과했다.

대단한 일이 아니라 다행이야.

돌아보자 이미 현자의 모습은 없었다.

"주인님, 얼른 와!"

아리사의 부름을 따라 등대를 올랐다.

"원더포~."

"원원다풀인 거예요!"

360도에 펼쳐지는 맑게 갠 파란 하늘과 멀리까지 보이는 파란 바다에 동료들도 대흥분이다.

항구에 닻을 내린 여러 나라의 배를 보며, 물어보는 대로 설명을 했다.

여기서는 항구의 시설이 잘 보인다.

"생각보다도 즐거웠네."

조망을 충분히 만끽한 다음, 등대를 내려왔다.

"―주인님."

날카로운 목소리로 리자가 경고하며 내 앞으로 나섰다.

그 시선 끝에 현자가 있었다.

현자 뒤에 있는 두 사람은 「현자의 제자」라는 이름 그대로의 호칭을 가지고 있으니 그의 제자가 틀림없다. 한 명은 히메컷을 한 미소녀고, 또 한 명은 험상궂은 생김새의 남성이다.

"안녕하세요? 현자 나리도 제자들과 함께 등대 구경을 오셨나요?"

기다리고 있었다는 것은, 아까 선장이랑 이야기를 엿들은 걸 아무한테도 말하지 말라고 입막음을 하러 온 게 틀림없어.

"아니, 오늘은 권유를 하러 왔네."

그의 시선은 내가 아니라, 뒤에 있는 동료들을 보았다.

"권유, 라고요?"

"그래. 네 『재능』을 연마해보지 않겠나? 어떤가―."

현자의 눈동자에 비치는 것은― 아리사?

"―타마 군."

어라? 분명히 아리사를 노리는 줄 알았는데, 현자가 권유를 한 건 타마였다.

뒤에 있던 제자들도 뜻밖이었는지, 놀라는 소리를 흘릴 정도였다.

"네 인술은 흥미로워. 『재능 있는 자』의 마을에는 소수지만 사가 제국을 빠져 나온 본직의 닌자가 있지. 그들의 가르침을 받아보지 않겠나? 네 인술을 성장시키는데 도움이 될 거다."

타마가 나를 올려다보았다.

그 표정을 보니, 현자의 제안에 흥미가 있는 모양이다.

그렇지만, 타마 혼자 보내는 건 걱정이다.

"현자 나리, 우리가 함께 가도 될까요?"

"물론이지. 마왕 토벌에서 활약한 『펜드래건』 일행의 『재능』을 의심하는 자 따위 없을 거라네."

현자가 즉답으로 승낙하고, 우리는 「재능 있는 자」의 마을에서 단기 수행을 하게 됐다.

현자의 제자

"사토입니다. 어렸을 때 이가나 코가의 닌자 저택까지 관광을 간 적이 있습니다. 어린아이용 닌자복을 입고 닌자 저택의 기믹을 구경하러 다니는 사이에, 어엿한 닌자가 된 기분이 들었어요."

"여기다."

현자가 조금 큼직한 집회장 같은 곳을 가리켰다.

여기는 「재능 있는 자」의 마을에 있는 후우마 닌자 교실이다. 그 밖에 이이가 닌자 교실도 있지만, 그쪽은 지도원이 외부 원정중이라서 소거법으로 여기가 됐다.

현자의 인도를 받아 집회장 안으로 발을 들였다.

교실 같은 장소에는 아무도 없었다. 들리는 목소리 방향을 봐서, 안뜰이나 뒤뜰에서 실기 수행을 하는 모양이다.

"지도원이 안 맞으면 시중에게 말을 해주게. 가능한 대처지."

"배려에 감사드립니다."

시중이라는 건 여기 오기 전에 관청에서 만난 마흔쯤 되는 참견쟁이 마담 같은 사람을 말하는 거다.

"더 전력으로 달려라! 천이 땅바닥에 닿으면 저녁밥 못 먹을 줄 알고!"

안뜰에 가자, 나이 든 닌자 복장의 지도원이 10살 전후의 아이들에게 달리기를 시키고 있었다.

학생들 안에는 중학생쯤 되는 아이도 몇 명 섞여 있었다.

"열심히 하는 거예요!"

"파이팅~?"

포치와 타마가 노력하는 학생들을 응원했다.

"리자 공, 나나 공."

견학 중에 현자가 리자와 나나에게 말을 걸었다.

"마굴에서 본 귀공들의 멋진 창술과 방패술이 눈에 선하다네."

"황송합니다."

"찬사를 받는다고 고합니다."

리자가 조금 자랑스럽게, 나나는 무표정하게 답했다.

"그 힘을 혹시 후진에게 보여줄 수는 없겠나?"

현자의 말을 들어보니, 두 명에게 창술 교실과 방패술 교실의 객원 교사를 의뢰한다는 것이었다.

"저희들의 길은 주인님과 함께 합니다."

"취직하라는 소리가 아닐세. 펜드래건 경이 머무르는 동안만이면 되네. 『재능』을 단련하는 자들에게 달인의 기술을 보여주고 싶은 거지."

현자가 리자와 나나에게 뜨겁게 호소했다.

둘이 나를 보기에 고개를 끄덕여줬다.

"의뢰를 수락."

"남에게 가르친 경험은 없습니다만, 미력하게나마 최선을 다

해보죠."

나나와 리자가 객원교사의 의뢰를 받았다.

"그쪽 세 사람에게도 의뢰를 하고 싶네."

현자가 아리사와 미아에게도 마법 교실의 지도를 의뢰하고, 루루에게도 사격 교실을 의뢰했다.

"나는 좋아. 왕립학원에서도 선생님을 했었으니까."

"응, 동의."

"—저, 저기. 저는, 조금……."

아리사와 미아는 흔쾌히 승낙했지만, 루루는 난색을 표했다.

"아하하, 루루라면 사격 교실보다도 요리 교실 같은 거지~."

아리사가 웃으며 제안하자 현자가 「그렇다면……」 하더니 요리 교실의 지도를 부탁했다.

"그러면 요리 교실의 객원 교사를 부탁하고 싶군. 파리온 신국이나 내해 연안이 아닌 곳의 요리를 가르쳐줄 사람이 필요했어."

"앗, 네. 요리를 가르치는 거라면."

루루가 순순히 승낙했다.

"펜드래건 경에게도 격투나 검술의 지도를 부탁하고 싶군."

"죄송합니다. 저는 타마와 함께 닌자 교실에서 배워보고 싶군요."

레벨로 밀어붙이는 내가 가르칠 수 있을지 모르겠고, 타마만 닌자 교실에 두는 것도 걱정이 되니까 그렇게 요청했다.

다른 애들도 걱정이지만, 공간 마법으로 확인하면 되니까 괜찮겠지.

닌자 교실에도 조금 흥미가 있고.

"그렇군. 마족이나 마왕과 싸워본 자에게 배우면 좋은 자극이 될 거라 생각을 했네만……."

현자가 떨떠름한 표정을 지었지만 「본인의 희망을 내칠 수도 없군」 하더니 금방 꺾어주었다.

또한, 포치도 현자에게 검술 교사의 의뢰가 오는 걸 두근거리는 표정으로 기다렸지만, 마지막까지 의뢰가 오지 않았다.

"……추욱인 거예요."

"난쿠루나이사~?"

이렇게, 포치와 타마 두 명과 함께 닌자 교실의 나날이 시작됐다.

◆

"후우마 닌자 교실의 실장, 13대째 고자로이다."

동료들을 데리고 현자가 나가자, 늙은 닌자가 잘난 어조로 자기소개를 했다.

"저는 시가 왕국—."

"자기소개는 됐다!"

나도 자기소개를 하려고 했는데 곧장 가로막혀 버렸다.

"검은 머리는 하닌 31번. 귀 달린 쪽 하얀 녀석은 하닌 32번, 귀 달린 쪽 갈색은 하닌 33번이라고 부른다. 이름으로 불리고 싶다면, 수행을 다하고 어엿하게 뛰어넘어봐라!"

교실에 있던 예쁜 언니가 번호표가 달린 닌자 복장을 가져다주었다.

그걸로 갈아입고 수행에 참가한다.

"뿅뿅인 거예요."

"호퍼~?"

학생인 아이들이 수행장 한 구석에 심어둔 갈대 위를 점프하는 훈련중인 모양이다. 갈대 그 자체가 아니라 갈대랑 비슷한 현지식물 같았다.

"늦다! 얼른 와라!"

노닌자가 귀신 교관의 표정으로 불렀다.

"너희들도 뛰어봐라."

그가 뛰어 보라고 한 갈대는 30센티미터 정도로 잘라낸 거라서, 학생들이 가볍게 뛰어넘고 있었다.

"낙승~?"

"여유인 거예요."

물론 타마와 포치, 나도 학생들과 마찬가지로 가볍게 뛰어넘었다.

"인술은 꾸준함이니라. 매일 조금씩 자라는 붉은 갈대를 뛰어넘는 것으로, 이렇게 높은 갈대마저도 뛰어넘을 수 있게 된다!"

그곳에는 3미터쯤 될 법한 갈대가 있었다.

"선생님도 뛸 수 있어요?"

"물론이니라!"

노닌자가 즉시 대답했다.

굉장하네, 닌자. 레벨 20도 안 되는데 그렇게 도약할 수 있는 건가?

　노닌자 옆에 표시되는 그의 레벨을 보면서 무심코 감탄해버렸다.

　"굉장해~?"

　"보고 싶은 거예요!"

　"미안하다만 동료의 도주를 위해 고군분투하다가 비겁자의 독화살을 무릎에 맞아 망가져버린 뒤로는 걷는 것도 여의치 않다. 이거 참 유감이구나."

　포치의 요청에 노닌자는 뻔뻔스레 고개를 옆으로 저었다.

　내 AR 표시로는 그의 무릎에 장애 같은 건 없었다.

　"불쌍해~?"

　"그러면, 대신에 포치가 뛰어주는 거예요."

　"후하하하하, 훈련도 쌓지 않은 어린애가 할 수 있을 리 없지!"

　타마가 걱정하고, 포치가 위로하는 것처럼 말했다.

　그런 두 사람을 보고 노닌자가 깔보는 표정으로 비웃었다.

　─앗. 두 사람이 레벨 50이 넘는 걸 깜빡하고 말 안 했다. ……뭐, 괜찮겠지.

　내 앞에서 포치랑 타마가 높은 갈대 앞으로 나섰다.

　"가는 거예요!"

　"얼른 현실을 보거라."

　노닌자가 턱짓을 했다.

　"타~ 인 거예요!"

팔을 빙글빙글 돌려 기합을 넣던 포치가 M78 성운에서 온 외계인 같은 포즈로, 갈대를 억지로 뛰어넘었다.

"무어어어어어어어어어어어어!"

비현실적인 광경에 노닌자가 턱이 빠질 것 같은 표정으로 놀랐다. 뒤에서 보고 있던 닌자 교실의 아이들도 마찬가지다.

"사뿐사뿐~?"

타마가 유연하게 베리 롤 같은 움직임으로 뛰어넘었다.

어쩐지 흥미가 생겨서, 타마에 이어 나도 뿅 뛰어봤다.

"오, 꽤 낮구나."

레벨이 312나 되면 도약 스킬을 안 써도 여유롭네.

"마, 말도 안 돼. 후우마령의 상닌들밖에 못 넘는 높이를……!"

노닌자가 동요하고 있군.

그의 칭호에 「탈주닌자」나 「후우마 하닌」이라는 것이 있으니까 그렇게 우수한 닌자는 아니었을지도 모르겠다.

경악하여 부들부들 떠는 노닌자와 달리, 학생들은 신이 났다.

"어흠어흠, ─조용히 하지 못할까!"

노닌자가 이성을 되찾고서 헛기침을 하더니, 신이 난 아이들에게 일갈했다.

"이, 이것은 입문에 지나지 않는다. 다음 수행을 하자!"

노닌자를 따라간 장소는 울퉁불퉁하게 땅바닥이 다 드러난 장소였다.

학생들은 다음으로 무엇을 하는지 알고 있는 모양이라, 체력이 자랑으로 보이는 애들 말고는 조금 싫은 표정을 짓고 있었다.

"다음은 토둔의 술법을 쓴다."

노닌자가 선언하자, 학생이 땅바닥에 꽂아둔 나무 삽을 손에 쥐었다.

"해라!"

그 호령에 학생들이 열심히 삽으로 땅을 파고, 그 구멍에 들어가 몸을 숨겼다.

몇 번이고 파헤쳐서 부드러워졌겠지만, 그래도 상당한 속도다.

"수수하지만, 넓은 광야에서 추적자를 따돌리는데 최적이다."

노닌자가 자랑스럽게 말했다.

"네놈들도 해보거라."

삽을 쥔 학생들 옆에 서서 구멍을 팔까 하는 우리들을 노닌자가 막았다.

"기다려라. 너희들은 그쪽 땅에서 해라."

노닌자가 지시한 것은 파헤친 흔적이 없는 땅이었다.

"에~ 저기는 딱딱하잖아?"

"상급생 선배도 무리야."

"스승님, 어른스럽지 못해."

학생들이 구멍 속에서 소근소근 대화하는 걸 엿듣기 스킬이 포착했다.

"자, 얼른 해라."

재는 표정으로 노닌자가 명했다.

—뭐 결과는 뻔하지만 말이야.

나는 수신호로 포치에게 GO 사인을 보냈다.

"에이야~ 인 거예요."

포치가 단단한 땅에도 끄떡없이 순식간에 구멍을 팠다.

"제, 제법이지 않느냐."

노닌자도 마음은 대비하고 있었는지, 식은땀을 흘리면서도 칭찬의 말을 할 여유가 있었다.

─여기까지는.

"포치, 인술 잊었어~?"

"아차차인 거예요. 포치는 덤벙이인 거예요."

"무, 무슨 말을 하는 게냐?"

타마와 포치의 대화에 어수선한 것을 느꼈는지, 노닌자가 제지하는 것처럼 손을 뻗었지만 두 사람은 눈치 못 챘다.

"타마가 시범을 보여주는 거예요."

"아이아이 서~."

타마가 삽을 안 들고 지정 장소로 갔다.

"네놈, 나무 삽을 잊었구나."

"괜찮으이~?"

노닌자가 지적해도, 타마는 신경 쓰지 않고 마이페이스다.

"닌닌~?"

타마가 모래 같은 것을 땅에 뿌리자 한순간에 구멍이 나타났다. 흙 광석 가루를 사용한 인술이겠지.

"뭐냐 그것은!"

눈앞의 현상에 노닌자가 외쳤다.

개그 만화라면 눈알이 튀어 나올 법한 표정이다.

"인술~?"

"그런 인술이 어디 있느냐!"

노닌자가 입에서 불을 뿜을 듯한 표정으로 분개했다.

"뉴~."

큰 소리에 놀란 타마가 귀를 폭 숙이고 꼬리를 다리 사이로 숨겼다.

"노인장, 이게 타마의 인술입니다. 현자님도 그걸 성장시키려고 여기를 소개해 주신 거죠."

타마를 등 뒤로 감싸면서 두둔했다.

노닌자는 아직 납득 못하는 표정이었지만, 그 이상 소리치지는 않았다.

일단 그에게서 보통의 인술 수행 방법을 배우는 거니까, 조금 체면을 세워주자.

"타마, 보통 인술도 해보자."

"네잉."

나는 타마에게 삽을 주고 둘이서 구멍을 팠다.

단단하긴 단단하지만, 바위랑 비교하면 편하다. 삽에 마인을 쓸 것도 없이 푹푹 구멍을 팠다.

"……좋다, 합격."

노닌자는 마지못해 납득해 주었다.

◆

"점심이다!"

"배고파아~!"

오전 수업이 끝나고, 점심시간이 됐다.

파리온 신국의 지방도시에서는 하루 두 끼가 많다고 하는데, 「재능 있는 자」의 마을에서는 현자의 방침으로 하루 세끼가 의무라고 한다.

"소란 떨지 말거라! 이번 주의 식사를 나눠준다!"

노닌자가 외치자 아이들이 재빨리 노닌자 앞에 줄을 섰다. 그의 옆에 있던 닌자 복장을 입은 예쁜 언니가 아이들이 내미는 작은 주머니에 잡곡 같은 것을 넣는다. 참고로 이 언니의 칭호에는 「쿠노이치」라는 게 있었다. 어떤 인술을 쓰는지 조금 흥미가 있어.

우리들은 주머니가 없었지만, 언니가 주머니를 준비해줘서 별 일 없었다.

"이건, 그대로 먹는 건가요?"

말린 밥 같은 느낌인가?

"그렇다! 이것은 닌자식! 닌자의 생명선이니라!"

"뉴!"

닌자식이라는 단어가 심금을 울렸는지, 타마가 귀와 꼬리를 뿡 세우고 눈을 반짝거렸다.

포치는 주머니 안이 신경 쓰이는지, 쉴 새 없이 냄새를 맡고 있었다.

노닌자는 「잘 씹어서 먹거라」라는 말을 남기고 예쁜 언니랑 같이 방을 나섰다.

그가 나가자 학생들의 긴장도 풀리고, 릴랙스한 기색으로 우리들 곁에 모였다.

"있잖아, 어디서 왔어?"

"어떻게 그렇게 높이 뛰어?"

"흙을 한순간에 판 거 뭐야?"

학생들이 흥미진진하게 묻는다.

어느 세계든 아이들은 호기심이 왕성하구나.

무난하게 대답을 하고 있는데, 학생 한 명이 노닌자 흉내를 시작했다.

"닌자는 조잡한 식사를 견뎌야 하느니라."

꽤 닮았다.

"이거뿐인 거예요?"

"아침이랑 밤에는 국도 나오는데, 기본적으로는 이거뿐이야."

오독오독 잡곡을 입에 넣고 씹는다.

식사가 늘 이거면 턱이 단련되겠는걸.

"엄격해~?"

"포치의 말린 고기를 나눠주는 거예요."

포치가 닌자 복장의 주머니에 숨기고 있던 말린 고기를 나눠주자, 아이들이 쌍수를 들며 기뻐했다.

다들 기쁜 기색으로 말린 고기를 깨물었다.

"뭘 하고 있느냐!"

문을 날려버릴 기세로 노닌자가 뛰어 들어왔다.

"뭐냐 이것은! 닌자식은 엄격한 환경에서 살아남기 위한 몸을 만들기 위한 수행이니라. 멋대로 다른 걸 먹으면 안 된다!"

노닌자가 학생의 손에서 먹다 만 말린 고기를 빼앗았다.

"일류 닌자가 되고 싶다면 닌자식을 먹어라!"

노닌자가 일갈했다.

잡곡 안에 약독성인 게 섞여 있는 것도 그 일환인가?

"어엿한 닌자가 되어 성녀님과 현자님의 도움이 되고 싶다면, 제 몫을 하게 되는 것을 최우선으로 하거라!"

성녀와 현자의 이름을 꺼내면 거스를 수가 없는 건지, 아직 노닌자에게 빼앗기지 않은 아이도 말린 고기를 포치에게 돌려주고, 우물우물 식사를 하러 돌아갔다.

뚱뚱한 애 하나만 노닌자에게 들키지 않도록 입 안으로 욱여넣어서 삼켰다.

"너도 특별 취급은 안 된다. 이건 압수다."

노닌자가 포치의 손에서 말린 고기 다발을 빼앗아 방을 나섰다.

"포치의 말린 고기 아저씨가……."

포치가 시들시들 주저앉았다.

"먹자~?"

"네, 인 거예요."

타마랑 포치가 주머니 안의 잡곡을 먹었다.

"잡초보다는 맛있는 거예요."

"네잉."

둘이 미묘한 표정으로 잡곡을 씹었다.

나도 둘을 본받아서 한 줌 잡곡을 입으로 넣었다.

이런, 예상보다도 심하다. 역사가 있는 말린 밥이 몇 배는 맛있을 게 틀림없어.

마치 마음과 몸이 기계로 개조될 법한 맛이었다.

◆

오후에는 연못에서 물거미의 술법이나 수둔의 수업이 있었다.

공보의 응용으로 수면을 걸을 수 있는 타마와 포치에게 노닌자가 경악하고, 레벨 50이 넘는 강인한 폐활량으로 실현하는 경이적인 잠수 시간에 노닌자가 당황하는 장면도 있었지만, 대강 문제없이 보냈다.

"으그그…… 마지막은 마을 가장자리를— 다섯 바퀴다!"

마지막으로 10킬로미터 마라톤이라니 닌자 수행도 상당히 헤비하군.

"달리는 거라면 안 져."

"그럼! 수인 선배한테도 안 졌거든!"

학생 둘이 타마와 포치에게 선전포고를 했다.

인술로는 당해낼 수 없으니, 특기 분야에서 리벤지 매치를 도전하는 모양이군.

그들이 가진 질주 스킬이 자신의 근원이겠지.

"타마는 안 져~?"

"포치도 우사사한테 이기는 거예요!"

타마와 포치도 정정당당하게 받아들이는 모양이다.

노닌자의 신호로 아이들이 달린다. 나는 가장 뒤에서 출발하여 주행 폼이 나쁜 애들에게 어드바이스를 하면서 달렸는데, 어느샌가 선두집단을 따라잡아 버렸다.

"주인님, 왔어~?"

"정말인 거예요! 주인님! 포치 여기 있는 거예요!"

타마와 포치가 나를 기다린 모양이다.

"젠자앙~!"

"여유 있는, 표정, 하고서는……!"

나는 새빨개진 얼굴로 타마와 포치를 따라가는 아이들을 추월하여 둘과 나란히 섰다.

"포치는 진심 모드인 거예요."

"바이바이비~."

포치와 타마가 전력질주를 시작했다.

장거리가 아니라 단거리처럼 달리네.

"흐, 흥. 그런 속도로 마지막까지 버틸 수 있겠냐?"

"마지막에, 이기는 건 나야."

아이들의 정신 승리를 등 뒤로 들으며, 포치와 타마 뒤를 따라갔다.

그리고, 한 바퀴 차이가 난 시점에서 선두 집단 아이들의 마음이 꺾인 모양이다.

아무리 질주 스킬을 가졌어도, 레벨 차이가 40 이상 나서는 승부가 안 된다. 이것에 기죽지 말고 강하게 살아가거라.

달릴 때 몇 번 시선을 느꼈는데, 적의는 안 느껴져서 무시했다.

모래 먼지를 피우며 달리는 아이들과 소년의 조합이 호기심을 자극했으리라.

"일등인 거예요!"

"고~올~?"

장거리 달리기는 포치가 약간 잘하는 모양이다.

"이, 이놈들! 어디선가 지름길을 썼구나?! 자백하거라!"

노닌자가 노성을 지르면서 달려왔다.

그 기세에 겁을 먹은 타마와 포치가 내 등 뒤로 숨었다.

"뉴~?"

"포치는 지름길 같은 거 안 쓴 거예요?"

내 뒤에서 빼꼼 고개를 내민 둘이 항의했다.

"지름길을 안 쓰고, 이렇게 이상한 속도로 돌아올 수가 있겠느냐!"

노닌자가 소리치자 두 사람이 쏙 숨었다. 조금 귀엽다.

"기다려 주세요. 두 사람 말이 맞습니다. 저희들은 평범하게 달렸을 뿐입니다."

"―실장. 그들은 부정이 없습니다."

마을 외벽에서 날아온 닌자복의 언니가 내 말을 보증해 주었다.

달리고 있을 때 마을 쪽에서 느낀 시선의 주인이 그녀였나 보군.

"으그그……."

노닌자가 신음했다.

뭔가 생각난 것처럼 씨익 입가를 올리더니, 우리를 보았다.

"땀 한 방울도 안 흘린 모양이니, 아직 달리기가 부족하겠지? 저기 보이는 탑까지 달려가서, 탑 근처에 있는 꽃을 꺾어 오거라."

노닌자가 조금 떨어진 산 꼭대기에 있는 파수탑을 가리켰다.

"네잉!"

"네, 인 거예요!"

노닌자는 심술이나 힘들게 하려고 한 말이겠지만, 놀이가 부족한 타마와 포치는 추가 미션에 적극적이다.

"으극— 꽃잎이 흩어지지 않도록 가지고 와라. 한 장이라도 떨어지면 다시 한 번이다!"

"아이아이 서~?"

"라져인 거예요!"

타마와 포치가 멀리 보이는 탑을 향해 달려갔다.

언니의 「탑 근처에 마굴이 있으니까 주의하세요!」라는 경고에 인사를 하고, 나도 두 사람을 따라갔다.

중간에 감시가 없다는 걸 확인하고서, 바위 사이에 각인판을 설치하여 비상용 전이 포인트를 만들어 두었다. 유비무환이라고 하잖아.

"마굴 발견~?"

"좁은 거예요."

타마와 포치가 마을에서 2킬로미터 거리의 벼랑에서 마굴 입구를 발견했다.

포치가 말한 것처럼, 어린애가 아니면 못 들어갈 정도로 입구가 좁다. 조금 고개를 들이밀고 「모든 맵 탐사」의 마법을 써서 조사해봤는데, 20미터쯤 되는 길이의 구불거리는 동굴 같았을 뿐이다. 안에는 박쥐나 벌레 말고는 아무것도 안 살았다.

"저기도 동굴이 있는 거예요!"

"거기랑, 저 너머에도 있어~?"

바위 틈이나 먼 경사에 있는 마굴의 입구를 포치와 타마가 차례차례 발견했다.

이 근처는 작은 공백지대가 많은 걸 보니, 소규모의 마굴이 밀집해 있는 모양이다. 조금 흥미가 있지만 걸어가기엔 지형이 안 좋다. 천구라면 여유롭겠지만, 그러면 파수탑에서 다 보인단 말이지.

"물 냄새가 나는 거예요!"

포치가 말하고 가까운 바위 위로 올랐다.

나랑 타마도 바위에 올라가자, 바위 너머의 분지에 낯익은 키 작은 나무— 선선 나무가 있고 뿌리 부근에 생긴 물웅덩이에 작은 동물들이나 사슴 같은 초식동물이 모여 있는 게 보였다.

우리들을 깨달은 동물들이 도망쳤다.

"고기~."

"아앗, 도망쳐 버린 거예요."

타마와 포치가 동물들을 쫓아가려고 하기에, 두 사람의 허리띠를 붙잡아 말렸다.

여기는 조금 시원하다. 모래 종족들이 수호신이라고 했던 선선 나무의 효험일지도 모르겠네.

"자, 수행으로 돌아가자."

우리는 잠시 지나 파수탑에 도착했다.

탑 근처에 피어 있는 꽃을 꺾고 있는데, 탑 위에서 굵직한 목소리가 들렸다.

"오! 수행이냐?"

"성녀님과 현자님에게 칭찬 받을 수 있게 힘내라!"

파수탑 위에서, 병사 차림을 한 남자들이 손을 흔들었다.

우리는 그것에 손을 마주 흔들고, 꺾은 꽃이 흐트러지지 않도록 주의하여 돌아갔다.

노닌자는 꽃잎 한 장 떨어지지 않은 꽃에 납득 못하는 표정을 지었지만, 딱히 문제없이 오후 수행을 마칠 수 있었다.

"와~아?"

"저녁밥인 거예요!"

조리장에서 흘러드는 냄새에 코를 킁킁 움직이던 타마와 포치가, 언니가 가져온 커다란 냄비를 보고 다른 학생들과 함께 함성을 질렀다.

야채가 넉넉한 수제비 같은 국이 있는 저녁은 점심의 닌자식 온리랑 비교하면 훨씬 나았다.

왕성한 식욕을 보이는 아이들을 지켜보고 있는데 아리사에게 통신이 들어왔다.

『헬로헬로~. 당신의 아리사랍니다.』

『나도 있어.』

아리사에 이어 미아의 목소리도 들렸다.

아무래도「전술 대화」로 모두를 이어준 모양이군.

『마법 교실은 어땠니?』

『다들 착해.』

『교사는 조금 엘리트 의식이 강해서 재수 없는 녀석이 있었지만, 실장이 제대로 된 사람이라서 괜찮았어.』

그거 다행이군.

『—아, 그리고 현자가「보수의 선불이다」라면서, 이 나라의 물 마법과 불 마법의 마법서를 줬어. 그거랑 빌려주는 것뿐이라고 하면서, 낡은 마법서도 몇 권인가 보여줬어.』

『사토, 들어봐, 마법서는 굉장해. 잃어버린 이론이 적혀 있었어! 엘프들도 실전한 오래된 오래된 이론 같은 거였어. 아제라면 알고 있을지도 모르지만 나는 처음 봤어. 정말이야?』

어지간히 흥미로웠는지, 미아가 장문이다.

나도 밤중에 실례해서 읽어봐야지.

『그 밖에도 프루 제국 시대의 금주 연구자가 남긴 자료라는 스크롤을 몇 개 빌려줬어.』

『단편.』

『응, 일부뿐이니까 그대로는 못 쓰지만, 여기에 적혀 있는 걸 연구하면 오리지널 금주를 만들 수 있을 지도 몰라.』

『헤에, 굉장한데..』

그런 건 나도 좋아하니까, 꼭 열람하고 싶었다.

『마스터, 저도 이야기하고 싶다고 호소합니다.』

나나가 주장하기에, 각자의 교실 이야기를 들었다.

그 부분의 이야기를 하는 사이에 식사 시간이 끝나서 다른 아이들이 떨어지기에, 닌자 교실의 근황은 타마와 포치가 모두에게 전달했다.

한 바퀴 돈 참에, 모두가 선생님으로 활동한 얘기를 들었다.

『마법 수업은 어땠어?』

『오전은 영창 연습. 낮부터는 일상에서 마법의 편리한 사용법을 교육했어.』

『응, 초보의 초보.』

전문적인 수업을 한 시가 왕국의 왕립학원하고는 동떨어진 내용인 모양이다.

건방진 애가 많아서, 아리사랑 미아는 교사 같은 안경과 지시봉 장비로 선생님다움을 강화했다고 말했다.

『내일은 영창 단축이나 명상 같은 스킬을 배울 수 있을 법한 수행을 중심으로 가르쳐달래.』

『마법의 수업이 아니라?』

『응, 그쪽은 최소한이야. 다른 강사의 수업도 견학했는데, 실천적인 연습뿐이야.』

『이론 무시.』

미아의 목소리가 까칠하다.

『여기는 「배우기보다 익숙해져라」의 정신인가 보네.』

『그렇다기보다는 스킬이 없는 애들이 스킬을 배우는 게 우선

되는 느낌이야.』

—응?

그 애들은 스킬이라는 「재능」이 없는데, 「재능 있는 자」의 마을로 온 건가?

조금 더 아리사에게 물어봤다.

『마법의 사용법은 알고 있는 것 같아서, 두통을 견디면서 마법을 썼어..』

그런 것도 「재능 있는 자」로 분류되는 건가?

『제가 담당한 학생은 조금 이상한 느낌이었습니다.』

『어떤 식인데?』

『눈은 좋습니다만, 몸이 따라가지 못한다고 해야 할까요? 큰 부상에서 이제 막 복귀한 탐색자를 본 적이 있습니다만, 그런 느낌의 학생이 몇 명이나 있었습니다.』

『마스터, 제 학생도 몇 명 있었다고 보고합니다.』

흠, 한 명이라면 모를까 많은 건 좀 신경 쓰이네.

『루루 쪽은 어땠어?』

『저 말인가요? 다들 열심히 했는데요?』

루루 쪽은 문제없나— 그렇지.

『맛내기가 별난 사람은 없었어?』

『네? 있었지만, 레시피를 따라서 정확하게 계량하라고 했더니 맛있어졌어요.』

그건 서투른 건지 리자나 나나가 말한 학생과 비슷한 건지 구별이 안 되네.

『주인님 쪽은 그런 애들 없었어?』

『미안, 그다지 신경 쓰지 않아서 기억이 안 나.』

후반은 노닌자의 리액션을 즐기는 자리가 됐으니까.

『타마랑 포치는 기억 안 나?』

『다들, 착해~?』

『그런 거예요! 다들, 아주아주 노력하는 거예요!』

두 사람도 깨닫지 못한 모양이다.

일단 내일부터는 신경을 쓰겠다고 하고, 그 날의 통화는 종료했다.

이 마을에 있는 라이트 소년의 상태도 공간 마법의「멀리 보기」와「멀리 듣기」로 확인했는데, 다른 애들이랑 사이좋게 노력하고 있었다. 걱정 안 해도 괜찮겠군.

통화를 마쳤을 무렵에는 벌써 취침시간이었다.

"널빤지 사이는 그렇다 치고, 침구는 없는 거니?"

"없는데?"

"닌자는 어디서든 잘 수 없으면 안 된대."

식사를 하고 있던 널빤지 사이를 가볍게 빗자루로 쓸기만 하면 취침 준비 완료인 모양이다.

학생들이 모두 여기 있다는 건, 남녀 함께 아무렇게나 누워 자는 모양이군.

뭐 야영이나 캠프 같은 거라고 생각하면 되나? 더운 지방이니까 밤중에도 창을 다 열어놓고 있으니.

"있잖아. 바깥 이야기 들려줘."

"나, 용사님 이야기가 좋아."

잠이 안 오는지, 아이들이 타마와 포치에게 이야기를 졸랐다.

"오우케이~?"

"포치는 용사 아저씨랑 같이 마왕 퇴치를 한 거예요!"

"굉장해~!"

"세이나 님은? 세이나 님 이야기 들려줘."

"나도 세이나 님 이야기 듣고 싶어!"

닌자 교실인 탓인지, 용사 파티에서 척후를 맡은 세이나가 인기다.

"세이나는 오므라이스랑 카레를 좋아하는 거예요!"

"세이나는 꼬치구이도 좋아해~?"

아마 아이들이 듣고 싶은 건 그런 이야기가 아닐 거라고 생각하지만, 조잡한 식사로 나날을 보내는 아이들에게는 이국의 요리도 매력적이었는지, 어떤 요리인가라는 화제로 신이 나서 노닌자가 「시끄럽다!」 하고 소리칠 때까지 이어졌다.

타마랑 포치를 재우고, 주변이 조용해진 것을 확인한 뒤에 아리사랑 미아 쪽에 실례하여 그녀들이 현자에게 빌렸다는 고문서나 연구 자료를 살폈다.

아리사랑 미아는 금방 잠들었지만, 상당히 흥미로운 내용이라 날이 밝을 때까지 읽고 말았다. 수면 부족한 날이 이어져서 좀 졸리군.

닌자 교실은 아침이 이른 것 같으니까, 아리사랑 미아가 일어나는 걸 기다리지 않고 돌아왔다.

◆

"오늘은 상황에 맞추어 망토나 천을 사용한 은폐술에 대해 가르쳐주마."

타마와 포치의 신체능력에 두려움을 느낀 건 아닐 거라고 생각하지만, 오늘 닌자 교실은 기초훈련 말고는 수수한 것이 많다.

"리버시~블~?"

"뒤는 숲이고, 앞에는 흙색인 거예요!"

"그렇고말고~! 용케 눈치 챘다. 닌자는 가벼움이 신조. 조금이라도 짐을 가볍게 할 필요가 있는 것이지!"

노닌자가 바로 그거라는 듯 말했다.

닌자 만화를 읽을 때는 신경 쓰지 않았었는데, 수리검이나 마름쇠는 꽤 무겁단 말이지.

"자아 숨어라! 100 세고 나면 찾으러 간다! 발견된 사람은 마을을 세 바퀴 돈다. 진심으로 숨어라!"

노닌자가 외치자 학생들이 천을 쥐고서 일제히 달려갔다.

벌칙이 있는 숨바꼭질 같은 거라 그런지 학생들이 조금 즐거워 보인다.

"닌닌~?"

"포치는 숨바꼭질의 프로인 거예요!"

타마가 지붕 처마에 있는 틈에서 다락으로 들어가고, 포치가 재빠른 움직임으로 마루 밑에 파고들었다.

다른 애들도 물건 뒤나 상자 안 같은 곳에 숨었다.

─오?

잠복 스킬이나 은형 스킬도 없는데, 스킬을 가진 것처럼 깔끔하게 숨는 학생들이 있다.

레벨도 낮은데─ 진짜냐. 눈앞에서 은형 스킬이 발현된 애도 있다. 그레이아웃되어 있는 걸 보니, 숨바꼭질을 하면서 얻은 경험치로 레벨업하여 획득한 모양이군.

그렇군……. 분명히 「재능 있는 자」구나. 대단한 재능이야.

"베르트, 라드리, 드라트! 그쪽에 시바트, 자자리!"

노닌자가 굉장한 속도로 아이들을 발견한다.

아무리 닌자라도 최대치까지 올린 은형 스킬은 간파할 수가 없는지, 내 앞을 그냥 지나가 버렸다.

너무 진심으로 숨었을지도 모르겠군.

결국 타마랑 포치랑 나는 마지막까지 발견되지 않았다.

"세 사람은 굉장하네."

"응응. 마지막까지 숨어 있는 애는 처음 봤어."

"니헤헤~?"

"그렇게 칭찬하면 쑥스러운 거에요."

아이들에게 칭찬을 받은 타마와 포치가 부끄러워한다.

"흥, 금방 밑천이 드러날 거야."

"그래그래. 『재능』은 간단히 연마할 수 없어."

조금 떨어진 장소에 있던 학생이 가시 돋친 표정으로 투덜대고 있었다.

그 애들은 아까 스킬 없이 어엿한 은형을 보여준 애들이다. 신참인 타마와 포치를 다들 추켜세워주는 게 재미없는 거겠지.

"뉴~?"

"따끔따끔인 거예요."

악의를 받고서 순진한 둘이 풀이 죽었다.

"신경 안 써도 돼."

"쟤네들은 나갔다 왔으니까, 좀 잘난 척하거든."

"의식에서 성녀님을 만난 적이 있다고, 언제나 잘난 척이야."

다른 애들이 타마와 포치를 위로했다.

"나갔다 온 애가 많은 거야?"

조금 신경 쓰여서 물어봤다.

"응. 위쪽 학교에 갔던 애들도 가끔 돌아와."

"그만 두는 애도 있지만, 금방 『재능』을 얻어서 위쪽 학교에 가버려."

"신입생인데 좌절하는 애도 많아~."

"닌자식은 맛없으니까."

아이들의 이야기가 다른 방향으로 빠져버렸다.

그건 그렇고 「위쪽 학교」가 있다면, 타마와 포치도 금방 승격해서 전학을 갈지도 모르겠네.

그날 오후는 수리검의 투척 연습이나 도망갈 때 유용한 마름쇠 사용법을 배우고, 노닌자가 젊었을 무렵의 기나긴 무용담을 들은 다음, 그 결사의 임무에서 도망칠 때 썼다는 「매미 허물의 술법」에 대해 가르쳐 주었다.

"『매미 허물의 술법』이란 눈속임이니라."

노닌자가 닌자 복장의 소매를 묶고 있던 끈을 풀더니, 발치에 놔둔 바구니에서 굵직한 가지 2개를 꺼내 십자로 묶었다.

"연기 구슬이 있다면, 그걸 쓰면 된다. 연기 구슬도 마름쇠도 다 쓰고, 견제용의 수리검도 다 떨어지면 마지막 수단이라고 생각하거라."

노닌자가 말하면서 겉옷을 벗어, 십자의 가지에 입혔다.

마지막으로 두건을 십자 가지에 씌워서 만든 것을 학생들에게 보였다.

"보면 알겠지만, 이렇게 조잡한 것으로 상대의 눈을 얼버무릴 수는 없다."

학생들도 동의하는지 순순히 고개를 끄덕였다.

"나무 그늘, 풀 뒤, 바위 뒤, 어디든지 좋으니 숨어서, 기회를 기다려라. 아지랑이나 황혼, 구름에 달이 숨는 진정한 어둠을 이용해서, 상대의 시야가 끊어진 순간에, 이것을 미끼 삼아 도망칠 수 있는 게다."

"—도망치는 거야?"

"상대의 틈을 찔러서 공격하면……."

아이들이 뜻밖의 표정으로 잡담을 했다.

"그렇다. 도망쳐야 한다. 애당초 싸워서 이길 수 있는 상대라면, 그 정도까지 궁지에 몰리지 않는다. 우리들의 목적은 적지에서 얻은 정보를 가지고 돌아가는 것. 그것을 잊어선 안 되느니라."

첩보 활동이라는 본분을 잊지 말라고 노닌자가 못을 박았다.

내 옆에서 오도카니 무릎을 세워 모으고 앉아 있던 타마와 포치가, 붕붕 격하게 고개를 끄덕였다. 참 솔직해.

그런 식으로, 조금 리얼한 「매미 허물의 술법」 다음에 오후 수업이 끝났다.

저녁을 먹은 뒤, 동료들에게 정기 연락을 했다.

『주인님 쪽에도 있었어?』

『그쪽에도 있었니?』

『응, 발견.』

훈련중에 레벨이 올라서 은형 스킬을 얻은 애가 있었다고 보고했더니, 아리사와 미아가 자기 쪽에도 마법 스킬을 얻은 사람이 있었다고 가르쳐 주었다.

『스킬을 얻은 것인지는 알 수 없습니다만, 수행중에 요령을 터득해 갑자기 능숙해진 자는 있었습니다.』

『예스 리자. 방패술 반에도 같은 학생이 있었다고 보고합니다.』

다른 애들도 마찬가지 현상을 확인했다.

물론 나랑 아리사와 달리, 학생들의 레벨이나 스킬이 안 보이니까 가르칠 때의 감각으로 깨달은 모양이다.

『루루는 오늘 어땠어?』

『나? 오늘은 생선의 다진 살을 쓴 요리를 만들었어! 아주 맛있게 돼서, 아리사나 주인님이랑 모두에게 먹여주고 싶을 정도였어.』

『아니, 그게 아니라. 학생들 말야. 갑자기 능숙해진 애는 없었어?』

『딱히 없었, 으려나?』

요리 교실은 평화로운 모양이다.

『역시, 이 급성장하는 애들이 「재능 있는 자」의 특징인 걸까?』

『그런 게 아닐까? 본래 레벨이 낮은 것도 있겠지만, 같은 레벨인 다른 애보다도 레벨이 오르기 쉬웠던 것 같기도 하고.』

뭐 그런 부분은 은혜 스킬을 얻은 애가 스킬을 얻은 다음부터 봤을 뿐이니까, 그다지 확증은 없다.

『어떻게 구분하는 걸까?』

『현자의 경험이나, 감 아닐까?』

아니면 어떤 비보나 신기 같은 것으로 구분하는 걸지도 모른다.

뭐 「딱히 해도 없고, 신경 안 써도 되지 않을까?」라는 결론으로, 그 정기 보고를 마쳤다.

◆

다음날, 현자가 닌자 교실에 나타났다.

"타마 군과 펜드래건 경의 수행은 내가 맡지."

현자의 보조 역할인지, 닌자 교실의 선생님을 하는 미인도 함께다.

"포, 포치도 잊으면 안 되는 거예요."

"아아, 미안. 너도 함께해도 상관없다."

가볍게 흘렸지만, 포치는 안도한 표정으로 타마 옆에 섰다.

"어제까지 『보통의』 닌자 수행은 충분히 체험했을 거라 생각하네."

—아하. 그래서 우리를 그에게 맡겼었구나.

"이미 알았을 거라 생각하지만, 타마 군의 인술은 일반적인 그것과 크게 다르지."

현자가 타마를 보았다.

"뉴~?"

타마는 어떻게 반응하면 좋을지 모르는 듯, 갸우뚱하면서 어려운 표정을 지었다.

"속성 광석을 사용하는 마법 같은 인술은, 내가 아는 한 타마 군이 창시자라고 해도 된다네. 찾아보면 비슷한 일을 시도한 자도 있겠지만, 그것을 기술로 승화할 수 있는 자는 드물지."

드디어 칭찬하고 있는 걸 이해했는지, 타마가 「뉴후후」 하고 수줍게 웃음을 지었다.

"속성 광석으로 쓸 수 있는 인술을 한번씩 보여다오."

"네잉."

타마가 불 광석의 가루를 쓰는 화둔— 화염무도나 불꽃 칼날, 물 광석의 가루를 사용하는 수둔이란 이름의 물 곡예, 바람 광석의 가루로 쓰는 풍둔— 강풍이나 눈가림이나 바람의 칼날, 흙 광석의 가루를 사용한 토둔— 참호 파기나 추락함정, 흙벽의 술법, 벼락 광석의 가루로 사용하는 뇌둔— 벼락 칼날이나 전기 쇼크 술법, 얼음 광석의 가루를 사용해 수면을 얼리는 빙둔, 빛 광석 가루를 사용한 광둔— 섬광이나 조명이나 위력이 약한 광탄 따위의 인술을 보여주었다.

이렇게 새삼 보니, 상당히 다채롭네.

속성 광석의 코스트가 높으니까 일반화는 어렵겠지만, 타마가 쓰기에는 문제가 없다.

"그림자 광석이나 어둠 광석은 어쨌지?"

"그림자는 아직~?"

타마가 그림자 광석의 가루로 사용하는 그림자 첨벙첨벙의 술법을 보였다.

그림자를 10센티미터 정도 파도치게 만들거나 발목까지 잠기는 게 고작이고, 그림자 마법인 「그림자 채찍」 같은 상대를 붙잡는 기술은 아직 못 쓴다.

"이쪽은 아직 정진이 필요하군."

"뉴~ 돌이 부족해~?"

"그림자 광석을 다 쓴 건가?"

"네잉."

타마가 고개를 끄덕이자, 포치가 어색한 표정으로 삭, 시선을 피했다.

전에 그림자 광석의 가루를 성대하게 뿌려버린 걸 신경 쓰는 모양이네.

"그러면, 조금 더 나눠주마."

현자가 아이템 박스에서 그림자 광석을 꺼내 나눠주었다.

"그림자 광석은 어떤 장소에서 얻을 수 있나요?"

"사람의 손이 닿지 않은 깊은 숲 속이라네. 강한 햇볕이 내리쬐고, 그래도 나무뿌리 부근에는 빛이 닿지 않는 그림자의 세계가 좋지. 그림자가 흐트러지지 않는 정숙한 숲이 좋다고 하더군."

그렇군. 엘프들이 정성스레 손질하는 보르에난의 숲 같은 장소에는 없는 거구나.

의외로 해당하는 장소가 있는 것 같으니, 다음에 찾아봐야지.

"어둠 광석을 사용한 인술은 없는 건가?"

"어둠 광석은 아직~?"

아무리 타마라도 거기까지는 손대지 못한 모양이다.

"이러한 술법은 못하겠나?"

현자가 어둠 마법을 영창하자, 그의 앞에 검은 소용돌이가 생겼다.

"소용돌이~?"

"그래. 이것은 마법이나 화염을 빨아들인다. 나에게 화둔을 써봐라."

"네잉."

타마가 화둔으로 불꽃을 만들자, 그것들이 모두 검은 소용돌이에 빨려 들어갔다.

"뉴뉴뉴!"

"빨려 들어가 버린 거예요!"

타마와 포치가 눈을 동그랗게 떴다.

"어둠 마법은 『흡수』나 『중화』가 특기지. 어둠 광석의 가루로도 불 지팡이나 벼락 지팡이 정도의 공격이라면 중화할 수 있을 거다."

"네잉!"

타마가 힘차게 고개를 끄덕였다.

"포치도 도와줘~?"

"네, 인 거예요."

타마는 어둠 광석을 가루로 만들더니, 그것을 훌쩍 공중에 뿌려서 포치의 마인포를 막는 연습을 시작했다.

포치가 힘 조절을 해서 마인포를 쏘는 모양이지만, 어둠 광석 가루로 약간 위력이 감퇴하기만 하고 가볍게 관통해 버린다.

"아우치."

인술에 집중해서 회피를 못한 타마의 이마에 위력이 떨어진 마인포의 탄환이 부딪혀 버렸다.

금속 머리띠로 받아내서 상처는 없는 모양이지만, 꽤 아파 보인다.

"타마, 괜찮은 거예요?"

"난쿠루나이사~? 원 모어 트라이~?"

"네, 인 거예요. 포치는 확실하게 힘 조절을 할 수 있는 거예요?"

"기다려, 포치. 이걸 쓰렴."

조금 위험하기에, 위력이 낮은 투사총^{스프레이 건}으로 연습시켰다.

잠시 타마와 포치의 훈련을 조마조마하면서 지켜보았다.

"됐어~?"

"역시 타마인 거예요."

다른 인술로 익숙해져서 그런지, 1시간도 안 걸려서 투사총의

산탄을 중화할 수 있었다.

연습할 때 현자가 몇 번 조언을 해준 덕분일지도 모른다.

"훌륭하군. 그러나, 그걸로 만족해선 안 된다."

"네잉, 현자 선생님~."

타마가 진지한 표정으로 고개를 끄덕였다.

그러고 보니, 수행중에 어느샌가 타마와 포치가 현자를 현자 선생님이라고 부르게 됐다.

"어둠은 흡수밖에 못한다고 단정하지 말도록. 옛날이야기에는 어둠 마법으로 공중에 떠오르는 마법사도 나왔다. 타마 군의 발상에 따라서는 얼마든지 인술의 가능성이 넓어지는 법. 마음과 시야를 넓게 가지고 술법의 가능성을 파고드는 거다."

"네잉, 열심히 해요."

타마가 척 포즈로 대답했다.

어째선지 포치도 그 옆에서 같은 포즈로 나란히 서 있었다. 응, 귀여워.

"그 마음이다. 네 공부가 되도록 그림자 마법을 이것저것 체험시켜주마—."

현자가 거기까지 말한 다음, 나와 포치를 보았다.

"펜드래건 경과 포치 군은 속성 광석을 사용한 훈련도 좋지만, 그녀에게 중닌들이 쓰는 특별한 오의를 배우는 편이 앞으로 도움이 되겠지."

"특별한 오의, 라고요?"

"그래."

현자가 대답하며 고개를 끄덕이더니, 식은땀을 흘리며 타마의 인술을 지켜보고 있던 미인에게 시범을 재촉했다.

"분신의 술법."

미인이 그렇게 말하며 순동과 정지를 반복하여 잔상을 눈에 새기는 타입의 리얼 분신술을 보여주었다. 이거라면 나도 할 수 있겠어.

"스피~디~한 거예요!"

"퀵 앤드 리스폰스~?"

타마는 좀 틀렸어.

"어때요? 내가 몇 명으로 보였죠?"

"뉴?"

"계속 한 명이었던 거예요?"

미인이 재는 표정으로 말했지만, 뛰어난 동체시력을 가진 타마와 포치는 평범하게 눈으로 추적한 모양이다.

"그럴 리가— 잘 보세요."

오기가 생긴 미인이, 방금 전보다 빠르고 방금 전보다 기민하게 잔상을 만들었다.

페인트 기술인 「허신」 스킬도 병용하는 모양이다.

"어, 어때요?"

미인이 헉헉 가쁘게 숨을 쉬면서, 폭포처럼 흘린 땀을 팔로 닦아냈다.

"뉴~?"

"아주 빨랐던 거예요?"

아무래도 방금 전과 마찬가지로 분신으로는 안 보였나 보다.

"그대도 재수행이 필요한 모양이군."

"혀, 현자니임……."

미인이 울 것 같았다.

"저는 7명 정도로 보였습니다. 완급을 주어 움직이는 게 비결이군요."

내가 곧장 두둔했다.

"그밖에 어떤 기술이 있나요?"

"적지 잠입에 쓰는 변장이나 붙잡혔을 때 도망치는 밧줄 빼기의 기술 같은 것도 있어요. 벽 달리기나 환혹술 같은 것도 편리해요."

미인이 손가락을 꼽으면서 여러 가지 기술을 가르쳐 주었다.

"와오~."

"포치는 아주 신경 쓰이는 거예요!"

타마와 포치가 눈을 반짝거리며 미인을 보았다.

"타마 군은 다른 과정이야. 그쪽 기술은 나중에 펜드래건 경에게 배우도록 해라."

"……네잉."

타마가 조금 유감스러워 보였다.

우리는 현자와 타마에게서 조금 떨어진 장소에서, 미인에게 중닌용의 기술을 배웠다.

"밧줄 빼기는 수수하니까, 벽 달리기부터네."

미인이 품에서 꺼낸 검은 날의 단검을 벽으로 던지고, 그걸 발판 삼아서 벽을 달리듯 올라갔다.

그녀는 위까지 올라가더니 좁은 벽 위에 한 발로 서서, 이쪽에 윙크를 했다.

팔을 휘두르자, 발판으로 쓴 단검이 그녀의 손에 모였다. 아무래도 와이어 같은 걸로 묶어둔 모양이다.

"굉장히 굉장한 거예요! 아주 어메이징한 거예요."

흥분한 포치가 공보를 발판 삼아 미인 옆으로 가더니 그녀의 기술에 찬사를 보냈다.

"……고마워. 하지만, 언니는, 조금 복잡한 기분이야."

나도 벽을 달려 곁에 가볼까 생각했지만, 그녀가 더욱 충격을 받을 것 같아 자중했다.

마음을 가다듬은 그녀를 따라 교실로 이동했다.

"환혹술은 미리 조합해둔 환혹제를 쓰는 거야. 그러니까 바람 방향이 중요해. 강풍이 부는 날은 실내에서만 쓸 수 있으니까 주의해야 돼."

그녀가 분말을 촛대의 양초 불에 올리자 달콤한 냄새가 났다.

"와오! 고기가 잔뜩 있는 거예요!"

아무래도 포치에게 환각이 보이는 모양이다.

"고기! 인 거예요!"

—오옷!

포치가 미인의 가슴에 뛰어들었다.

"자, 잠깐만 안 돼애—."

응, 상당한 지방유희가 아크로바틱이다.

가슴을 깨물려는 포치를 뒤에서 손을 뻗어 막았다.

"기, 기다려. 이제 환혹제 흩어졌으니까 심호흡해서 스읍 하~ 하~, 해봐."

"……어라라? 고기가 사라지고 가슴이 돼버린 거예요."

포치가 유감스런 기색으로 미인의 가슴에서 떨어졌다.

"마지막은 밧줄 빼기 술법이야. 이 로프로 나를 묶어봐."

미인이 가지고 있던 로프를 내미는 도중에, 타깃을 포치에서 나로 바꾸었다. 분명히 뭔가 불길한 예감을 느낀 거겠지.

여성을 묶는 것은 상당히 배덕감이 강하지만, 본인의 희망이라면 어쩔 수 없지. 그래. 어쩔 수 없는 거야.

"포치가 묶어주는 거예요!"

"—앗, 기다려."

"걱정 **어퍼**인 거예요!"

내가 받기 전에 포치가 로프를 빼앗아, 미인을 둘둘 둘러서 묶어 버렸다. 무척 정성스럽게 입까지 묶어서「우~ 우~」소리를 내고 있었다.

포치가 기합을 넣어 묶은 탓에, 아주 단단하게 묶인 모양이다.

분명히 인술은 묶일 때 힘을 줬다가 탈출할 때 힘을 빼서 틈을 만드는 기술이었을 거고, 픽션의 닌자처럼 관절을 빼서 빠져나가는 것도 이렇게까지 단단히 묶으면 어쩔 수 없을 거라고 생각하는데.

"아! 손 베이면 위험한 거예요."

소매 속에 숨기고 있던 금속 조각을 꺼내기 직전에, 선의의 포치가 채가서 미인이 울상이다.

이대로는 선생님의 위엄이 실추되어 버릴 테니까, 「이력의 손」으로 살짝 지원해서 틈을 만들어줬다. 그때 야릇한 비명이 들렸지만, 신사답게 귀를 막고서 안 들리는 시늉을 했다.

"드, 드디어 빠졌다."

"역시 닌자 선생님인 거예요!"

흐림 없는 순진한 눈을 한 포치가 짝짝짝 박수를 쳤다.

"고, 고마워."

복잡한 표정으로 미인이 대답했다.

미인의 난처한 표정은 어쩐지 버릇 들 것 같아서 무섭군.

또 다시 마음을 추스른 미인의 지도를 받아서, 우리도 밧줄 빼기나 분신술의 연습을 했다.

"탈출, 인 거예요!"

"포치, 로프를 찢으면 안 돼!"

포치가 힘으로 탈출한 건 반응이 별로네.

"초 분신인 거예요!"

"꺄— 교실의 벽이……!"

분신하려고 순동을 썼지만 미처 멈추지 못한 포치가 기세가 넘쳐 건물의 벽을 뚫으며 교실 밖으로 굴러가 버렸다. 목조 건축의 교실을 생각보다 날림으로 지었나 보군. 이 정도로 포치가 부상을 입는 일은 없지만, 조금 간담이 서늘했으니까 조금 더 신중하게 행동을 해주면 좋겠다.

"이런 느낌인가?"

미인의 흉내를 내서 해봤다.

허신 스킬이나 순동 스킬을 병용하는 걸로 생각보다 그럴 듯하게 재연했다.

〉「분신」 스킬을 얻었다.

오호, 잘 됐군.

쓸만할 것 같으니까 스킬 포인트를 분배하고 유효화해둬야지.

"역시 주인님인 거예요!"

"이럴 수가…… 한 번에 성공하다니……."

포치는 「역시주인」을 외쳐줬지만, 미인은 울 것 같은 표정으로 박수를 쳐주었다. 어쩐지 죄책감이 드네.

그리고, 에로한 쿠노이치 수행은 상급생만 한다고 했다. 포치의 교육상 좋지 않지만, 나 개인으로서는 후학을 위해서 조금 견학을 하고 싶었다.

특별 메뉴 훈련을 마치고, 타마 쪽으로 돌아가자 그쪽도 훈련을 마치고 뭔가 훈시를 듣는 참이었다.

"뛰어난 힘은 힘없는 자를 구하고 이끌기 위해서 있다. 힘에 빠지지 않도록 주의해라."

"뉴~?"

"약한 사람 괴롭히지 말고 난처한 사람을 도와주세요라는 거야."

현자의 말이 어려워 이해를 못한 타마에게 상냥한 말로 내용을 전달했다.

"네잉!"

타마가 힘차게 대답했다.

"펜드래건 경 쪽의 수행도 끝났나?"

"네, 대단히 뜻 깊었어요."

실용성은 그렇다 치고, 닌자 저택 같은 액티비티는 충분히 즐거웠다.

"그거 잘 됐군──."

현자가 말하는 도중에, 어디선가 따르르르릉 방울 같은 소리가 울렸다.

그가 소매를 걷자 안에서 도시 핵 단말로 보이는 파란 결정의 팔찌가 나타났다. 음원은 팔찌 같았다.

"……성……하."

독순 스킬이 현자의 소리 없는 중얼거림을 나에게 전달해 주었다.

"미안하지만, 조금 급한 용건이 생겼다네. 내가 돌아올 때까지, 그녀에게 인술을 배워주게."

현자가 말하더니, 발치의 그림자에 풍덩 가라앉아 그 자리에서 사라졌다.

아마, **그림자 마법**인 「그림자 건너기^{새도우 포탈}」를 쓴 거겠지.

이때 나는 미인이 「현자님, 저한테는 무리예요오오오오오」라고 비장하게 외치는 것에 정신이 팔려서, 현자가 영창도 안 하고 그림자 마법을 발동한 것을 의식하지 못했다.

"성도에 무슨 일이 있었나?"

입술을 읽은 느낌으로는, 성도에 있는 자자리스 교황의 몸에 무슨 일이 있었나 보다.

정보를 모으려고 맵을 열었을 때, 아리사가 「전술 대화」를 걸었다.

『주인님, 큰일 났어.』

아리사의 급보에 내 심장이 두근 뛰었다.

막간: 계산 착오

"현자님, 성녀님이—."

성녀를 상대하고 있던 시녀가 나를 발견하고 달려왔다.

여기는 내가 태수를 맡고 있는 도시의 지하. 도시 핵의 방 구석에 만든 새장—「성녀의 방」이다.

"또, 발작을 일으켰나……."

깨진 컵이나 쓰러진 가구를 둘러보면서 중얼거렸다.

"시시한 일에 긴급 호출을 쓰지 마라."

"죄송합니다. 그렇지만, 성녀님이 자살을 하려고 하셨습니다."

질책을 받은 시녀가 몸을 움츠렸다.

어리석은 일이다. 모방을 한 것이라지만, 「강제」로 묶인 **저 여자**가 자살하는 일 따위 불가능하다.
^{기아스}

"그냥 자기주장이다. 날뛰거든 적당히 타일러 둬라."

나는 시녀를 내보내고, 침대에 엎드린 자세로 몸을 던진 여자 쪽으로 걸어갔다.

군데군데 검게 물든 쭉 뻗은 보라색 머리칼은, 성녀 복장의 대부분을 감출 정도로 길었다. 싹 잘라버리면 머리도 가벼워져서 우울증도 나을 거라고 생각하는데, 여자는 완고하게 자르려고 하지 않았다. 뭐 억지로 할 것도 아닐 테지.

"─시즈카. 다음『재능 건네기』의식은 거물이다."

이런 장소까지 찾아온 김에, 성녀 시즈카에게 용건을 고했다.

진짜배기는 시즈카와 같은 **보라색 머리칼의 계집아이**지만, 작은 알갱이라고 생각했던 고양이 귀 소녀의「재능」도 예상 이상으로 근사하다. 그「재능」은 반드시 내 손에 넣어 연구하고 싶었다.

"또, 사람들이 노력한 끝에 얻은 스킬과 경험을 빼앗는 거구나."

시즈카가 음울한 목소리로 말했다.

"그게 어쨌다는 거지? 어중이떠중이가 가지고 있어도 어쩔 수 없는 것을, 유익한 자들에게 재분배하는 것뿐이다. 어차피『강제』에 지배된 네놈은 거스를 방도가 없다. 그런 것이라고 받아 들여라─ 성녀."

내가 말하자 침대에 엎드린 채 시즈카가 고개를 이쪽으로 돌렸다.

한 줌만 칠흑으로 물든 앞 머리 사이로, 원망스런 눈이 나를 노려보았다. 앞머리에 숨겨진 얼굴은 미모라고 해도 될 정도로 단정하지만, 음침하기 짝이 없는 여자의 분위기가 모든 것을 망치고 있었다.

"……성녀? 나는 그런 자격이 없어. 죄인이 어울려."

"그러면,『마왕』이라고 불러줄까?"

시즈카가 또 다시 침대에 얼굴을 묻고, 오열을 흘렸다.

여전히 마음이 약하군. 마왕화해도「강제」가 느슨해지지 않고 이성을 유지하고 있는 건 좋지만, 이토록 음울하다면 함께 있기만 해도 이쪽까지 마음에 병이 생길 듯 하군.

"부하가 찾아온 것이지만, 무료함을 달래는 데 써라."

아이템 박스에서 꺼낸 물자를 방의 구석에 쌓아 올리고, 여제자가 고른 장신구나 의류를 그 위에 놓았다.

비싼 물건들에 흥미가 없는 시즈카는 그것을 한 번 보지도 않고 고개를 돌리고 있었다.

내가 어깨를 으쓱거리고 「성녀의 방」을 떠나자, 시녀가 교대로 들어갔다.

"정말이지, 여자란 것은 이해가 어렵군."

탄식하는 내 앞에서, 도시 핵의 본체인 파랗게 빛나는 결정체가 간헐적으로 명멸했다.

동시에 단말이 따르르르룽 방울 같은 소리를 냈다.

"—긴급 통신?"

나는 도시 핵의 단말을 꺼내, 거기에 표시된 짧은 메시지에 눈길을 주었다.

"……이럴 수가 있나."

어리석은 시녀의 호출과 다른, 진짜 긴급 사태에 숨이 막혔다.

"이러고 있을 수 없군."

나는 곧장 도시 핵에 남은 마력의 태반과 맞바꾸어 성도로 전이했다.

"—성하!"

뛰어든 자자리스 교황의 방에는 미이라처럼 메마른 시종복의 시체와 다리에 힘이 풀린 수습 신관, 그리고 달려오긴 했지만 행동해도 되는지 모르는 표정을 짓고 있던 경비의 신전기사들이 있었다.

망토를 풀어 시체에 덮어 이목이 닿지 않도록 하고 주위를 둘러보았다.

중요한 교황은— 있다.

침대 너머에 있는 가림막 뒤에 법의 자락이 보였다.

가림막을 돌아가서, 방의 구석에 웅크리고 있던 교황 곁으로 달려갔다.

"성하, 무사하십니까!"

"……솔리제로."

교황이 떨리는 몸을 끌어안고 있었다.

그것을 지탱하면서, 그의 몸을 관찰했다.

몸 여기저기에서 검은 안개가 흘러나오고 있었다. 이것은 눈에 보일 정도로 짙어진 독기다.

과거에 녹색 나리가 말했었다. 고작 인간에게 신의 권능을 대여하는 「신의 조각」은 사람의 몸에는 과분하다고. 지나치게 쓰면 「혼의 그릇」이 부서지고, 마왕에 이른다고.

그 말의 진위를 알기 위해서 사진병의 양산을 강요한 모래 종족의 실험체는 녹색 나리의 말대로 마왕 「사진왕」으로 변모했다. 「재능 건네기」 의식에서 혹사당한 시즈카도 그렇다.

아마 교황도, 그 한 걸음 앞의 상태가 틀림없다.

"……두려워요. 나 자신이 두렵습니다, 솔리제로."

교황의 몸에서 흘러나오는 검은 안개가 짙어진다.

녹색 나리가 말했었다. 「혼의 그릇」에 상처가 난 자를 인간의 영역에서 마왕의 영역으로 밀어내는 것은 불안이나 공포 따위의 강한 정신 부담이나 격렬한 분노라고.

그렇다면, 인간의 영역으로 되돌리는 것은 안녕이리라.

"성하, 무슨 일이 있었습니까?"

"소모스를 죽이고 말았어요."

교황이 시종의 이름을 말하며 죄를 고백했다.

"처음에는 받침대에서 떨어져 목뼈가 부러진 소모스를 치유하고자 『성스러운 힘』을 썼습니다. 그런데, 『성스러운 힘』이 잘 발동되지 않았어요. 치유되어야 할 소모스가 괴로워하더니, 눈앞에서 메말라갔습니다. 신께서 나를 내친 것일까요?"

아무래도, 유니크 스킬 「만능 치유」가 반전이라도 한 모양이다.

처음으로 사람을 해친 것이 아니라, 신의 총애를 잃은 것을 두려워하다니. 성직자라는 것은 이해하기 어려운 생물이다.

"그런 일은 없습니다. 성하는 지금도 신에게 사랑을 받고 계십니다."

물론, **어느 신**에게 사랑 받는 것인지는 모르지만.

"현자님, 성하는 이쪽에 계십니까—."

"성하의 몸에서 검은 안개가?! 현자님, 성하께 대체 무슨—."

불운한 신전기사들을 「그림자 감옥」에 떨어뜨렸다.

이 상태의 성하를 본 자들을 내버려둘 수는 없다.

"솔리제로, 그들은?"

"조금 조용히 시킨 것뿐입니다."

나는 교황을 달래고, **정신 마법**인 「안정 파동」^{컴 웨이브}과 「권태 공간」^{웨어리네스 필드}을 연속으로 써서 마음을 강제적으로 진정시키고, 「안면 파동」^{슬립 웨이브}을 썼다.

교황의 호흡이 진정되는 것과 동기 되어, 천천히 검은 안개가 흐려졌다.

아무래도, 처치가 옳았던 모양이다.

"……솔리……제로."

"주무십시오, 성하. 눈을 떴을 때는 악몽은 끝났을 것입니다."

잠에 빠진 교황에게서 떨어져, 목격자를 처리하고자 칸막이 너머로 돌아갔다.

―없다?

다리에 힘이 풀렸던 수습 신관 소녀가 없다.

"여기에 있던 소녀는 어디 갔지?"

문틈으로 안을 살피던 자들에게 걸어가며 물었다.

그들의 눈에서 완전히 시체를 가린 타이밍에, 운이 나쁜 기사들과 마찬가지로 「그림자 감옥」으로 유기했다.

"리쟈라면, 바드리스 사제님의 지시를 받아 의무실로 옮겼습니다."

바드리스 사제― 도브나프 추기경의 추종자로군.

"신전기사를 보내 수습 신관 리쟈를 확보하라. 성하를 독살하려고 했다."

"리쟈가?!"

"성하는! 성하는 무사하십니까?!"

"안심해라, 성하는 무사하다. 다만, 막으러 끼어든 시종은 성하를 감싸고 죽었다. 독살범이 입막음을 당하기 전에 신병을 확보해라! 서둘러라!"

움직이지 않는 신전기사의 엉덩이를 말로 때려 보냈다.

시체는 검사를 위해서 확보했다고 고하고, 현장 보존을 위해서 출입을 금지하여 문을 닫았다.

"……일이 난처하게 됐군."

신전기사를 보냈지만, 수습 신관을 확보하는 건 불가능하리라.

성하의 비밀을 아는 수습 신관이 교황의 자리를 노리는 추기경의 손에 떨어지는 건 안 좋다.

그렇다고, 추기경을 상대로 강경 수단으로 나설 수도 없다.

파리온 신국의 실무를 담당하는 것은 이상가인 교황이 아니라 그 남자다. 내가 대신 맡을 수도 있겠지만, 그러한 귀찮은 일을 끌어안고서는 본래의 일에 큰 지장이 생긴다. 가볍게 처리할 수도 없다.

마음대로 안 되는 상황에 짜증이 나는 마음을 이성으로 억누르고 사고를 돌렸다.

추기경을 강제 스킬로 묶는 것이 최선이지만, 그 조심성 있는 남자가 조건이 갖춰진 장소에 어슬렁거리며 나타날 거라 생각할 수 없다. 유괴하여 억지로「강제」를 걸어 묶어봤자, 솔직하게 따를 리 없으리라. 겉으로만 따르면서 다른 뜻을 품는 건 당연하고, 명령의 허점을 발견하여 역습하는 것은 확실. 머리가 좋은 추기경이 뒤에서 날뛰는 것은 성가시다.

끌어들이면 이야기가 간단해지지만, 그 남자가 「마신옥」의 해방이나 마왕을 이용한 세계정복에 동의할 거란 생각이 안 든다.

마왕 신봉자처럼 단순한 우자라면 이야기가 빠르지만…….

차라리, 추기경에게 교황을 규탄하도록 하여 마왕화를 유발할 것인가……? 아니, 그건 안 된다. 아직 준비가 안 됐다.

교황의 자리를 미끼로 하면 입을 막을 수는 있겠지만, 그래서는 내 계획이 크게 궤도 수정을 해야 하게 된다.

그렇게 되면 본말전도다.

하는 수 없지. 추기경은 처리하자.

지주를 잃은 파리온 신국의 내정이 붕괴하는 건 틀림없겠지만, 민심이 흐트러져 독기 농도가 올라가는 건 바라는 바다. 덤으로 파리온 신에 대한 신앙심이 내려가면 좋다고 할 수 있다. 국력이 내려가면 연구를 위한 자금 조달이 귀찮아지겠지만, 그 정도는 어쩔 수 없으리라.

그렇게 결론을 내린 나는, 내가 기르는 첩보원들에게 추기경의 현재 위치를 조사하도록 시켰다.

"추기경이 없다고?"

"네, 대성당에서 바드리스 사제와 함께 목격된 것을 마지막으로 행방을 알 수 없습니다."

"추기경에게 달아둔 자들은 어떻게 됐지?"

"처리되어 있었습니다."

추기경 휘하의 부하 놈들도 상당한 실력인가 보군.

"행방을 뒤쫓아라. 이목이 없는 장소라면 처리해도 상관없다. 사고를 가장하는 것을 잊지 마라."

"""예.""""

첩보원들이 탐색하러 흩어졌다.

—추기경 놈······.

시종이 말라 죽은 일과 유니크 스킬을 쓸 때의「보라색 빛」을 통해, 사진왕이 대성당에서 날뛰었을 때를 연상한 것인가······. 아니면 전부터 교황의 유니크 스킬에 대해서 의심을 품고 있었고, 이번 일로 확신을 했나?

"—현자님. 예하의 용태는 어떠신지요?"

교황파의 사제가 문에서 얼굴을 내밀었다.

깨닫고 보니 주위가 어둡다. 사색에 잠긴 사이에 해가 진 모양이다.

"성하는 아직 잠들어 계시다. 이대로 내일 아침까지 쉬시도록 할 셈이다."

"현자 나리, 호위를 신전기사와 교대하시는 것이 어떤가? 귀공도 지쳤을 텐데."

"내 걱정은 필요 없네. 여기는 내가 지킬 테니, 신전기사들은 성하를 노린 불경한 자의 수색에 보내시게."

내가 거듭 그렇게 말하자, 사제가 걱정스런 표정 그대로 방 앞에서 물러갔다.

뒤에서 천이 스치는 소리가 들렸다. 아무래도, 지금 그 대화로 교황이 눈을 뜬 모양이다.

"……솔리제로."

침대로 다가가자, 교황이 약한 목소리로 나를 불렀다.

몸에서 흘러나오던 독기는 완전히 사라졌다. 이거라면, 다른 자들을 방으로 들여도 괜찮겠지.

"꿈이 아니었군요. 나는 소모스를 죽이고 말았어요……."

"성하, 힘을 놓으십시오."

방금 전의 상태를 봐서 「신의 조각」을 놓지 않는 한 교황은 머지않아 마왕화한다.

"치유의 힘을?!"

"그렇습니다. 다음 『재능 건네기』 의식에서, 힘을 다른 성직자에게 양도하는 겁니다."

경악하는 교황에게 거듭 고했다.

"……조금…… 조금만, 생각을 하게 해주세요."

파멸을 회피하려면 다른 방법이 없는데, 교황은 즉시 결단하지 않고 유예를 바랐다.

"예."

나는 소리치고 싶은 충동을 이성으로 억누르며, 그저 짧게 대답했다.

◆

"그 어리석은 놈이!"

바람 마법으로 방음 결계를 치고, 억누르고 있던 분노를 있는 힘껏 해방했다.

온갖 욕설을 한껏 외치고서야 마음이 풀린 나는 물병의 와인으로 목을 축였다.

"그건 그렇고, 기껏 새로운 보라색 머리칼을 발견했는데, 그것을 마왕으로 만들기도 전에 교황이 못 쓰게 되다니⋯⋯. 이래서는 마신옥의 봉인을 푸는 것이 언제가 될지 모른다."

방을 왕복하면서 사고를 돌렸다.

"『신의 조각』을 옮기는 것은 메자르트가 좋겠지. **성녀**에게 심취한 놈이라면 순순히 받아들일 것이야. 마왕화한 다음은 손에 넣은 힘을 마음껏 구사하여, 파리온 신국에 파멸과 공포를 내릴 것이 틀림없다."

마왕을 멸하기 위한 성검사가 마왕으로 타락하는 것은 제법 얄궂은 일이다.

"다음 『재능 건네기』의 날에라도, 시즈카를 성도로 데리고 와서 의식을 하도록 해야겠군."

교황을 데리고 가는 편이 빠르지만, 나와 교황이 둘 다 성도를 비우면 어딘가에 잠복한 추기경이 나설지도 모른다.

"덤으로 **계집아이**들도 데리고 가서, 함께 **조각**과 스킬을 빼앗아 버리면⋯⋯."

그게 좋겠다.

"이걸로 나는 더욱 강해진다."

치밀어 오르는 유쾌한 기분에 떠밀려, 나는 마음껏 홍소했다.

재능 없는 자

"사토입니다. 미아라고 하면 백화점이나 유원지의 미아 호출을 가장 먼저 떠올립니다만, 수많은 사람들이 산을 수색하는 사태도 있다고 합니다. 어느 쪽이든 금방 발견되면 좋겠단 말이죠."

『무슨 일이야?』

그 날의 수행 끝에, 아리사에게『전술 대화』로 급보가 들어왔다.

『실종.』

미아가 조용히 덧붙였다.

다행이다. 미아는 무사한 모양이다.

나는 안도하여 가슴을 쓸어 내렸다. 아리사가「큰일 났어」라고 하기에, 함께 행동하던 미아한테 무슨 일이 있었나 생각했다.

『누가 실종됐는데?』

『학생.』

『우리가 가르치는 학생이 두 명 사라졌어.』

『다른 교원한테는 말했어?』

『그래, 하지만—.』

『무시.』

『무시?』

『그렇다니까! 교원한테 알렸는데, 「흔히 있는 일이니까」라고 한 마디 하더니 끝이야.』

그렇게 흔한 일인가?

『그 애들은 어제 말했던 스킬을 배운 애인가요라고 묻습니다.』

『아니야. 그러니까 유괴 같은 건 아닐 거라고 생각해.』

나나의 물음에 아리사가 대답했다.

『수행이 힘들어 도망친 건 아닐까요?』

『있을 수 있군요. 기세에 맡긴 채 교실을 뛰쳐나가서, 지금쯤 어쩔 줄 모르고 있을지도 모릅니다.』

루루와 리자가 말한 것처럼, 어느 뒷골목에서 쪼그려 앉아 있을지도 모른다.

『타마가 찾아와~?』

『포치도 찾는 거예요. 포치는 사람 찾기의 프로인 거예요!』

타마와 포치가 끼어들었다.

뭐 이제는 잠들기만 하면 되니까 문제없겠지.

『이름은 알고 있어?』

『응. 두 사람의 이름은 지무자랑 아브루야.』

아리사가 말한 이름을 맵에서 검색해 봤는데, 뜻밖에도 「재능 있는 자」의 마을 안이나 주변 땅에는 없었다.

만약을 위해 조사한 인접 맵에도 없다.

『그러면, 이미…….』

『아니, 마굴 입구가 잔뜩 있으니까 거기서 헤매고 있지 않은가 조사해볼게.』

전에 탑까지 장거리 달리기를 하다가 발견한 것처럼, 이 마을 주변에는 수많은 소규모 마굴이 있다.

내가 아리사에게 말하고 방에서 빠져 나오자, 이미 잠옷에서 닌자 복장으로 갈아입은 타마와 포치가 척 포즈로 기다리고 있었다.

『우리도 갈게.』

『응, 걱정.』

『마스터, 동행을 지원합니다라고 고합니다.』

『도움이 될지 모르겠지만, 저도 함께 갈게요.』

아리사, 미아, 나나, 루루가 동행을 지원했다.

리자는 이미 닌자 교실 쪽으로 이동 중이다.

『알았어. 같이 가자.』

나는 집합 장소를 모두에게 전하고, 타마와 포치를 데리고 닌자 교실을 빠져나갔다.

"""지무자~! 아브루~!"""

동료들과 합류한 다음, 마굴이 있는 장소를 탐색했다.

대략적인 위치는 맵의 공백 지대로 알 수 있지만, 입구가 금방 발견되는 장소라고 단정할 수 없기 때문에 다 함께 나눠서 입구를 찾고 있었다.

"부스럭부스럭부스럭~?"

타마가 짧은 수풀을 헤치며, 얼굴과 머리가 나뭇잎 투성이가 되면서 발견했다.

"포치의 코가 말하는 거예요! 분명히 틀림없이 이 아래에 입구가 있는 거예요!"

포치가 타고난 감으로 입구를 맞춘다.

"아리사, 저기! 바위와 바위 사이에 부자연스런 바람이 흐르고 있어."

"오케이~! 보고 올게!"

스나이퍼 루루가 바람을 읽어서 발견한 바람구멍 같은 마굴 입구를 아리사가 전이해서 확인한다.

"작은 실프들, 찾아줘."

──퐁!

미아는 정령 마법으로 소환한 실프를 무수한 작은 실프들로 분열시켜서, 수로 밀어붙여 주변을 훑었다.

탐색이 특기가 아닌 리자와 나나는 지원 담당이다.

"리자, 마물을 발견했다고 고합니다."

"마굴에 숨어 있던 모양이군요."

극히 드물게 마굴에서 마물이나 박쥐 따위가 튀어나왔지만, 나나의 이술과 리자의 마창이 뚝딱 섬멸했다.

나는 동료들이 마굴 입구를 발견할 때마다, 그 장소로 급행하여 「모든 맵 탐사」 마법으로 조사하는 걸 반복하고 있었다.

"좀처럼 발견되질 않네."

"마굴의 수가 많으니까."

이미 30개 이상은 찾아봤는데 아무데도 없다.

혹시 내 맵 범위 바깥으로 나가 버린 걸지도 모른다, 라는 생각이 뇌리를 스쳤지만 보통 아이들에게 그런 힘은 없을 것이다.

"어쩌면 유괴를 당했을지도……."

"유괴?"

아리사의 중얼거림을 미아가 포착했다.

"『자유의 빛』 잔당이라거나!"

"마왕 신봉자라면, 아이들을 산 제물로 바쳐 마왕의 부활을 꾸미고 있어도 신기하지 않습니다."

"유생체를 산 제물로 삼는 건 금지라고 선언합니다."

"주인님—."

리자가 동의하고, 나나가 분개하고, 루루가 걱정스러워 보인다.

"아직 유괴라고 정해진 건 아니야."

분명히 있을 법한 이야기지만, 마왕 「사진왕」 토벌 이후에는 마왕 신봉 집단 「자유의 빛」의 구성원을 보지 못했다.

그러나 이 나라에는 여기저기에 마굴— 미궁 「마신옥」의 유적이 있으니까, 그들이 잠복하고 있을 법한 장소는 흔해 빠졌다. 파리온 신의 앞마당인 파리온 신국에 「자유의 빛」이 일대 세력을 가진 것은 마굴의 존재가 크다고 생각한다.

"뉴!"

조금 떨어진 사면에서 바위 틈을 들여다보던 타마가, 고개를 들어 주위를 경계했다.

레이더의 끝에 광점이 비쳤다. 닌자 교실의 미인이다. 그 자리에서 잠시 기다리자 바위 너머에서 모습을 드러냈다.

"밤중에 교실을 빠져 나와서, 이런 곳에서 뭘 하고 있는 건가요?"

다수의 섬광탄과 함께 나타나서 표정은 잘 안 보이지만, 닌자 교실의 선생님이라 그런지 호흡은 흐트러지지 않았다.

"마법 교실에서 실종된 애들을 찾고 있어요."

내가 솔직히 대답하자 「그래요……」 중얼거린 다음, 「밤중에 마굴 근처에 오다니 위험하잖아요」라고 주의를 주었다.

"아이들이라면 걱정 없어요. 이미 보호했으니까."

미인이 말하기로는, 드롭 아웃된 아이들 전용의 숨겨진 마을이 있다고 한다. 그거라면 안심이군.

"교실의 선생님은 어째서 말을 안 한 거야?"

"그건 학생들에게 숨겨진 마을을 비밀로 해서 그래."

아리사가 물어보자 미인이 대답했다.

"어째서 비밀인데?"

"숨겨진 마을에 대해서 알려지면, 마지막 한 걸음을 버티지 못하고 포기해 버리는 애들이 나오니까."

그래서, 도망칠 장소가 있다는 것은 알려주지 않는 거라고 미인이 설명했다.

"그렇다고……."

아리사는 좀처럼 납득 못하는 모양이다.

"지무자랑 아브루를 만나게 해줘. 무사한 걸 확인하고 싶어."

"안 돼. 숨겨진 마을의 장소는 비밀이야."

"어째서! 나는 학생이 아니라 교사인데?"

"임시, 잖아?"

아리사와 미인이 마주보았다.

잠시 그대로였지만, 이윽고 미인 쪽이 꺾였다.

"……어쩔 수가 없네."

"그러면—."

"하지만, 숨겨진 마을로 데리고 가는 건 안 돼. 현자님의 말을 어길 수 없어."

확 밝아진 아리사의 표정이 다시 그늘졌다.

"아이들한테 편지 쓰라고 할게. 그러면 되지?"

미인이 아리사를 보았다.

"그래도 납득이 안 되면, 현자님에게 직접 교섭해줘."

"알았어. 그렇게 할게."

어깨를 으쓱거리는 미인에게 아리사가 대답했다.

성도에서 현자가 돌아오면 아리사에게 알려줘야겠군.

◆

"사라진 애?"

"있어~. 나갔다 돌아온 애가 많아."

다음날 아침, 닌자 교실의 학생들에게 물어보니 여기서도 가끔 사라지는 애가 있다고 말했다.

"전에는 굉장했는데, 돌아왔을 때는 평범해졌어."

"**자만**이라고 할아버지 선생님이 그랬어."

내 물음에 학생들이 쉴 새 없이 대답해 주었다.

"아침 식사를 했으면 훈련장에 모이지 못할까!"

조금 더 이야기를 듣고 싶었지만, 노닌자의 노성을 들은 아이들이 넘어질 것처럼 힘차게 방을 뛰쳐나간 통에 이야기는 거기까지였다.

현자가 돌아오지 않았으니, 오늘 수업도 미인이 하는 모양이다.

"오늘 수업은 약을 쓸 거야."

그녀에게 풍둔의 술법에 사용하는 눈가림 가루나 고혹의 술법에 쓰는 매료약 따위의 조합을 배웠다. 포치가 가슴을 주물러서 그런지, 환혹제의 조합은 안 했다.

나로서는 이미 아는 기술이니까, 수업을 받는 척 하면서 전술 대화로 동료들과 정보교환을 했다.

『─그쪽에서도구나.』

『네, 주인님. 제가 온 뒤로는 없어서 깨닫지 못했습니다.』

『마스터, 방패반에서도 한 명 탈락자가 있었다고 보고합니다.』

『루루 쪽은?』

『제 쪽은 없어요. ─앗, 탈락자는 아니지만 매대를 낸다고 하면서 졸업한 애가 몇 명 있다고 해요.』

루루 쪽은 실종이라고 할 수 있는지 미묘하지만, 모든 교실에 적지 않게 뛰쳐나간 애들이 있었던 모양이다.

『그러고 보니, 라이트 군의 친구도 실종됐다고 했었어.』

『라이트 군? 어째서 그가 아리사한테?』

『상담을 하러 온 건 아냐. 휴식 시간 때 친구의 이름을 부르면서 걷고 있는 그 애를 봤거든.』

라이트 소년은 의외로 트러블 체질이니까, 귀찮은 일에 말려들 것 같아 무섭군.

뭐 이번 경우는「숨겨진 마을」에 보호가 된 것 같으니까, 성가신 일이 일어나지는 않을 거라 생각하지만.

그 날은 아이들이 아리사에게 보내는 편지가 안 오고, 밤까지 기다려도 현자가 돌아오질 않아서 면회를 직소하지 못하는 느낌이었다.

"―어라."

밤중에 몰래 숨겨진 마을의 조사를 하려고 어두운 방 안에서 맵을 확인했더니, 닌자 교실의 옥상에 숨어 있는 미인을 발견해 버렸다.

어제 일도 있고, 우리가 또 빠져나가 마굴에 가지 않을까 걱정해주는 모양이군.

탑까지 장거리 달리기를 했을 때 설치해둔 각인판을 향해서 귀환전이를 할까 생각했는데―.

마커를 달아둔 광점이 레이더 안에 나타났다.

―전직 괴도 피핀이다.

특기인 단거리 전이로 찾아온 모양이다.

"여어, 젊은 나리."

"좋은 밤이야, 피핀."

나를 놀래 주려고 눈앞에 나타난 피핀에게 태연하게 인사를 했더니,「들켰었구만……」하고 조금 분한 기색이었다.

타마도 피핀의 접근을 깨달은 모양인지, 졸린 기색의 얼굴을 반쯤 베개에 묻으면서 귀만 이쪽으로 움직였다. 포치는 코풍선을 불면서 꿈속이다.

"그래서, 무슨 용건이야? 이런 장소까지 따라왔다는 건 뭔가 중요한 용건이 생긴 거지?"

"그렇게 조바심내지 마. 일단은 인사를 할게. 젊은 나리가 돈을 준비해준 덕분에 상당히 입지가 좋은 지점용의 점포와 창고를 확보했지."

피핀이 명랑한 소리로 말했다.

오, 그거 잘 됐군. 쿠로의 모습으로 피핀을 칭찬해 줘야겠어.

"지점 쪽은 후임 녀석들에게 맡겼는데, 잡무를 하고 있을 때 수상쩍은 소문을 들었지."

피핀이 소리를 죽이며, 나에게 귓속말을 했다.

"수상쩍은 소문?"

"그래, 『재능 있는 자』의 마을에 대한 소문이야."

"—여기 말야?"

"그래."

피핀이 성실한 표정으로 고개를 끄덕였다.

"뒷골목에서 죽어가던 남자가 말을 하더라고. 『재능 건네기』로 『재능』을 빼앗기고, 광산에서 죽을 때까지 노동을 시키니까 도망쳐 왔다고."

"『재능 건네기』로 『재능』을 빼앗겼다는 건, 구체적으로 어떤 거지?"

"글쎄, 거기까지 물어보려고 했는데 검은 두건 녀석들이 죽여 버렸어. 그 녀석들은 이 나라의 첩보원이야. 성능 좋은 인식 저해 장비를 가지고 있었어."

피핀이 분한 기색으로 말했다.

"지금 이야기로는 『재능 있는 자』의 마을 이야기가 안 나왔다고 생각하는데?"

"그 녀석이 처음에 잠꼬대처럼 말했었어. 『마을에 돌아가는 건 싫어』, 『성녀님, 용서해 주세요』, 『재능 없는 나에게 성녀님을 만날 자격은 없어』라고 몇 번씩이고."

피핀은 「마을」이나 「재능」이란 단어에서 「재능 있는 자」의 마을을 연상하여 여기까지 왔다고 한다.

"그래서 일부러 알리러 와준 거구나."

나는 그렇게 말한 다음, 피핀에게 정보제공의 인사를 했다.

어떻게 내가 닌자 교실에 있는 걸 알았는지는 모르겠지만, 대단한 첩보 능력이다. 의외로 얻기 어려운 인재일지도 모른다.

"그것뿐인 것도 아냐. 젊은 나리도 뭔가 짚이는 거 없어?"

"응? 아직 더 참견하려고?"

"나는 의적이거든? 아니, 지금은 쿠로 님의 부하지만, 약자를 먹잇감으로 삼는 녀석들을 방치할 수 없어."

피핀이 「전부는 무리지만」이라고 덧붙이며 익살을 떨었다.

"재능이란 것을 조작하는 게 태고의 비보라면 쿠로 님이 다른 사람들의 도움이 되도록 써줄 거고, 마족의 짓이라면 떠넘기면 퇴치를 해주시겠지."

177

"그렇군. —짚이는 거 말인데, 조금 신경 쓰이는 게 있어."

나도 그렇게 말하고, 실종된「나갔다 돌아온」아이들의 일과 아이들이 보호되어 있다는「숨겨진 마을」에 대해서 피핀에게 말했다.

"이 근처에 마을 같은 장소는 없었는데? 있다고 하면—."

"그래, 마굴 어딘가겠지."

피핀의 말을 예측하여 말했다.

"역시 그런가—."

"혹시, 짚이는 게 있어?"

"그래,『도시나 마을이 없는 황야에 가는, 호위가 딸린 마차나 짐마차를 봤다』는 소문이 있었어. 게다가 마차가 달리는 게 달이 없는 밤이라고 하더라고."

"수상한데."

뭔가 사연이 있습니다, 라고 말하는 듯하다.

"목격 장소는 알아?"

나는 내 잠자리에 지도를 펼치면서 물었다.

피핀이 목격 정보가 있었던 장소와 대략적인 이동방향을 손가락으로 가리켰다.

그 정보를 토대로, 맵의 공백지대를 체크해봤다. 세 군데 정도가 해당되는 모양이다.

"마굴이 있는 건, 여기랑 여기. 그리고 여기야."

"용케 알고 있네⋯⋯."

"용사님과 함께 마왕 퇴치를 할 때, 마굴 위치가 그려진 지도를 본 적이 있지."

"그걸로 이런 구석에 있는 마굴까지?"

피핀이 기겁한 표정으로 말한 다음, 「역시, 쿠로 님이 눈여겨볼만하구만」 하고 엿듣기 스킬이 없으면 안 들릴 법한 작은 소리로 중얼거렸다.

"덕분에 살았어. 이걸로 조사하러 갈 수 있겠어."

"그러면, 나도 같이 가지."

머뭇거리는 피핀에게 「양동도 필요하잖아?」라고 말해서, 어떻게 동행에 동의를 받았다.

"그러면 간다. 나를 단단히 잡고 있어."

피핀의 단거리 전이로 조금 떨어진 건물의 지붕에 이동했다.

여기라면 닌자 교실의 옥상에서 감시하는 미인도 눈치 못 채겠지.

"젊은 나리, 그 꼬맹이들도 데리고 갈 셈이야?"

피핀의 말에 발치를 보자, 내 다리를 끌어안은 타마가 약식 척 포즈로 나를 올려다보았다. 그 옆에는 잠에 취한 눈의 포치도 있었다. 전이를 깨달은 타마가 포치도 함께 데리고 온 모양이다.

"걱정 없어. 이 애들이라면 괜찮아."

내가 말하자, 피핀이 어깨를 으쓱거리기만 하고 양해해 주었다.

"사람 수가 이렇게 되면 마을 밖으로는 못 날아. 옥상 위로 이동하자."

"아이아이 서~?"

피핀의 뒤를 타마가 따라가고, 나도 눈을 비비는 포치를 옆구리에 안고서 그 뒤를 따랐다.

이동하면서 아리사에게 공간 마법「원거리 통화」를 써서 피핀에게 들은 이야기를 전하고, 수상한 장소의 조사를 하러 간다고 했다.

『그러면, 나랑 미아도 갈래!』

『이번에는 정찰뿐이야.』

아리사가 말했던 애들을 발견하면 그 애들만 먼저 구출하는 것도 좋으려나.

『하지만—.』

『만약, 흐름에 따라서 붙잡힌 사람들을 구출하게 되면, 아리사랑 미아의 마법이 필요해. 그때는 다른 애들이랑 같이 와줄래?』

『—알았어. 리자 씨랑 나나랑 루루한테는 내가 연락을 해둘게.』

아리사와 통화를 마쳤을 때, 피핀이 지붕의 그림자에 몸을 숨기는 게 보였다.

우리도 그 뒤에 집합했다.

"이 앞에 감시망이 있어."

피핀이 작은 소리로 속삭였다.

"—감시망?"

"그래, 침입 방지만 하는 게 아냐. 탈주의 감시도 하는 모양이더라고."

마을에 밤의 파수꾼이 많은 건 깨닫고 있었지만, 마굴이 가까운 탓이라고 생각했었다.

피핀의 단거리 전이로 담을 넘고, 그 너머의 분지에 착지했다.

"주인님, 어디 가는 거예요?"

"극비 임무~?"

"극비! 인 거예요!"

잠이 덜 깬 얼굴이었던 포치가 타마의 말을 듣고 완전히 눈을 떴다.

아무래도 「극비 임무」라는 말이 포치의 흥미를 끈 모양이다. 타마와 포치 둘이 서로에게 척 포즈를 하면서 기합을 보였다.

"잠시 달린다."

전력질주 사이에 단거리 전이를 하는 피핀 뒤를 위태롭지 않게 셋이서 따라갔다.

밤눈이 밝은 타마뿐 아니라, 포치도 나름대로 밤눈이 밝아서 조명은 없다. 눈이 익숙해지면, **신월의 밤**에도 별빛이 있으면 꽤 보인다니까.

"이 근처에 있을 텐데……."

선선 나무가 군생하는 산의 중턱에서, 피핀이 주위를 둘러보았다.

맵 정보를 보면 이 근처에 입구가 있을 거다.

"나눠서 찾아보자."

마침 좋은 타이밍이라, 입구를 찾는 척 하면서 가까운 바위 뒤에 「귀환전이」용 각인판을 설치해뒀다.

"저기, 인 거예요."

181

코를 킁킁 움직인 포치가 붉은 바위의 뿌리 부분을 가리켰다.

입구가 교묘하게 위장돼 있고, 언뜻 봐서는 입구가 있을 것처럼 안 보인다. 포치는 타고난 후각으로 숨겨진 마굴 입구를 발견한 모양이다.

"역시 강아지 귀 종족. 개 수인한테도 지지 않는 코로구만."

"에헴, 인 거예요."

피핀이 칭찬하자 포치가 자랑스럽게 가슴을 폈다.

그대로 입구에 달려가려는 포치를 피핀이 막았다.

"어이쿠 기다려. 함정이 있다."

"맡겨둬~?"

타마가 몰래 다가가 함정을 해제했다.

입구를 감시하는 자가 없는 건 맵으로 이미 확인했다.

"이쪽 쬐그만 녀석도 제법인데."

"니헤헤~."

타마가 수줍게 웃었다.

피핀과 둘이서 입구를 감추는 덮개를 올리고, 타마와 포치를 앞장세우고 우리도 뒤를 따랐다.

안으로 들어가서 곧장「모든 맵 탐사」를 실행했다.

―있다.

아리사가 말했던 두 명을 포함한 많은 사람들이 있다.

주로「재능 있는 자」의 마을 관계자지만, 파리온 신전의 신전 기사나 신관도 많다.

다행히도 마왕 신봉 집단「자유의 빛」녀석들은 없었다. 지난

번 마왕 토벌 이후 보이질 않았으니, 이 근처에 잔당이 잠복하고 있는 게 아닌가 염려했지만 기우였던가 보다.

그밖에는 마물이 잔뜩 있다. 마굴에서 못 보던 데미 고블린이 무수히 서식하고 있으며, 조금 떨어진 블록에는 데미 고블린의 시체를 이용한 좀비나 스켈레톤 따위 하급 언데드도 있었다.

후자는 마을 관계자들 가운데 있는 사령술사가 생산한 건가 보다.

뭐 조사는 이 정도 해두면 되겠지.

본래 목적도 이룩했으니, 나는 아리사에게 공간 마법 「원거리 통화」로 보고했다.

『실종된 애들을 찾았어. 여기가 「숨겨진 마을」인가 보다.』

『정말? 상태는 어때?』

『다른 애들이랑 같이, 연습용 목창으로 표적을 찌르는 훈련을 하고 있는 모양이야.』

나는 공간 마법 「멀리 보기」로 조사한 정보를 말했다.

『창? 그 애들은 책보다 무거운 걸 들어본 적이 없어 보이는 연약한 애들인데.』

『뭔가 억지로 하는 느낌이야. 「숨겨진 마을」의 사람들에게는 훈련을 강요하고 있을지도 모르겠어.』

『보호한 게 아니었어? 그 쿠노이치는 그렇게 말했었지?』

아리사의 물음에 긍정했다.

『다른 재능에 눈을 뜨려는 걸지도 모르지만…….』

『어떤 상황인지 잘은 모르겠으니까, 만나서 얘기를 해볼게.』

『응, 부탁해.』

아이들이 스스로 훈련에 지원했을 지도 모르니까.

─뉴뉴뉴.

척후를 맡은 타마가 전방에서 수신호를 보냈다.

저건 정체불명의 누군가가 접근하고 있다는 보고다.

나는 아리사와 통화를 마치고, 눈앞의 상황을 클리어하기 위해 행동했다.

내가 「숨어」라고 수신호를 보내자, 타마가 천장에 뿅 달라붙었다. 오늘의 닌자 교실에서 미인이 가르쳐준 기술이다. 금새 쓰는 모양이네.

포치가 그것을 흉내 내려고 하다가 천장에 꿍 격돌할 것 같아서, 언제나 발동하고 있는 「이력의 손」으로 도와주었다.

나와 피핀은 좌우의 바위 뒤로 숨었다. 우리들 사이즈로는 천장에 달라붙어도 들킬 것 같았으니까.

랜턴을 들고 나타난 것은 두 명의 신전기사였다.

"공장은 순조로운 모양이군."

"─공장?"

"그 녀석들 말야. 레벨을 올리는 공장 같잖아?"

레벨 올리기 공장? 경험치 공장이란 느낌인가?

기사들의 대화가 신경 쓰여서, 내용에 집중했다.

"그것도 고블린의 번식이 있어서 되는 일이지. 현자님의 깊은 생각에는 고개가 숙여지는군."

"그래, 니르보그처럼 맛없는 야채를 가져왔을 때는 하층민에 대한 심술인가 생각했는데, 설마 니르보그를 먹은 고블린이 보통의 몇 배 속도로 늘어나다니."

니르보그라는 야채는 파리온 신국의 촌락에서 본 적이 있다.

그 야채는 시가 왕국의 가보 열매와 마찬가지로, 데미 고블린의 번식을 촉진하는 효과가 있는 모양이군.

"게다가 죽인 고블린의 시체를 좀비나 스켈레톤으로 몇 번이고 쥐어짠다."

늘어난 데미 고블린이나 언데드는 파워 레벨링에 쓰고 있는 거구나.

아이들이 창으로 훈련을 하는 건 파워 레벨링을 안전하게 하기 위해서인가?

"마물 놈들은 사후의 안녕도 없다니, 사령술사 놈들이 미움받는 것도 이해가 된다니까."

"……소문으로는 사고사한 자나 자살한 자의 시체도 쓴다던데."

"그건 그냥 소문이야. 성녀님이나 현자님이 그런 심한 일을 할 리가 없지."

"그래. 그렇겠지."

"그렇고말고."

부정한 신전기사가 호쾌하게 웃자, 소문을 말한 신전기사도 따라서 웃음을 지었다.

여기 있는 그들도 마을 사람들과 마찬가지로, 성녀나 현자에게 심취한 모양이다.

"어디, 이제 슬슬 서두르지 않으면 늦을 거야. 우리는 『재능

185

건네기』 의식에 참가하는 신관이나 무관을 맞이하러 가는 큰 역할을 맡았으니까."

새로운 워드가 나왔다.

아니, 피핀이 들었다는 이야기에 「재능 건네기」라는 단어는 있었다.

분명히 『『재능 건네기』로 『재능』을 빼앗겼다』라고 했었지.

"그래, 알고 있어."

"신경 쓸 것 없어. 놈들은 우리들처럼 나라를 지키는 무관이나 사람들을 가르치고 이끄는 신관─ 이른바 선택된 자에게 바치기 위해서 열심히 하는 거니까."

그 말을 끝으로 신전기사의 목소리가 안 들렸다.

그들이 말하는 「재능」은 스킬이 아닌가 생각한다. 방금 전의 말을 믿는다면, 그들은 대상자의 스킬을 자신들에게 「바치도록」할 수 있는 수단을 가지고 있다는 것이다.

"젊은 나리, 어찌 생각해?"

신전기사가 충분히 떨어진 걸 확인하고, 피핀이 나에게 귓속말을 했다.

"마지막의 『우리들에게 바친다』라는 부분은 못 믿겠지만, 마을에서 도망치려고 한 자들이 여기서 강제 노동을 하고 있는 건 틀림없는 모양이야."

우리는 신전기사들이 나타난 방향으로 나아갔다. 분기점에서 「이력의 손」으로 소리를 내고 「복화술」스킬로 대화를 날조하는 등, 선두의 피핀을 목적한 방향으로 유도했다.

"여기가 경험치 공장?"

나는 바위 틈에서 아래쪽 공동을 내려다보며 중얼거렸다.

"마물과 싸우는 걸로만 보이는데?"

피핀이 말한 것처럼, 우리들 시선 끝에서는 우리 안에 갇혀 있는 데미 고블린들을 안전한 장소에서 창으로 찌르는 사람들의 모습이 있었다.

"파워 레벨링~?"

타마가 고개를 갸웃거렸다.

분명히 다른 걸로는 안 보이는 상황이다.

"억지로 하고 있는 녀석이 많지만, 개중에는 즐기고 있는 녀석도 있는데."

엿듣기 스킬에 의식을 집중하자, 몇 명의 남녀들이 「스킬을 틔워 주겠어!」, 「성녀님에게 바치는 거다!」, 「이제 현자님을 실망시키지 않아」라고 하면서 신나게 데미 고블린에게 창을 찌르는 걸 알 수 있었다.

물론 대다수는 죽은 생선 같은 눈을 하고서 기계적으로 창을 지를 뿐이다.

나중에 들은 이야기인데, 「스킬을 틔운다」라는 건 씨앗으로 돌아간 스킬이 다시 생긴다는 사상에서 태어난 말인 모양이다.

"어쩐지 이상한 냄새가 나는 거예요."

코를 킁킁 움직인 포치가 중얼거렸다.

"데미 고브~?"

"데미 고브가 아닌 거예요. 이상한 약 냄새인 거예요."

포치가 저쪽이라고 가리켰다.

그 앞에 책상이 있고, 뭔가 병이 놓여 있었다. AR 표시가 그 병에 남아 있는 약품의 정체를 나에게 가르쳐 주었다.

―마인약.

레벨이 올라가기 쉬워지며, 복용자에게 일시적인 신체 강화를 주지만, 시가 왕국에서는 사용이 엄격하게 금지된 위험한 약이다. 이 약을 지나치게 쓰면 부작용으로 인체의 일부가 마물처럼 변화해 버린다.

AR 표시를 믿는다면, 이 마인약은 시가 왕국산인가 보다. 비고의 작성자 이름이 미궁 도시 세리빌라에서 태수 대리를 하고 있던 소켈의 휘하 연금술사 이름이니까 틀림없을 거다. 무역도시 타르투미나에서 밀수된 곳이 여기였나 보군.

"―으엑."

피핀이 단거리 전이로 병 옆에 이동하여 병을 잡고 돌아왔다.

감시병의 주의가 돌아간 순간을 노리고 한 거지만, 심장에 영안 좋다.

"젊은 나리, 이거 마인약이야."

병에 남아 있던 액체를 감정하고 피핀이 중얼거렸다.

"쿠로 님에게 알려야―."

"쿠로 공에게 연락할 수단이 있어?"

에치고야 상회의 간부에게는 공간 마법식 간이 통신 장치를 맡겨놓았다.

"나는 없어. 하지만, 지점 설립을 하러 온 아가씨가 가지고 있을 거야."

"그러면, 전해주지 않을래? 쿠로 공이라면 강제노동을 당하는 사람들을 통째로 구해줄 거 아냐?"

조금 에둘러가지만, 피핀의 눈앞에서 「사토」가 사람을 넘어선 힘을 휘두를 수는 없으니까.

"알았어. 그러면 한 번 지상에 돌아가자. 젊은 나리는 먼저 『마을』로 돌아가."

"아니, 우리는 붙잡혀 있는 아는 애를 찾아올게."

학대를 당하는 게 아니면 서둘러서 구출하지 않아도 된다고 생각했지만, 마인약을 사용하는 집단에 아리사와 미아의 학생을 두고 갈 수는 없으니까.

"그러면, 같이 가줄게."

"괜찮아?"

"그래, 젊은 나리가 힘으로 밀어붙여서 구하는 것보다, 이 몸의 화려한 훔치기 테크닉으로 아는 애를 구출하는 편이 소동이 안 일어날 테니까."

피핀이 무뚝뚝하게 말했다.

"고마워, 그럼 좋지."

우리는 피핀의 선도를 따라서, 아이들이 납치되어 있는 장소를 찾기 시작했다.

물론 경험치 공장으로 유도한 것과 같은 방법으로, 창의 훈련장으로 안내한 것은 말할 것도 없다.

"물 냄새가 나는 거예요."

이동중에 코를 킁킁 움직인 포치가 말했다.

이 앞의 대공동에 수원이 있나 보군.

"연못~?"

"이 넓이를 봐서는 지하 호수인가?"

지하 호수 옆에서 물을 긷고 있는 사람들이 있다.

사막이나 황야투성이인 파리온 신국인데, 지하에는 윤택한 수원이 있는 모양이군.

깊은 우물을 파면 각지의 물 부족도 해소할 수 있을 것 같지만, 그러면 또 물을 긷는 중노동이 문제가 될 것 같단 말이지.

"가자, 젊은 나리."

피핀의 재촉을 받아서 지하 호수 옆의 길을 나아가, 창의 훈련장에 도착했다.

◆

조금 멀리 돌아간 탓에, 도착했을 때는 창의 훈련이 끝난 참이었다.

"—오늘 수련은 여기까지다! 방으로 돌아가라!"

교관으로 보이는 수염 난 남자가 외치자, 학생들 사이에서 환성이 일어났다.

방으로 돌아가는 학생들 뒤를 미행했다. 우리가 최우선으로 구할 예정인 아리사와 미아의 학생들은 선두 집단에 있으니, 이동 중에 접촉하기가 어렵다.

방이라는 건 큼직한 공동 공간이었다.

방의 중앙에 커다란 냄비가 놓여 있고, 학생들이 손에 든 그릇에 수프 같은 것을 담아서 먹기 시작했다. 냄새를 봐서 니르보그의 수프 같았다.

"젊은 나리, 이걸로 갈아입어."

피핀이 어디선가, 학생들이 입고 있는 헌 옷을 가져왔다.

세탁을 제대로 안 했는지 냄새가 꽤 난다.

"타마 건~?"

"포치 건 없는 거예요?"

"너희들은 눈에 띄잖아. 젊은 나리 것뿐이야."

피핀 것도 없는 모양이다.

"이걸 입고 있으면, 저 집단에 섞일 수 있잖아?"

피핀이 말하고 윙크를 했다.

뭐 어쩔 수 없지. 나는 코를 잡고서 갈아입은 뒤, 몰래 학생들 사이로 섞였다.

아리사와 미아의 학생— 지무자와 아브루를 발견했다.

"맛없어."

"먹어, 아브루. 안 먹으면 도망칠 때 힘이 안 난다."

"도망칠 수 있을까?"

그런 대화를 하는 두 사람에게 다가갔다.

"도망칠 수 있지."

"너 누구야?"

"못 보던 얼굴인데."

갑자기 말을 건 탓인지, 경계를 하는 모양이다.

"나는 수상한 사람 아냐. 너희들 선생님에게 부탁을 받았다.

"선생님?"

"수염 덩어리? 아니면 히스테릭 할멈?"

선생님의 별명인가?

아무리 그래도 히스테릭 할멈은 아리사나 미아가 아니겠지.

"아니야."

"그러면, 건방진 아리사? 아니면 엘프 님?"

아리사와 미아를 떠올린 모양이라 고개를 끄덕였다.

"어째서 그 둘이?"

"우리들, 좋은 학생 아니었는데……."

"두 사람한테는 소중한 학생이야."

""……선생님.""

감동한 건지 두 사람이 글썽거린다.

이제 슬슬 두 사람을 데리고 갈까 했는데, 입구가 소란스러워졌다.

"의식 시간이다! 이제부터 신관님이 고른 자는 의식에 참가한다."

몇 명의 신관과 많은 병사가 방에 들어온 모양이다.

인물 감정 스킬을 가진 신관들이, 학생들을 한 명 한 명 보고 선별하고 있었다. 신관들이 고른 것은 하나 이상의 스킬을 가진 아이들이다.

내가 구해야 할 지무자와 아브루 두 사람도 스킬이 있어서,

나도 그들과 함께 행동할 수 있도록 교류란의 레벨이나 스킬의 정보를 조작하여 주위와 위화감이 없는 수치로 했다.

피핀이 있는 위치에서는 거리가 있으니까, 내 스킬과 레벨이 변화한 건 들키지 않았을 거야.

"너하고 너, 그리고 너도 와라."

지무자와 아브루에 이어서 나도 방 바깥으로 이끌려 나갔다.

"어, 어떻게 된 거지?"

"너희들은 의식에 참가하는 거다."

신관은 지무자의 질문에 담백하게 대답하더니, 금방 선두에 서서 성큼성큼 가버렸다.

"혹시, 재능이 돌아온 건가?"

"그렇게 수행해도 안 돌아왔는데?"

"그 창의 훈련이 효과가 있었던 거야!"

"그냥 심술이 아니었구나."

"현자님이랑 성녀님을 의심하는 건 틀렸던 거야. 분명히."

사람들의 흐름을 따라서 나아가는 두 사람이 흥분한 기색으로 말을 나누었다.

기분 탓인지 기뻐 보였다.

"두 사람은 어떤 의식인지 알고 있니?"

"응, 알아. 두 번째니까."

"우리가 가는 건 『재능 건네기』 의식이야."

아브루가 고개를 끄덕이고 지무자가 대답했다.

아무래도, 곧장 「재능 건네기」의 의식이 시행되는 모양이다.

조사할 수고를 덜어서 다행, 인가?

"상당히 기뻐 보이는데, 도망칠 생각은 없어진 거니?"

"그거야, 우리들한테『재능』이 돌아왔잖아?"

"응, 교실에서 도망치려고 한 것도, 아무리 훈련을 해도『재능』이 안 돌아오니까, 현자님이랑 성녀님한테 속았다고 착각해서 그런 거니까."

"여기 훈련은 무서웠지만, 의미가 있었나 봐."

두 사람은 납득한 느낌이다.

지무자와 아브루 두 사람에게 깃든 것은, 마법계 스킬이 아니라 창 스킬과 회피 스킬이었지만, 감정 스킬을 공개하지 않은 지금의 내가 설명하는 건 어렵다.

두 사람과 함께 의식에 참가하여, 때를 봐서 설명하거나 도망치든 해야지.

재능 건네기

　"사토입니다. 친구가 프로 선수의 시합을 보고「저 녀석의 재능을 가지고 싶어」라고 중얼거리는 걸 들은 적이 있습니다. 재능이 다가 아니라는 건 알고 있어도, 부러워하는 마음이 흘러나오는 걸지도 모르겠네요."

　"정숙! 정숙하라!"

　우리가 이끌려 간 커다란 광장에는 수많은 사람이 붐비고 있었다.

　주위의 한 단 높은 관객석 같은 장소에는 번쩍이는 의식용 의상을 입은 신관들과 의례용 갑옷을 입은 신전기사들이 서 있었다.

　정면에 있는 무녀복의 거대 동상은「성녀상」이라고 AR 표시가 떴다.

　함께 잠입한 타마와 포치와 전직 괴도 피핀은 성녀상 위에 있는 환기구에서 이쪽을 보고 있었다. 타마와 포치가 붕붕 손을 흔들기에,「숨어」라고 수신호를 보내두었다.

　"이제부터『재능 건네기』의 의식을 집행한다."

　현자와 비슷한 의상을 입은 남자가 단상에서 선언했다.

　이곳에 현자는 안 온 모양이다.

　"성녀님이 오실 때까지, 의식의 순서에 대해 설명한다."

아무 설명도 없이 시작될 거라 생각했는데, 사전 설명을 제대로 하는 모양이네.

"이제부터, 각각이 가진 『재능』이 성녀님을 통해 신에게 바쳐진다."

정말로 스킬을 이동시키는 수단이 있는 모양이다.

처음 의식을 겪는 자가 술렁거리기 시작했다. 그 주변에 있는 두 번째 이후인 자들이 뭔가 두둔하는 게 들렸다.

"재능을 바친 자에게서는 일시적으로 스킬이 사라지지만, 걱정할 것 없다. 열심히 수행을 거듭하면 스킬이 다시 그 손에 돌아온다."

그야 정말로 스킬을 삭제했다고 해도, 경험을 쌓으면 새롭게 배울 수 있겠지.

"처음 의식에 참가하는 자는 『무슨 의미가 있는 것인가』라고 의문으로 생각하는 자도 있을 것이다."

동의하는 것처럼 끄덕거리는 자가 띄엄띄엄 있었다.

그것을 보고 우월감에 찬 표정을 짓는 것은 두 번째 이후인 애들인가?

"재능— 스킬을 잃은 상태가 되어야 보이는 것도 있는 법이다."

단상에서 사람들을 둘러보며, 사회자가 말했다.

한 명 한 명의 눈을 순서대로 보면서 말하는 모습이 콘서트에 익숙한 아이돌 같았다.

"스킬을 통한 보조가 없는 상태에서 수행을 하면, 너희들에게 부족한 것이 보인다."

탕 소리를 내자 모두의 시선이 모인다. 아마 사회자가 발을 구른 거겠지.

상당히 연출이 꼼꼼하다. 「연설」, 「동조」, 「연주」 스킬을 가지고 있어서 제법이군.

"또 다시 『재능』이 그 손에 돌아왔을 때, 너희들은 그때까지 이상으로 멋진 『재능』을 발휘하는 자신을 깨달을 것이다."

갑자기 장엄한 음악이 흘러서 무심코 이야기에 끌려들어갈 것 같았다.

장막 너머에 악단을 대기시킨 모양이군.

—어디 보자.

이야기가 조금 길었는데, 그들에게 스킬을 당사자에게서 지울 수단이 있다면 사회자가 한 말에도 거짓은 없는 것 같았다.

수행을 하면 스킬을 얻을 수 있을 거고, 스킬이 보조해주던 것을 스킬을 무효로 하여 재인식하는 것은 스킬을 보다 깊게 이해하는 데 도움이 된다는 건 있을 법하다. 다음에 스킬을 무효로 하고 시험해 봐야겠군.

—어이쿠, 아니지.

본론은 그게 아니다. 문제는 「바치는」 재능의 행방이다.

나처럼 스킬을 「무효」 상태로 변화시키는 것뿐이라면 문제없지만, 그것을 착취하는 자가 있다면—.

—기사들은 모두 보유 스킬이 많고, 잡다한 스킬은 전혀 없었다. 분명히 엄격한 계율에 따른 수행을 한 거겠지.

뇌리에 불길한 기억이 되살아났다.

성도로 여행을 오는 도중에 신전기사들을 만났을 때 느꼈던 것이다.

지금 돌이켜 보아도, 여기서 재검색을 해봐도, 쓸데없는 스킬—기사의 임무에 필요 없는 스킬을 가진 자는 아무도 없었다.

지금 생각해보면 이것은 이상하다고 할 수 있었다.

저레벨이라면 모를까, 시가 왕국의 성기사들도 불필요한 스킬이 없는 사람은 아주 드물다.

아마도 그들은 불필요한 스킬을 성녀에게 바치고, 필요한 스킬을 성녀에게 양도를 받은 게 아닐까 싶었다.

갑자기 일어난 술렁거림과 외침에 사고가 방해를 받았다.

"""성녀님이다!"""

"""성녀님이 오셨다~."""

아무래도 성녀가 행차한 모양이군.

"이제 곧이다. 영창을 시작해라."

"알았다. 반드시 마녀를 처치한다."

엿듣기 스킬이 뒤숭숭한 말을 포착했다.

"위병! 저기다! 마법을 쓰려는 자가 있다!"

단상에 있던 기사가 뒤숭숭한 말을 한 자들을 가리켰다.

마력 감지 스킬을 가진 모양이다. 영창할 때 높아진 마력을 느낀 거겠지.

"""마녀를 쓰러뜨려라!"""

무기를 가진 남자들이 달려가고, 마법사가 영창을 계속했다. 영창을 봐서 광범위 공격 마법인 「화염 폭풍」^{파이어 스톰}이다.

이대로 둘 수는 없으니까, 나는 언제나 발동하고 있는 「이력의 손」을 마법사에게 뻗었다.

"""성녀님을 지켜라!"""

그 자리에 있던 사람들이 마법사에게 달려들어 쓰러뜨리고, 무기를 든 남자들을 과감하게 붙잡아 피투성이가 되어가면서도 다수라는 걸 이용해 억눌렀다.

성녀를 지키기 위해서라면 자기 몸의 안전 따위 아무래도 좋은 것 같다.

그러고 보니 「이력의 손」을 조작했는데, 단상의 마력 감지 스킬 소유자에게 감지되지 않았다. 괜한 마력을 방출하지 않으니까 눈치 못 챈 건가?

폭한이 연행되고, 부상을 입은 사람들이 신성 마법으로 치유를 받은 참에 의식이 재개됐다.

"""성녀님~!"""

장막 너머에서 조용조용 나타난 것은 성도 파리온의 성녀궁에서 만난 노성녀가 아니라 젊은 여성이었다.

"저게 성녀님인가……."

그녀 옆에 AR 표시로 뜨는 이름은 「시즈카」. 명백하게 일본인의 이름이지만, 전생자에게 공통된 스킬이나 유니크 스킬은 가진 게 없었다. 머리색은 흑단 같은 색이었다.

작은 꽃을 뿌려둔 베일을 쓰고 윤기가 도는 하얀 바탕천에 파란 성녀복을 입었다. 베일로 감추고 있어서 얼굴이 안 보인다.

키는 나나 정도. 체형은 마르지 않고, 그렇다고 통통하지도 않은 보통의 느낌이다.

레벨이 50이나 되지만 스킬은 「신성 마법: 파리온 교」밖에 없다. 레벨에 비해 스킬이 너무 적다.

그녀도 「재능 건네기」 의식으로 필요 없는 스킬을 다른 사람에게 「바친」걸까?

—어이쿠.

미약한 위기 감지 스킬의 반응과 함께 날아온 뭔가를 캐치했다.

손 안에 종이로 감싼 돌이 있었다. 날아온 방향을 봐서 피핀이겠지.

상황적으로 풍차가 날아왔으면 좋았을 텐데.

종이는 편지인 것 같아서, 돌에서 풀어 내용을 보았다.

거기에는 「꼬맹이가 성녀님을 보고 당황하기 시작했다」라고 적혀 있었다.

올려다보자 타마가 수신호도 잊고서 손을 삭삭 움직이고 있었다.

성녀를 다시 한 번 확인했는데, 이상한 점은 없었다. 그렇지만 타마의 직감을 함부로 무시할 수는 없다. 위기 감지 스킬도 반응이 없지만, 이제부터 무슨 일이 일어날까?

공간 마법 「원거리 통화」로 확인을 하고 싶지만, 그랬다간 마력 감지 스킬에 감지될 수도 있다.

차선책으로, 언제나 발동하고 있는 이력의 손을 회장 여기저기로 펼쳐서 트러블에 대비했다. 덤으로 스토리지의 임시 폴더에 연기 구슬이나 최루 구슬도 세트해 두었다.

피핀에게 지시를 하기 위한 종이도 몇 개 준비해두는 편이 좋겠군.

"재능을 바치고자 하는 자들이여, 순서대로 성녀님 어전으로 나서라."

자기가 먼저 가려는 사람들을 신관과 위병이 야단쳤다.

그들은 성녀에게 「재능을 바치는」, 다시 말해서 「스킬을 양도하는」 것을 정말로 알고 있는 걸까?

가장 앞의 남성이 성녀 앞에 무릎을 꿇었다.

동시에 무대 위에서 마법진이 나타나고 격렬하게 빛났다.

"근사한 재능입니다. 참으로 노력했군요. 당신의 수련을 자랑스럽게 생각합니다."

조용한 어조로 성녀가 말하고, 남자의 머리에 손을 올렸다.

—남자에게서 스킬이 사라졌다.

성녀에게 스킬이 이동하지 않았다.

나는 주위를 보았다. 성녀 뒤에 대기하는 신관에게 스킬이 이동해 있었다.

이 「재능 건네기」 의식은 스킬을 다른 사람에게 이동시키는 것이 틀림없는 모양이군.

문제는 어떻게 그것을 하고 있는가이다. 성녀의 스킬은 「신성마법」뿐, 그녀가 주문을 영창하는 기색도, 보류하고 있던 마법을 발동하는 기색도 없었다.

여기서는 잘 안 보이지만, 의식장의 마법진이 그것을 할 가능성이 높았다.

또 피핀 쪽에서 돌이 날아왔다.

거기에는 「의식을 막지 않아도 되나?」라고 적혀 있었다.

방금 전까지는 그럴 셈이었는데, 주변 사람들은 강제적으로 스킬을 바치는 게 아니라 스스로 나아가 바치는 모양이었다.

조금 자리가 지나치게 열광적이지만, 최면술에 걸린 기색도 없다.

맵 검색을 해보니 이 나라에 「정신 마법」 스킬을 가진 자는 없었다. 얼마 전이라면 마왕 신봉 집단 「자유의 빛」 안에 한 명 있었지만, 그 녀석은 이미 처형됐다.

이 의식을 후원 혹은 주최하고 있을 현자는 「자유의 빛」과 적대관계일 테니까, 여기에 있는 사람들이 정신 마법으로 세뇌되었을 가능성은 낮을 것이다.

재빨리 사고를 마친 나는, 피핀에게 돌을 던지는 척하면서 그의 곁으로 뻗어둔 「이력의 손」에서 편지가 달린 돌을 떨구었다. 거기에는 「잠시 조용히 지켜본다」고 적어 두었다. 받아 든 피핀이 조금 불복하는 기색이었지만, 포치와 타마를 남기고 혼자 행동할 정도는 아닌 모양이다.

"너희들도 줄을 서라."

행렬 정리의 신관에게 재촉을 받아 성녀의 줄에 섰다.

비상시에 대비해, 지무자와 아브루보다 앞에 섰다.

"어라? 귀족님?"

"—라이트 군?"

어째선지, 내 앞에 「재능 있는 자」의 마을에 있어야 할 라이트 소년이 서 있었다.

"여긴 어째서?"

"나는 현자님에게 불려왔어."

"현자—님은 만났니?"

"그게 아직이야. 나는 높은 사람에게 의식에 참가하란 말을 듣고서 왔는데, 방금 그 이야기를 들어도 뭐가 뭔지 잘 모르겠어."

나는 이야기하면서 라이트 소년과 자리를 바꾸었다.

그의 희귀한 선천성 스킬은 수행으로 다시 얻는 게 어려울 것 같고, 그가 바란 일이라면 모를까 그의 뜻에 반하여 스킬을 빼앗기는 일이 없어야 하니까.

『주인님, 큰일났어!』

아리사에게서 원거리 통화가 들어왔다.

『지금 확인해봤더니 라이트 군이 없어졌어. 그리고 우리들—나랑 미아뿐이 아니라, 리자 씨랑 루루 쪽에서도 호출이 있었다고 같은 방 애가 그랬어. 호출한 사람은 현자 같은데, 어쩌면 그쪽에서도 뭔가 있을지도.』

—아차.

「재능 건네기」 의식 일을 보고하는 걸 잊고 있었다.

주위를 경계했지만, 다행히 마력 감지 스킬에 걸린 기색은 없었다. 이거라면 대답을 해도 괜찮겠지.

나는 주위를 살피면서, 라이트 소년과 합류한 것이나 의식에 대해서 아리사에게 전달했다.

『에잇! 보고 연락 상담은 기본이잖아!』

『미안미안, 「재능 건네기」 의식에서 무슨 일이 있으면 또 전달할게.』

『잠입 조사 같은 위험한 일은 관두고―.』

"다음은 너다."

통신하는 도중에 내 차례가 왔다. 아리사에게 말하고 단상에 올랐다.

방금 전까지는 잘 안 보였던 마법진이 보이게 되었다. 단상에 깔린 돌판에 새겨진 마법진과 빛 마법으로 만들어진 복잡한 적층형 마법진 같았다.

나는 성녀에게 다가가면서 마법진을 해독했다.

소환 마법진 같은데, 잘 모르겠다. 이 마법진을 어떻게 쓰면 스킬을 빼앗을 수 있는 거지?

"재능을 바치는 자여. 이곳으로."

성녀가 평탄한 목소리로 말했다.

베일 너머의 얼굴이 보인다. 미인이라고 할 정도는 아니지만 청초한 생김새였다. 베일 너머인 데다가, 눈을 깔고 있어서 눈동자 색까지는 모르겠다.

"당신은 처음이군요."

물음이 아니라 확인 같은 느낌이다.

혹시, 그녀는 스킬을 바치는 사람을 모두 기억하고 있는 걸까?

"레벨 3, 경험을 바치기에는 조금 부족하군요."

"그러면 『재능』만 하겠습니다."

감정 스킬을 가진 신관이 성녀에게 귓속말을 했다.

"저의 권속이 되는 것을 승낙하겠습니까? 승낙한다면 『네』라고 대답해 주세요."

성녀가 말을 마치는 것과 동시에, 내 눈앞에 AR 표시가 팝업됐다.

〉마왕 「시즈카」의 권속이 되겠습니까? 〔yes/no〕

―마왕?!

그녀의 칭호에 마왕이란 문자는 없었다.

그녀는 나를 속일 수 있는 「도신의 장신구〔위작〕」을 가지고 있는 게 아니다.

맵의 상세 검색으로 그녀가 장비한 아이템을 조사해 보니, 「마신의 손자국」이라는 수상쩍은 아이템이 있었다. 이제부터는 도신뿐이 아니라, 마신으로도 검색이 필요하겠군.

"왜 그러죠?"

성녀가 의문스레 물었다.

그 보라색 눈동자를 보니, 그녀가 마왕이란 생각이 도저히 안 들었다.

그러나, 유감이지만 의심의 여지가 없다.

나는 행동을 개시했다.

『아리사, 마왕을 만났어. 아이들은 피핀에게 회수를 맡긴다. 마왕의 처리는 맡겨둬.』

아리사에게 알리고, 피핀에게 돌 편지로 라이트 소년과 지무자와 아르부를 회수하여 탈출하도록 지시했다.

타마에게도 돌 편지로 지시하자, 요정 가방에서 꺼낸 연기 구슬을 포치와 둘이서 던지기 시작했다.

두 사람의 연기 구슬이 파열하는 순간에 맞추어, 나도 여기저기 뻗어둔 「이력의 손」 끝에서 스토리지에 수납해뒀던 연기 구슬을 꺼내 파열시켰다.

단상은 순식간에 연막에 휩싸였다. 물론 회장 전체도.

"뭐야, 이것은?!"

"성녀님을 안전한 장소로!"

주위 사람들이 달려오는 것보다 빠르게, 나는 성녀— 아니 마왕의 팔을 붙잡고 「귀환전이」했다.

◆

"—여기는?"

마왕 시즈카가 차분한 표정으로 주위를 둘러보았다.

여기는 방금 있던 마굴에서 떨어진 장소에 있는 인적이 없는 곳의 한 구석이다.

"가면의 당신에게 납치당한 거야?"

용사 나나시의 모습으로 변신한 나에게 확인한다.

그녀는 지난번에 토벌한 「사진왕」과 달리, 「구두의 고왕」과 비슷할 정도로 이성적이다. 이 정도면 죽이려고 싸우지 않아도 될지 몰라.

"그래 맞아."

"당신은 누구야?"

"나는 나나시."

"나나시라는 건 무명? 네모 선장 같은 거?"

대화하는 마왕에게 「이력의 손」을 뻗어서, 그녀에게서 「마신의 손자국」을 빼앗았다.

그녀의 스테이터스가 명백해졌다.

역시, 이 아이템이 스테이터스를 위장하는 물건이었나 보다.

"—어?"

마왕 시즈카가 스커트를 들어서 발목을 확인했다.

마신의 손자국이 사라진 것을 깨달은 거겠지.

"절대로 못 푸는 걸 텐데……."

마왕 시즈카가 무언가에 놀랐지만, 그보다도 정보를 확인하는 게 먼저다.

성별은 보이는 그대로 여성이고, 본래의 종족은 「장이족」^{부치} 연령도 24세로 젊다.

레벨은 거짓 없이 50 그대로. 호칭은 「성녀」, 「마왕」, 「거짓된 성녀」, 「헌신자」, 「방구석 폐인」의 다섯이다.

보통 스킬은 「신성 마법」뿐이다. 기프트도 없다. 유니크 스킬은 「권속화」^{어댑션 패밀리어}와 「양도」^{트랜스퍼 엘레멘트} 둘이 있었다.

이 유니크 스킬로 「재능 건네기」를 실현한 거겠지.

전투 스킬은 전혀 없고, 유니크 스킬도 병사를 만드는 데는 최적이라고 말할 수 있지만 직접 전투용이 아니다.

솔직히 말해서 지금까지 만난 중에서 가장 약한 마왕이라고 할 수 있었다.

그녀의 상태가 「질병: 우울증」, 「질병: 위궤양」이 되어 있는 게 조금 신경 쓰이지만, 지금은 신경 쓰지 말아야지.

"마왕 시즈카."

"어째서 그걸―. ……그래, 당신은 용사구나."

말하는 도중에 이유를 깨달은 마왕 시즈카가 눈을 깔았다.

뭔가 주저하고 있던 마왕 시즈카였지만, 입술을 깨물고 고개를 숙인 다음, 베일과 가발을 벗어 던지고 천천히 일어섰다.

그녀의 긴 보라색 머리칼이 밤바람을 맞아 사르르륵 흘렀다.

"―각오는 됐어."

마왕 시즈카가 양팔을 벌렸다.

"나를 죽이러 와 준거지?"

어두운 웃음을 짓는 마왕 시즈카가 천천히 눈을 감았다.

"죽여줘. ……가능하면, 그다지 괴롭지 않도록 해주면 고마울 거야."

이봐이봐, 자살이 소원이라도 되는 거야?

"나는 너를 죽일 생각 없어."

"용사인데?"

"용사라고 해도 반드시 마왕을 죽여야 하는 건 아니야."

내 말을 들은 마왕 시즈카가 「그래……」 라고 하더니 입을 다물었다.

"하지만, 나는 죽는 편이 좋아."

"어째서?"

"나는 신자들에게서 스킬과 경험치를 빼앗는 사악한 마왕인걸. 명령을 받아서 거스를 수 없었다고 해도, 그 죄는 사라지지 않아."

"명령을 받았어? —누구한테?"

"미안해. 말할 수 없어."

"소중한 사람이구나."

그렇게 말했을 때 그녀의 반응은 강렬했다.

"아니야! 그 녀석이 소중한 일은 절대로 없어!"

눈이 충혈되고, 호흡이 거칠어지며 부정했다.

방금 전까지의 덧없는 느낌이 거짓말 같았다.

"그 녀석은 친절한 사람 행세를 하면서 나한테 다가와, 『기아스』로 날 묶었어!"

기아스 부분만 영어였다.

"『기아스』라는 건 강제 스킬 말야?"

"그래, 분명 그거야. 그 녀석이 누군가랑 이야기할 때, 그런 단어가 나왔으니까."

나는 그녀를 진정시키기 위해서, 아이템 박스 경유로 테이블 세트를 꺼내 따끈한 청홍차와 구운 과자를 권했다.

"마치 마술사 같네."

마왕 시즈카가 조금 기가 막힌 기색으로 중얼거렸다.

"······맛있어. 맛있다고 느끼는 거 오랜만이야."

데스마치 말기의 나 같은 말을 하지 말아줘. 친근감이 솟잖아.

『주인님, 마왕이랑 싸움은 시작해 버렸어?』

아리사에게서 공간 마법「전술 대화」가 이어졌다.

『아니, 평화롭게 대화로 끝날 것 같아.』

『뭐야~. 불행 중 다행이지만, 그러면 모두 함께 마을을 뛰쳐나올 필요는 없었잖아.』

접속 거리가 그렇게 멀지 않은 「전술 대화」로 대화할 수 있다는 것은, 아리사 일행이 근처까지 와 있는 모양이다.

『에머~젠시~?』

『추적자가 잔뜩 있는 거예요.』

의식장에서 라이트 소년 일행 세 명을 구출하는 임무를 맡은 타마와 포치에게서 지원 요청이다.

『그거 큰일이네. 주인님, 우리는 타마랑 포치의 서포트를 하러 갈게.』

『피핀도 있으니까 주의해.』

『오케이, 다 안다니까아!』

아리사의 통화가 끊어졌다.

"쿠키에 커피를 마시며 취미에 매진하던 전생 전의 생활이 떠오르네."

눈앞에서 나긋하게 청홍차 컵을 기울이던 마왕 시즈카가 작은 소리로 중얼거렸다.

"사가 제국의 커피라도 괜찮다면."

"이 세계에도 커피가 있어?"

마왕 시즈카가 놀라서 눈이 동그래졌다.

"옛날에 자주 마시던 인스턴트 커피 같은 맛이라, 어쩐지 안심이 돼."

커피의 향기와 맛이 그녀의 마음을 열었는지, 띄엄띄엄 신상 이야기를 해주었다.

방금 힐끔 말한 것처럼, 그녀는 「강제」 스킬을 가진 흑막에 지배당해 있었다. 「재능 있는 자」의 마을에서 모은 자들을 유니크 스킬 「권속화」로 권속화하여, 권속이 된 자들의 경험치나 스킬을 흑막과 그 부하들에게 유니크 스킬 「양도」로 옮겼다고 한다.

"정말로 싫었어. 순진한 눈으로 나를 믿는 사람들에게서 스킬과 경험치를 빼앗아서, 그걸 집안이나 핏줄만 가진 바보들한테 넘기는 건······. 내가 했던 건 착취의 한 축을 지탱하고 있는 거야."

깨물었던 입술에서 피가 흘러서, 손수건을 대고 치유 마법으로 치유해 줬다.

"특히 싫었던 건 같은 전생자의 유니크 스킬을 옮기는 일. 받아들인 쪽은 괜찮은 모양이지만, 유니크 스킬을 잃은 사람은 쇠약해져서 죽을 지경이 되거든. 어린 다이고 군이나 치나츠 양은, 정신의 균형을 잃고서 수도원에서 요양하고 있을 정도야······."

움켜쥔 주먹이 하얗게 변했다. 손톱이 파고든 건지 피가 흘렀다. 마왕 시즈카는 조금 자해하는 버릇이 있는 걸지도 모르겠다.

"그런 스트레스 환경이니까, 위는 아파오고······ 마왕이 되고…… 몇 번을 죽어버릴까 생각했는지 몰라. 아마, 기아스로 자살을 금지하지 않았으면 진작에 목을 맸을 지도 몰라."

위궤양과 마왕화를 같은 급으로 말을 하셔도 말이죠…….

하지만 이야기를 들어보니 그녀가 마왕화한 직접적인 원인은 스트레스가 아니라, 유니크 스킬을 지나치게 써서 혼의 그릇이 상한 탓이 아닌가 생각했다. 매번 그렇게 많은 수의 사람에게 유니크 스킬을 쓰면 무리도 아니다. 뭐 스트레스가 마지막 한 방이었을 지도 모르지만.

─어이쿠, 마왕 시즈카의 이야기에 끌려들어가서 확인을 잊고 있었다.

"몇 가지 묻고 싶어. 괜찮을까?"

"그래, 내가 대답할 수 있는 거라면, 뭐든지 대답할게."

마왕 시즈카가 미지근해진 커피로 입을 축였다.

"너는 어떤 『기아스』로 묶여 있어?"

"잔뜩 있어. 그 녀석은 수도 없는 기아스로 나를 묶었으니까."

그렇게 말한 마왕 시즈카가 기억하고 있는 기아스에 대해서 가르쳐 주었다.

"그 녀석의 정체를 밝히지 말 것, 그 녀석이 명령한 것을 실행할 것, 『성녀의 방』에서 허가 없이 나가지 말 것, 나라를 나가지 말 것, 유니크 스킬과 관련된 일, 재능 건네기와 관련된 일, 대략적으로 이런 느낌이야."

"확실히 많네."

"그 녀석은 꼼꼼한 녀석이야."

마왕 시즈카가 내뱉는 것처럼 말했다.

그녀는 흑막을 정말로 싫어하는 모양이다.

나는 그녀가 진정하기를 기다려서 다음 질문을 했다.

"유니크 스킬도 옮길 수 있다고 했는데, 누구에게서 누구에게 옮겼어?"

"그 녀석이 발견해온 전생자들한테서야. 유우사쿠 씨랑 다이고 군이랑 치나츠 양 세 명. 옮긴 상대는 말 못해. 기아스로 금지됐어."

맵 검색을 해보니, 유우사쿠 씨는 의식을 하던 마굴에 있었지만 다이고 군과 치나츠 양은 발견되지 않았다. 수도원에서 요양하고 있다고 했으니까, 내가 체크하지 않은 파리온 신국의 도시에 있는 거겠지.

엘릭서라면 다이고 군과 치나츠 양을 고칠 수 있을 것 같으니, 이번 일이 끝나면 두 사람을 찾아서 치료해줘야지. 동향의 정이다.

"세 명이 가지고 있던 유니크 스킬에 대해서 가르쳐줄 수 있어? 자세한 게 무리라면 개수만이라도 괜찮아."

"미안해. 유니크 스킬이 몇 개 있었는지는 말 못해."

"자자리스 교황의 유니크 스킬도 네가 옮겼어?"

"미안해. 유니크 스킬을 누구에게 옮겼는지는 말 못해."

역시 대답을 못하나…….

전생자가 세 명 있었다는 건, 적어도 셋 이상의 유니크 스킬이 있다는 것이지. 자자리스 만일 교황과 호즈나스 추기경이 가지고 있던 유니크 스킬이 그들에게서 옮겨진 것이라고 가정해도, 아직 또 하나가 더 있다는 것이다.

질문하는 방식을 바꾸자.

"사진왕을 권속화하거나, 『양도』한 일이 있어?"

"아니, 둘 다 없어. 그 녀석에게 사진왕을 권속화하라는 말은 들었지만, 거절당해서 성공 못했어."

그러면, 사진왕에게 유니크 스킬을 옮긴 게 아니란 말이지.

다시 말해서, 파리온 신국의 누군가가 유니크 스킬을 감추고 있다는 것이다.

나는 회색의 뇌세포를 구사하여, 바라는 대답을 얻을 수 있는 질문을 생각했다.

"현자 솔리제로에 대해서 아는 걸 가르쳐 줄 수 있어?"

고개를 숙이고 있던 마왕 시즈카가 퍼뜩, 고개를 들어 나를 올려다보았다.

그녀도 내 의도를 깨달은 모양이다.

마왕 시즈카가 내 눈동자를 보며 힘차게 대답했다.

"미안해. **대답할 수 없어.**"

"고마워. **잘 알았어.**"

흑막은 현자 솔리제로다.

타락한 성자

"성직자 따위라고 해도, 한 꺼풀 벗겨내면 욕망 투성이의 속인이거나 현실을 보지 못하는 몽상가 둘 중 하나다. 물론, 그것에 대해 뭐라고 할 생각은 없다. 어차피 양쪽 다 평등하게 내 대망의 양식이 되는 자들이니까."

—현자 솔리제로

"현자님! 큰일입니다!"

그림자에서 나오자마자, 당황해서 흐트러진 부하가 달려왔다.

이유를 듣고서 무심코 큰 소리를 냈다.

"성녀가 납치됐다고?!"

교황을 상대하느라 뒤늦게 도착한 마굴의 의식장에서 나는 아닌 밤중에 홍두깨 같은 소식을 들었다.

"네. 천장 근처에 잠복하고 있던 도적이 연막탄을 던지고, 그 혼란을 틈타 성녀님이 납치당하고 말았습니다."

"친위대는 뭘 하고 있었나!"

"죄송합니다. 연기 구슬이 파열되는 것과 동시에 달려갔습니다만, 몇 초도 안 되는 사이에 성녀님이 홀연히 자리에서 사라져 버렸습니다."

성녀— 마왕 시즈카의 존재는 내 패도를 매진하기에 필요 불가결.

만반의 수호를 하고 있는「도시 핵의 방」에서 나올 때는 호위의 전문가들과 우수한 마법사들을 지나칠 정도로 모아 들였다.

그런데 이렇게 쉽사리 가로채다니…….

"현장에 있던 자들은?"

"『재능』있는 자들은 신체검사를 하고서, 우리 너머로 돌아갔습니다. 『재능』을 받기 위해 모여든 귀인들도, 한 군데 모여서 대기하고 있습니다."

"수색은 어떻게 됐나."

"친위대를 포함한 수비병의 태반이 수색을 하고 있습니다."

"친위대 이외의 자도 수색을 보낸 건가?"

이 어리석은 놈들—.

"네, 네. 사람 수가 많은 편이 좋을 거라 생각해서……."

"성녀를 납치한 자는 그 녀석들에게 섞여서 밖으로 나갔을 가능성이 있다. 모두를 불러들여서 점호를 해라."

"아, 알겠습니다!"

친위대의 리더가 황급히 뛰쳐나갔다.

"현자님, 도적은 공간 마법이나 그림자 마법 같은 전이 수단을 가지고 있는 것이 아닐까요?"

"그럴 가능성은 있지만, 사람 한 명을 데리고 장거리를 전이하는 건 쉬운 일이 아니다."

몇 초 사이에 성녀를 확보하여 전이를 실행할 정도의 숙련자는 넓은 파리온 신국에서도 나 정도다.

아니, 또 한 명 있다—.

내 뇌리에 펜드래건 경이 데리고 있던 계집 아이의 얼굴이 떠올랐다.

뛰어난 인식 저해 장비로 엄중하게 숨기고 있지만, 마왕 시즈카에게서 빼앗은 「능력 감정」으로 그 아이가 「공간 마법」을 가지고 있다는 걸 꿰뚫어볼 수 있었다.

레벨이 50을 넘는 마법사라면, 평소에 쓰고 있는 불 마법이 아닌 마법을 극치까지 단련했어도 신기할 것 없다.

"『재능 있는 자』의 마을에—."

친위대를 파견하려고 생각했지만 그만두었다.

계집아이를 데리고 있는 펜드래건 경은 방심할 수 없는 상대다. 겉보기에는 사람만 착해 보이는 평범한 애송이와 여자와 아이들 집단이지만, 그 실체는 용사들이나 메자르트와 함께 마왕 토벌에 참가할 수 있을 정도의 실력자들이다.

성녀에게서 스킬과 경험치를 이식 받은 속성 재배의 친위대가 그 녀석들을 상대하는 건 불가능하리라.

"—아니, 그쪽은 내가 간다. 너희들은 수색대로 변장한 성녀 유괴범이 없는지, 여기서부터 도시를 향해 도망치는 수상한 자가 없는지 조사해라."

명령을 받은 친위대장이 짧게 대답하고 달려갔다.

나는 마력 회복약을 아이템 박스에서 꺼내 마시고, 「재능 있는 자」의 마을까지 「그림자 건너기」 마법으로 이동했다.

"후우……."

그림자에서 본래 세계로 돌아가자, 몸에 응어리가 쌓인 것처럼 피로가 어깨를 눌렀다.

"……이 정도 거리의 전이는 그다지 반복하고 싶지 않군."

마력이 고갈 직전까지 소비됐으니, 다시 한 번 마력 회복약을 들이켰다.

너무 연속으로 마시면 중독 증상이 나타난다. 주의해야 한다.

전이 기준으로 삼고 있는 관청 안의 사실에서 뛰쳐나와, 옥상 위로 닌자 교실을 향해 달렸다. 복잡한 구조로 만들어둔 이 마을의 이동은, 말로 달리는 것보다도 지붕을 달리는 편이 빠르다.

옥상 위를 달려가자, 멀리 닌자 교실의 지붕에 몸을 숨긴 여닌자를 발견했다.

"저 녀석이 망을 보고 있다는 것은, 펜드래건 경 일행은 움직이지 않은 건가?"

저 여자에게는 펜드래건 경 일행의 감시를 명했다.

"변함없나?"

"혀, 현자님."

기척을 끊고서 접근했기 때문인지, 여닌자가 등 뒤를 빼앗겨 당황했다. 닌자라는 자가 냉정함을 잃다니 한탄스럽군.

"펜드래건 경 일행은?"

"오늘은 순순히 자고 있는 것 같습니다."

여닌자가 자신 있는 기색으로 대답했다.

"―오늘은? 어제는 무슨 일이 있었나?"

"앗, 네. 어느샌가 빠져나가서, 탑 주변의 마굴에서 『재능 건네기』의『광산』으로 보낸 자들을 수색하고 있었습니다."

"냄새를 맡았나……."

불과 며칠 만에 깨닫다니, 역시 미스릴 탐색자라고 해야 하나?

"안심하세요. 적당히 지어낸 이야기를 믿은 모양이라, 오늘은 얌전히 자고 있습니다."

"그런가―."

여닌자 말처럼, 활짝 열린 창에서 보이는 펜드래건 경 일행은 꼼짝도 않고 깊은 잠에 빠져 있었다.

―꼼짝도 않고?

"혀, 현자님?"

나는 등 뒤에서 여닌자가 당황하는 목소리를 들으며 밤의 어둠을 질주하여, 펜드래건 경이 잠들어 있어야 할 방에 뛰어들었다.

발 소리 하나 없이 착지하여, 펜드래건 경의 얼굴을 확인했다.

"―큭. 인형이라니?"

펜드래건 경뿐 아니라, 계집아이 종자 둘도 인형과 바뀌어 있었다.

게다가 놀랄 정도로 꼭 닮은 인형이다. 이 정도의 인형을 어둠 속에 두면, 여닌자가 깨닫지 못하는 것도 무리가 아니다.

"현자님, 죄송합니다. 이 실패는―."

"사죄는 나중에 해라. 나는 펜드래건 경의 종자가 있는 마법교실로 간다. 너는 다른 종자들을 확인하러 가라."

불합리한 상황에 고개를 숙이며 사과하려는 여닌자의 말을 가로막고, 우선해야 할 임무를 지시했다.

나는 대답도 기다리지 않고 창으로 뛰쳐나가 마법 교실로 갔다.

"역시, 없는가……."

예상은 했던 일이지만, 전생자 계집아이도 엘프도 거기에 없었다.

"그러면, 성녀를 납치한 것은 펜드래건 경 일행인가……?"

……무엇을 위해?

뻔하다. 성녀— 마왕 시즈카의 유니크 스킬을 이용해 시가 왕국에 최강의 군단을 만들기 위해서다.

아니— 펜드래건 경은 자신의 군단을 만들어 시가 왕국을 자치할 셈일지도 모른다.

『뭔가 바빠 보이는 것임이어요.』

사고의 미궁에 빠질 뻔했던 내 귀에 이질적인 울림을 가진 목소리가 뛰어들었다.

"녹색 나리!"

가까운 어둠에서 녹색 그림자가 흔들리고, 거기서 이형의 맹우가 나타났다.

나는 결계와 환술로 벽을 만들고, 맹약을 나눈 녹색의 상급 마족에게 말을 걸었다.

"성녀— 마왕 시즈카가 납치당했다. 계획 수행을 위해서, 어떻게든 시즈카를 회수해야 한다. 녹색 나리도 협력을 해주면 좋겠다."

신출귀몰한 녹색 나리라면 펜드래건 경의 위치도 알고 있지 않을까?

그런 미약한 희망을 걸어봤지만, 녹색 나리의 대답은 무정했다.

"소용없음이어요."

"—소용이 없다? 녹색 나리는 뭔가 알고 있는 건가?"

"여기에 온 것은 **마신의 손자국**을 감지 못하게 됐기 때문임이어요."

"손자국? 설마, 마왕 시즈카의 『마신의 손자국』이 풀린 건가?"

"바로 그것임이어요."

녹색 나리가 긍정했다.

마신의 손자국은 마신옥 유적 안에서 발굴한 것으로, 「도신의 장신구」와 마찬가지로 용사의 감정마저 속일 수 있다.

이 마신의 손자국을 장비한 자는 두 번 다시 빼지 못하게 되는 치사의 저주에 묶인다. 억지로 「마신의 손자국」을 떼어내면 장착자의 영혼을 찢어내고, 손자국 자체도 검은 안개가 되어 사라진다고 녹색 나리가 말했다.

"다시 말해서, 마왕 시즈카가 죽었다?"

……이럴 수가 있나.

믿기 어려운 일에 눈앞이 깜깜해졌다.

그 여자는 세계를 다스리기 위한 계획에서, 반드시 필요한 인재였다.

마신옥을 독기로 가득 채우고 봉인을 풀어, 되살아난 「재앙의 군세로 현재의 지배기구를 일소한다고 해도, 필요 없어진 재앙을 구축하여 세계를 통합하는 인재가 없으면 어쩔 도리가 없다.

마왕 시즈카의 유니크 스킬이 있었기에, 핍박 받던 내 일족이 지배자가 될 수 있는 것이다.

"참으로 감미로운 후회임이어요."

"상당히 즐거워 보이는군."

녹색 나리의 불쾌한 목소리에, 소용없다는 걸 알면서도 불평을 했다.

"물론임이어요. 타인의 불행은 꿀맛임이어요."

미안한 기색도 없이 말하는 녹색 나리에게서 고개를 돌리고, 나는 뜻대로 되지 않는 현실에 개탄하는 마음을 진정시켰다.

"벌써 냉정해졌음이어요? 하다못해 복수를 맹세하는 정도는 해줬음이어요."

—복수?

그렇지. 마왕 시즈카가 자살할 리가 없다.

왜냐하면, 그 여자는 내 「강제」 스킬로 자살을 금지했기 때문이다.

「복사 모방」 스킬로 비추어낸 열화판 「강제」 스킬이라지만, 정신 마법을 병용하는 것으로 절대 자살을 못하도록 했을 것이다.

"누가 죽였는지 알고 있는 건가?"

"어머어머, 저를 시험하는 것임이어요?"

녹색 나리는 질문에 질문으로 대답했다.

마왕 시즈카를 죽인 범인은 내가 아는 인물—.

"펜드래건 경이 마왕 시즈카에게서 마신의 손자국을 떼어냈다는 건가……?"

"그것 말고는 생각할 수 없음이어요. 미궁도시에서도 격이 높은 마족을 상대로 도전했음이어요고, 그 소년은 마족이나 마왕에 강한 증오를 가지고 있어도 신기할 것 없음이어요네."

사람 착한 펜드래건 경이 박복한 외모의 마왕 시즈카를 해쳤다는 건 좀처럼 믿기 어려웠지만, 녹색 나리의 정보를 듣고서 생각을 고쳤다.

증오는 사람을 바꾼다. 마족이나 마왕에 대한 깊은 증오를 가지고 있다면, 겉모습에 현혹되지 않고 토벌해도 신기할 것 없다.

게다가, 펜드래건 경과 그 동료들에게는 그 정도의 힘이 있으니까…….

"심장을 파먹는 벌레를, 이 마을에 데리고 온 내가 어리석었나 보군."

그 한 마디로 반성을 마치고, 나는 재미없는 기색으로 이쪽을 보는 녹색 나리를 보았다.

"조금 정도는 고뇌해주지 않으면 즐길 수 없음이어요."

여전히 악취미다.

"이제부터 어떻게 할 것임이어요? 성녀를 죽인 복수를 하는 것임이어요?"

녹색 나리가 씨익 초승달처럼 웃음을 지었다.

그 얼굴을 보고 있으니, 마음속의 증오가 술렁거리며 끓어오르는 것을 느낀다. 역시 녹색 나리도 사람과는 양립할 수 없는 마족이라는 건가.

"복수는 나중이다."

앞으로를 위해서도 보복은 필요하지만, 감정적인 복수 따위 지나치게 비효율적이다.

"일단은 이후의 방침을 정해야지."

나는 시선을 녹색 나리에게서 돌리고, 사고를 회전시켰다.

본래의 계획에서는 전생자 계집아이에게서 유니크 스킬을 빼앗아, 사진왕을 대신하여 새로운 마왕을 만들 예정이었다.

그러나 마왕 시즈카를 잃은 것으로, 그 계획은 연기할 수밖에 없다고 해도 과언이 아니다.

전생자 계집아이 자신을 마왕으로 만드는 것은 가능하겠지만, 펜드래건 애송이가 지키고 있는 계집아이를 납치하여 마왕화에 이르도록 하는 것은 수고가 많이 드는 데다가 불확실하다.

아니, 그 이전에 마왕이 필요한 것은 마신옥의 봉인 해제를 위해서다. 「재앙의 군세」를 부활시켰다고 해도, 필요 없어진 다음에 그것을 제거하여 그 다음 세계를 통치하는 인재를 준비하지 못하면 의미가 없다.

"마신옥의 봉인 해제는 조금 보류할 필요가 있겠군……."

"그건 곤란한 것임이어요."

"—녹색 나리?"

녹색 나리의 얼굴이 다가왔다.

"또 하나 말해둘 것이 있음이어요."

초승달 같은 웃음이 짙어진다.

"성도는 지금, 재미있는 일이 일어났음이어요?"

"—재미있는 일?"

불길한 예감이 들어 녹색 나리를 노려보았다.

녹색 나리가 즐거운 기색으로 이야기할 때는 제대로 된 일이 아니라는 걸 나는 알고 있었다.

"보여줌이어요."

녹색 나리의 손이 내 이마에 닿았다—.

◆

"우오오오오오오오옷!"

내 두뇌에 대량의 영상이 흘러 들어와, 정보의 격류에 빠질뻔 했다.

『일단은 이것임이어요.』

녹색 나리의 목소리가 흘러갈 것 같은 내 의식을 붙잡아, 영상 하나에 의식을 집중시켰다.

"—교황님이 가짜?"

"그래, 마족이 바꿔치기를 했다는 소문을 들었어."

어딘가의 골목에서 노동자 계급의 남자들이 황당무계한 소문 이야기를 하고 있었다.

"그런 말도 안 되는 얘기가 어디 있어!"

"그래 맞아! 교황님은 파리온 신의 성스러운 결계가 있는 대성당에 계신다고!"

"그렇고말고! 마족 같은 게 들어갈 수 있겠냐!"

노동자라지만 바보 취급할 수 없다.

성직자들이 생각하는 것보다 그들은 많은 것을 알고 있다.

"잊었냐? 너희들?"

"뭘 말야?"

"마왕이 결계를 깨고 대성당을 습격했었잖아!"

그 말에 남자들의 반론이 멎었다.

"그때 바꿔치기를 한 거 아냐?"

"그, 그렇지만, 그 다음에도 교황님은 치유의 의식을 해주셨는데?"

"정말이야? 잘 떠올려봐라."

그렇게 강하게 말하자 남자들이 생각하는 표정을 지었다.

"그러고 보니! 요전의 치유 의식은 중간에 끝났었지."

"교황님의 몸이 안 좋았던 것뿐 아냐?"

"아니야! 전에도 중단한 일이 있었지만, 이번에는 치유를 하기는커녕 기분이 나빠져서 쓰러지는 녀석이 속출했어."

교황이 유니크 스킬을 폭주시킨 날의 일인가…….

황당무계한 소문이라지만, 사실을 일부 포함하면 신빙성이 늘어난다. 얼른 저절 지워버릴 소문을 퍼뜨려야겠군.

『이쪽도 재미있음이어요.』

녹색 나리의 목소리와 함께 시점이 전환됐다.

"나, 봤다니까. 교황님이 치유의 의식을 할 때, 용사님 같은 파란 빛이 아니라 보라색 빛을 내는 거 말야."

"무슨 말이야? 치유의 의식 때는 언제나 예쁜 파란 빛이잖아."

"정말이야! 전에 가장 앞에서 의식을 봤었는데, 의식을 시작할 때 바람이 불어서 천 너머로 보인 교황님의 몸을 보라색 빛이 감싸고 있었어!"

좋지 않군……. 목격자가 있었나? 중요한 일 앞의 작은 일, 얼른 입막음을 해둬야겠다.

"그러고 보니, 그날의 치유는 어쩐지 이상했어."

"그러고 보니 그렇네. 우리 할머니는 그날부터 계속 앓아누워 있다니까."

"혹시, 그 소문이 정말인가?"

"그 소문?"

"모르는 거야? 교황님이 마족이랑 바꿔치기를 당했다는 소문이야."

또, 이 소문인가?

조금 부자연스럽게 퍼지고 있었다.

"누군가 흑막이 있는 건가……."

『정답임이어요.』

시야가 전환되고, 교황과 마족의 바꿔치기 소문을 내고 있는 남자가 후드를 쓴 누군가와 이야기하는 장면이 되었다.

"소문을 흘리고 있어."

"잘 했다. 다음은 사람들을 선동하여 대성당으로 모아라."

"이봐이봐, 좀 봐달라구. 신전병에게 체포되거나 신전기사에게 베이는 건 싫거든."

"그쪽은 우리가 억누르겠다. 네놈은 선동을 할만큼 하고서, 적당한 때를 봐서 빠지면 된다."

후드를 쓴 남자에게 돈을 받은 남자는 동료들을 모아서 사람들을 선동하기 시작했다.

좋지 않군…….

나는 몸을 움직이려다가, 자기 몸을 인식할 수 없음을 깨달았다.

"녹색 나리, 마법을 해제해줘. 나는 성도로 돌아가야 한다."

몸을 움직이지도 못하고, 무영창의 마법 발동도 못한다.

이래서는 녹색 나리의 마법을 해석하는 것도 강제 해제도 불가능하다.

『걱정 없음이어요. 이 영상은 과거의 것. 천천히 봐도 현실 세계에서는 한순간의 일임이어요.』

녹색 나리가 말하고서, 다음 광경을 비추었다.

""""교황님을 구해내라아아아아!""""

""""마족을 제거해라아아아아!""""

소문을 믿은 민중이 대성당으로 밀려들었다.

""""교황님으로 둔갑한 마족을 쓰러뜨려라!""""

""""마족을 죽여라아아아!""""

"""""살인자를 쓰러뜨려라아아아아!"""""

민중들이 충혈된 눈으로 대성당을 노려보며 노성과 매도의 소리를 반복했다.

그 안에는 아이와 노인의 모습까지 있었다.

"저건—."

—어른이 되면 신관이 돼서 교황님의 도움이 될 거야.

교황이 아버지를 치유해서, 무구한 표정으로 그런 말을 했던 소년마저도 폭도 속에 섞여 있었다.

그 밖에도 치유의 의식을 받아 교황에게 몇 번이나 감사를 했던 낯익은 자들도 있는 것 같다.

……어리석군.

손바닥을 뒤집듯 태도를 뒤집는 민중에게 모멸의 시선을 보냈다.

"""교황님으로 둔갑한 마족을 쓰러뜨려라아아아아아!"""

보는 사이에 폭도들이 점점 수가 늘어나 끓어올랐다.

"……어찌 된 거지?"

선동자가 있더라도 이상하다.

『정신 마법은 선동하는데 필수임이어요.』

녹색 나리의 말과 동시에, 민중을 선동하는 후드 남자의 근처로 시점이 이동했다.

"—나, 라고?"

가만 보니, 내 모습을 한 선동자는 녹색 입술연지를 바르고 손톱과 눈가를 녹색으로 물들이고 있었다.

저건 이전에도 본 적이 있다. 녹색 나리의 의사체다.

"배신한 건가, 녹색 나리!"

내가 열화처럼 화를 내자마자 영상이 풀렸다.

눈앞에 있는 녹색 나리를 추궁했다.

"터무니없음이어요. 이쪽의 목적은 처음부터 마신옥의 봉인 해제임이어요. 그걸 위해서 최적의 답을 실행했을뿐임이어요."

"—이놈!"

나는 분노에 몸을 맡기고 녹색 나리에게 빛의 상급 공격 마법 「파마 광검」을 썼다.
<small>안티이블 레이소드</small>

선명한 광검이 녹색 나리의 몸을 두 동강으로 베었다.

—가볍다.

"처리 못했나!"

『무서우셔라. 의사체를 준비해서 구사일생했음이어요.』

"헛소리."

녹색 나리의 기척이 흐려져 간다.

아무래도 도망친 모양이다.

"이 빚은 반드시 갚겠다."

어둠 속에 그렇게 내뱉고, 나는 대성당으로 그림자를 건넜다.

◆

"""교황님으로 둔갑한 마족을 쓰러뜨려라아아아!"""

대성당 앞에는 폭도로 변한 군중이 신전병이나 위병들을 집 어삼킬 기세로 밀려들고 있었다.

신전병과 위병 안에는 군중에 섞여 있는 자까지 있었다.

"신관은커녕 사제까지도……."

정신 마법으로 선동을 당했다지만, 이것이 신의 이름을 가진 나라에서 사람들을 가르치고 인도하는 자들의 실태인가…….

너무나도 추태라 벌어진 입이 다물어지지 않았다.

"─현자님?! 후방의 지휘를 하고 계셨던 것이 아닙니까?"

부하 한 명이 나를 발견하고 달려왔다.

아무래도, 이 녀석도 녹색 나리의 「의사체」에 현혹된 모양이다.

"그건 가짜다. 그것이 명령한 지시를 모두 파기해라."

"뭐, 뭐라고요! ─큰일입니다! 동료들 중에는 성하를 시역하기 위해 행동하고 있는 자가 있습니다."

"성하는 내가 지킨다. 너는 다른 자에게 지금 이야기를 전하고 군중을 부추기는 자들을 제거해라."

"예."

부하가 군중 안으로 달려가는 것을 보고, 그림자 마법으로 세 마리의 「그림자 짐승」을 불러냈다.
새도우 비스트

"너희들은 군중의 후방에 숨어 있는 내 가짜를 처리해라."

컹 한 번 짖은 그림자 짐승들이 군중의 그림자에서 그림자로 건너갔다.

그것을 보지도 않고, 나는 「그림자 건너기」 마법을 써서 교황 곁으로 서둘렀다.

"─여기도인가."

사제나 신관들이 교황의 방 앞에 몰려들어 있었다.

교황의 방이 신성 마법의 결계로 닫혀 있다. 나는 내 방을 지나 이동하는 수밖에 없어졌다.

"""우와아아아아."""

"""꺄아아아아아."""

방 안에서 외침과 비명이 들리고, 활짝 열린 문 너머에서 어두운 보라색 빛이 흘러 넘쳤다.

"사람이! 사람이 말라 죽었어!"

"마족이다! 역시 소문은 사실이었던 거다!"

"누군가, 메자르트 공을! 성검의 사용자를 불러라!"

방 앞에서 굴러 나온 사제들이 사람들을 패닉에 빠뜨렸다.

나는 바닥을 차고, 벽을 달려 교황의 방으로 뛰어들었다.

"이럴 수가 있나."

몇 명의 사제와 주교가 메말라 죽어 있고, 그 너머에서 검을 뽑은 신전기사가 교황을 포위하고 있었다.

교황은 귀를 막고 머리를 감싸며 방의 구석에서 떨고 있었다.

정신적으로 불안정해진 교황이, 가까운 자들이 추궁하자 유니크 스킬「만능 치유」의 힘을 반전 폭주시켜버린 모양이다.

"기다려라! 성하는 마족 따위가 아니다!"

나는 신전기사들을 자극하지 않도록, 천천히 다가갔다.

정신 마법으로 교황을 진정시키려고 했지만, 이 방에 펼쳐진 신성 마법의 결계가 그것을 무효화해 버렸다. 마법 파괴로 결계를 지울 수도 없었다. 그런 짓을 하면 그야말로 신전기사가 폭발해 버릴 것이다.

"기다리는 건 귀공이다."

"—메자르트 공!"

성가신 타이밍에 성가신 자가 나타났다.

지금의 교황에게, 신전기사 메자르트가 가진 성검 블루트강은 너무나 위험하다.

"내가 성하를 진정시키겠다."

"마족의 곁으로는 못 보낸다. 귀공은 마왕과 공모하여, 교황님을 납치하고, 마족을 교황님으로 바꿔친 의혹이 걸려있다."

메자르트를 무시하고 억지로 교황 곁으로 달려갔다.

"못 간다고 했다!"

메자르트의 노성과 동시에 등이 뜨거워졌다.

돌아보며 거리를 취하는 내 눈에, 피에 젖은 성검이 비쳤다.

아무래도, 등 뒤에서 메자르트가 벤 모양이다. 탈피한 하급룡의 가죽을 안에 덧댄 내 로브를 베어내다니…… 역시 성검은 얕볼 수 없다.

"……소, 솔리제로."

나를 발견한 교황이 죽은 사람처럼 흐느적거리며 일어서더니, 위태로운 발걸음으로 걸어왔다.

"우, 움직이지 마라!"

"거스른다면 용서하지 않는다!"

신전기사들 중 한 명이 공포에 검을 뽑아 교황을 공격했다.

상처는 얕은 모양이지만, 교황은 쇼크를 받은 표정으로 눈물을 흘렸다.

—좋지 않아.

교황의 몸에서 검은 독기가 흘러나왔다.

"비켜라! 메자르트!"

"거기서 마족이 정체를 드러내는 걸 보고 있어라."

치유 마법으로 성검의 상처를 치유하고, 메자르트 곁을 순동으로 빠져나가려는데, 수많은 전장에서 피에 젖은 나날을 보낸 메자르트가 쉽사리 그것을 실행하도록 해주지 않는다.

"정체를 드러냈다."

"이 마족 놈! 마왕의 앞잡이!"

"나, 나는, 나는, 나A느U으으으으으으으은."

―칫.

교황에게서 독기가 뿜어져 나와 그 몸을 이형으로 바꾸어 버린다.

"……손쓰기엔 늦었군."

이렇게 되면 어쩔 수 없다.

나는 연기 구슬을 던졌다. 그리고 메자르트가 연기 구슬에서 뿜어져 나온 연막을 빠져 나와 공격하는 사이에 그림자 속으로 들어갔다.

아무리 성검사라도, 그림자 속까지는 쫓아오지 못하리라.

나는 그림자 너머로 교황의 상태를 살폈다.

"소, S올리, J에R오오오오오오오오오오오오오오."

점액처럼 몸이 무너지고, 옷과 몸의 경계마저도 애매해진 교황이 기묘한 돌기와 주름을 늘리며 서서히 체적을 확대시켰다.

그의 온몸에서 칠흑의 안개가 뿜어져 나오고, 울퉁불퉁하게 변화한 몸의 표면에 번갯불처럼 어두운 보라색의 빛이 번득였다.

이제는 머리 부분에 교황의 흔적이 남아 있을 뿐이다.

—HZOOOBBBLZY.

마왕 자자리스가 탄생의 울음소리를 냈다.

어두운 보라색의 빛이 법의 같은 마왕의 몸을 감싸고, 주위에 파문처럼 퍼졌다.

"이것은……."

파문을 쬔 사람들이 단말마의 비명을 지르고, 차례차례 말라 죽었다.

반전된 유니크 스킬의 힘이리라.

『이놈…… 마족놈!』

그림자 너머로 메자르트가 외치는 소리가 들렸다.

레벨이 높은 신전기사들도 생명력을 빼앗겨 행동불능이 되고, 성검 블루트강의 수호로 난리를 벗어난 메자르트마저도 탈진 상태가 되어 무릎을 꿇었다.

"성검사까지도 무력화하다니, 이제 막 마왕이 된 것치고는 상당하지 않은가?"

예정하고는 다르지만, 마왕화를 해버렸으니 어쩔 수 없다.

이 상황을 한탄하기보다도, 마왕화한 자자리스를 유효하게 활용해야 한다.

"역시, 마왕을 낭비하지 않기 위해서도 마신옥의 봉인 해제가 최적인가……. 나를 배신한 녹색 나리의 속셈에 따르는 것은 역정이 나지만, 손 놓고 있어서는 펜드래건 일행이나 시가 왕국의 용사가 와 버린다."

그림자 너머에서 마왕이 거대화를 마치고, 대성당의 천장을 부숴버렸다.

"펜드래건 일행은 원거리 공격을 하는 세 명을 내가 암살하면, 나머지는 메자르트와 마찬가지로 마왕이 처리하겠지. 문제는 시가 왕국의 용사다. 대마왕 『황금의 저왕』이나 사신 『구두의 고왕』마저도 쓰러뜨렸다는 것은 아무리 그래도 헛소문이겠지만, 그런 말을 들을 정도의 실력은 있을 터."

적어도 마왕 시즈카가 한계까지 강화한, 하나의 완성형이라고 할 수 있는 호즈나스 추기경을 쓰러뜨린 자가 시가 왕국에 있으니까.

시선을 돌리자, 마왕 자자리스는 아직도 「천공의 방」에서 발작을 하는 어린애처럼 날뛰고 있었다. 미약하게 교황의 흔적이 남아 있는 것이 한층 더 추악하다.

"손이 많이 가는군."

나는 「그림자 건너기」로 마왕의 귓가로 이동하여, 그림자에서 나와 마왕의 귓가에 속삭였다.

다행히도 내가 시즈카를 써서 수집한 내성 스킬이 일을 해주는지, 생각한 정도로 허탈감은 없었다.

"성하. 제 목소리가 들리십니까?"

"소, 솔리, J에R오오오오오오오오오오오오오오오."

아직 나를 기억하고 있는가.

"나아NUN어찌H애YA."

그리고 아직 나를 믿고 있는 건가?

—어리석군.

그러나, 그 어리석음이 사랑스럽다.

"자, 성하. 바깥으로 나가 어리석은 자들에게 신의 사랑을 이야기합시다."

단말을 통해 도시 핵과 접속하여, 「강제」 스킬을 쓸 자리를 정돈한다.

빛으로 만들어진 몇 겹의 마법진이 마왕의 발치를 비추고, 공중에 전개된 적층형의 마법진이 기둥처럼 마왕을 감쌌다.

"자, 성하. 바깥으로 나가는 겁니다. 신에게 거스르는 어리석은 배신자들에게 죽음을 내리는 것이야말로, 신의 사랑이라는 것을 아십시오."

강제 스킬과 정신 마법을 병용하여, 마왕에게 거스를 수 없는 명령을 심었다.

"소, 솔리, J에Rㅇㅇㅇㅇㅇㅇㅇㅇㅇㅇㅇㅇㅇㅇㅇㅇㅇㅇ."

—HZOOOBBBLZY.

마왕이 대성당의 벽을 부수고 광장으로 나갔다.

"마족놈! 모습을 드러냈구나!"

"괴, 괴물이다아아아아아아!"

"도망쳐어어어어어어어!"

벽을 부수고 드러난 마왕의 모습에, 광장에 모여 있던 사람들이 공황을 일으키며 도망쳤다. 맞서려했던 무모한 자도 압도적인 마왕의 거체를 보더니 검을 버리고 도망쳤다.

"성하, 신에게 거스르는 배신자들에게 죽음을 내리지요. 그것이야말로 우자에 대한 신의 사랑입니다."

"사랑, 사RANG을, 시N의 사랑UU으으으으으으으으으을."

—HZOOOBBBLZY.

내 말에 촉발된 마왕이 어두운 보라색의 빛을 띠었다.

마왕이 뿜어낸 파동을 쬔 자들이 차례차례로 말라 죽었다.

"있기만 해도 사람들에게 평등하게 죽음을 내리는가……? 그야말로 마왕이군……."

사람을 죽이고 얻을 수 있는 경험치는 적지만, 이 정도의 인구가 있는 땅의 사람들을 모두 학살하면 용사조차도 손대지 못하는 무적의 마왕을 만들 수 있겠어.

"이것은……."

마왕이 뿜어낸 파동을 쬐고 말라 죽은 자들이 어두운 보라색으로 물들어 언데드인지 키메라인지 모를 이형의 모습으로 변했다.

이형의 권속— 보라색 기도자가 갓 태어난 병아리처럼 마왕의 뒤를 따랐다. 대부분은 사람의 모습을 잃고, 마족이나 마물 같은 기분 나쁜 모습으로 변이했다.

"편리한 군대로군. 녀석들도 정신 마법으로 부추겨둘까?"

나는 정신 마법으로 보라색 기도자들을 부추긴 다음, 도시 핵의 방으로 갔다.

사람들을 놓치지 않기 위해 성도를 봉쇄하는 적층 결계를 설치하기 위해서다. 몰래 교황의 의지를 조작하여 얻은 부왕의 자리가 드디어 도움이 되겠군.

성도의 마력이 대량으로 사용되지만, 이걸로 어떤 자도 탈출 못하는 마왕의 사냥터가 완성됐다.

모든 준비를 마친 나는 대성당 밖으로 나왔다.

"시NN의 사랑Uㅇㅇㅇㅇㅇㅇㅇㅇㅇㅇ을."

마왕은 대성당 앞의 광장에서 계속 외치기만 하고, 보라색 기도자들도 그 주위를 아무렇게나 배회할 뿐이었다.

신전병과 신전기사들이 뿔뿔이 흩어져, 광장의 가장자리에서 멀찍이 포위하고 있었다. 광장 가장자리 부근에 있는 지붕 위에는 구경꾼들이 진을 치고 있는 모양이다. 몸의 위험도 이해 못하는 걸 보니 도리가 없다.

"내가 지시하지 않으면, 살육마저도 만족스레 못하다니—."

나는 바람 마법으로 마왕에게 목소리를 전달했다.

"성하, 신에게 거스르는 어리석은 배신자들에게 죽음을 내리십시오. 그것이 바로 신의 사랑입니다."

"사랑ㅇㅇㅇㅇㅇㅇ을, 시NN의 사랑Uㅇㅇㅇㅇㅇㅇㅇㅇㅇㅇㅇ을."

―HZOOOBBBLZY.

마왕이 어두운 보라색의 파동을 뿜어내며, 거리를 향해 이동을 시작했다.

급격하게 퍼진 파동이 가장자리의 건물에 닿아, 말라 죽은 사람들이 땅바닥으로 굴러 떨어졌다. 떨어진 사람들을 구하고자 주변에 있던 자들이 모여든 모양이지만, 보라색 기도자로 변한 타락자가 주위에 있는 자를 살육하고 새로운 보라색 기도자로 바꾸기 시작했다.

"상당히 효율 좋은 권속이로군."

수가 늘어난 보라색 기도자들이 사람들을 몰아세우고, 건물을 파괴하고 다니는 지옥도가 그곳에 나타나려고 하고 있었다.

"―가득 찬다, 가득 찬다, 가득 찬다. 어리석은 신의 이름을 가진 성스러운 도읍에, 공포가, 절망이, 죽음이 넘치고, 그것은 독기가 되어 땅에 가득 찬다."

성도의 각처에 배치해둔 주원병과 혼돈 항아리도 금방 가득 차리라.

나는 그림자를 건너, 마왕의 어깨에 착지했다.

그 눈앞을 막아서는 하얀 그림자―.

"―나타났구나, 시가 왕국의 용사."

진정한 성자

"사토입니다. 사람의 본성이라는 건 극한 상태에서 처음으로 나타난다고 들은 적이 있습니다. 그럴 때에 자기가 어떻게 될지는 모르겠지만, 가능하면 가족에게 자랑스러운 자신이 되고 싶다고 생각합니다."

"성도가 보여!"

우리는 귀환전이를 반복하여, 흑막인 현자 솔리제로가 있는 성도로 가고 있었다.

라이트 소년과 마법 교실의 두 사람은 안전한 장소로 피난시키고, 마왕 시즈카는 본인의 동의를 얻어 복합 마법 「신기루」^{데저트 미라쥬}로 불러낸 도시에서 보호하고 있었다. 그걸로 「나라에서 나가지 마라」라는 기아스에 반하면 큰일이니까, 마황장에 남아 있던 마지막 「기아스」를 써서 상쇄했다.

그리고 구출 작전을 함께 한 피핀은 「쿠로 님의 지령이 들어왔다. 여기서부터는 멋대로 해야겠어」 하고 말하며 물러갔다. 물론 지령을 내린 건 나다. 그에게는 「재능 건네기」의 실태나 흑막의 증거를 확보하러 보냈다.

"도착― 으엑. 대성당이!"

멀리 보이는 대성당이 커다랗게 무너져 반파 상태가 되어 있

243

었다.

"마스터, 도시의 주위에 장벽이 설치되어 있다고 고합니다."

"도시 핵 유래의 결계인가 보네."

도시의 가장자리를 둘러보면서 나나에게 대답했다.

"주인님, 대성당 근처에 뭔가 있어요!"

루루 말처럼, 대성당 앞의 광장에 거대한 마물이 출현했다.

『사랑으으으으으을, 시NN의 사랑U으으으으으으으으으으으을.』

거대한 마물이 하늘을 향해 울부짖는 것처럼 포효를 하고, 성큼성큼 대성당을 등지고 걷기 시작했다.

그 마물을 조사하고 놀랐다.

"―마왕, 이라고?"

마왕 옆에 상세정보가 AR 표시로 떴다.

"주인님, 저거."

"그래. 마왕화한 자자리스 교황이야."

처음에는 AR 표시되는 정보를 믿을 수 없을 정도였다.

맵 정보에 따르면 대성당 앞의 광장에 마왕의 권속인 보라색 기도자라는 것이 대량 발생했고, 이미 혼전 상태인 것 같다.

짧은 시간에 이 정도까지 심각한 상황으로 악화되다니.

"나는 마왕을 상대할게. 모두는 마왕의 권속을 부탁한다."

재빨리 동료들에게 상황을 전달하고, 용사 나나시로 변하여 마왕 상공에 섬구로 가서 거기서부터 천구로 마왕의 눈앞에 강하했다.

"—나타났군, 시가 왕국의 용사."

마왕의 귀를 붙잡고 있는 하얀 옷— 현자가 말했다.

평소에 입는 검은 옷과 다른 주교 같은 하얀 법의를 입고 있어서, 한순간 누군지 몰랐다. 현자는 방심할 수 없는 상대니까 이틈에 마커를 달아놔야겠군.

"너는 누구야? 어째서 마왕이랑 같이 있는데?"

"가면의 용사— 체격은 비슷하지만, 펜드래건의 목소리는 아니군."

어이쿠 의심받고 있었네.

『주인님, 옷 다 갈아입었어.』

『알았어. 살해당한 사람은 권속의 동료가 되어 버리는 것 같아. 시체도 주의해야 된다.』

아리사가 「전술 대화」로 모두를 연결해줬으니 주의 사항을 전달했다. 덤으로 동료들을 확인할 수 있도록 공간 마법 「멀리 보기」와 「멀리 듣기」를 써둔다.

"—권속들이……. 저 백은의 갑옷은 본 적이 있다. 펜드래건은 저쪽인가?"

"펜펜이 여기 와 있어? 여전히 트러블에 사랑 받는 아이들이네."

나는 사기 스킬의 도움을 빌어서 다른 사람인 척 했다.

잘 관찰하면 한 명 부족하다는 걸 알 수 있지만, 혼전 속을 뛰어다니는 전위진과 아리사의 전이로 차례차례 장소를 바꾸는 후위진을 파악하는 건 어렵겠지.

─위기 감지.

안티이블 레이소드
"파마 광검!"

현자가 영창도 없이 뿜어낸 빛 마법을 섬구로 회피했다.

특기인 그림자 마법이 아니라 생각지도 않은 빛 마법이다. 위기 감지 스킬이 작동하지 않았으면 좀 아픈 꼴을 당했겠어.

"이걸 피하다니─. 성하, 어리석은 자에게 신의 심판을!"

─HZOOOBBBLZY.

현자의 재촉을 받은 마왕이 포효를 질렀다.

어두운 보라색의 빛이 마왕의 몸에 흐르고, 빛과 같은 색의 파동 같은 것이 전방위로 방사되었다.

『얘들아! 회피해!』

나는 위기 감지 스킬의 반응과 동시에 동료들에게 경고하고, 섬구를 써서 안전권으로 이동했다.

대성당 앞 광장에 선명하게 피어 있던 꽃과 나무들이 파동에 닿자마자 다갈색으로 말라 죽었다.

생각보다도 파동의 유효범위는 좁은 모양이라, 동료들에게 닿기 훨씬 전에 흩어지며 사라졌다.

마왕 바로 옆에 있는데도, 현자는 파동의 영향을 받지 않았다. 마왕 자신이 파동이 닿지 않도록 배려를 하는 모양이군.

"또 회피했나! 네놈의 유니크 스킬은 회피와 이동을 겸한 것으로 보았다. 순간이동은 아니리라. 축지의 공중판이라고 해야 하나? 아니, 그보다는─."

전투중인데, 현자가 고찰을 시작했다.

이 녀석은 뼛속까지 연구자 체질인가 보네.

"용사여! 또 한 번 써봐라!"

"에~ 싫은데~."

"쓰지 않는다면, 싫어도 쓰게 해주마!"

현자가 망토를 펄럭이며 지팡이를 겨누었다.

전에 본 그림자 광석을 끼운 지팡이랑 비슷하지만, 이번에는 몇 종류의 속성 광석이 박혀 있어서 참으로 여러 마법을 쓸 수 있을 법한 느낌이다.

"성하, 성스러운 파동으로 저 자를!"

—HZOOOBBBLZY.

마왕은 완전히 현자의 지배 아래 있는 건지, 또 다시 어두운 보라색의 파동을 뿜었다.

나는 방금 전하고 같은 패턴으로 회피했다.

"**봤다! 보았다**, 용사!"

어지간히 섬구를 관찰하고 싶었는지, 현자가 신이 난 목소리로 기뻐했다.

그 눈동자가 어두운 보라색의 빛을 띠는 것이 신경 쓰인다.

"다행이네."

"그래, 이제 충분하다. 충분히 **봤다**."

현자가 본 것을 지나치게 강조했다.

섬구는 봤다고 해서 금방 쓸 수 있는 게 아니라고 생각하는데.

"다음 힘을 보여라, 용사! 네놈의 유니크 스킬을 나에게 보이

247

는 거다!"

"에~ 싫어."

애당초 섬구는 유니크 스킬이 아냐.

"성하, 성스러운 파동을!"

―HZOOOBBBLZY.

현자의 명령을 받은 마왕이 어두운 보라색의 파동을 몸 주위에 방사했다.

"뭐, 몇 번을 해도 맞지 않지만―."

마나 체인 홀드
"이력속쇄."

섬구로 회피를 마치고 정지한 타이밍에서 몸이 구속당했다.

현자가 술리 계통의 구속 마법을 쓴 모양이다. 방금 전의 빛 마법도 그랬지만, 현자는 무영창 혹은 영창 파기를 쓸 수 있는 모양이다.

"성하! 파동을 좁혀라!"

존댓말을 포기한 현자의 지시를 듣고, 마왕의 파동이 좁게 모여 사정거리를 늘렸다.

창 같은 파동의 끝이 나에게 다가온다.

그 동안에도 끊임없이, 새로운 이력속쇄로 묶을 만큼 공을 들였다.

"죽기 싫다면 힘을 보여라, 용사!"

"―싫은걸."

나는 팔을 한 번 휘둘러 이력속쇄를 파괴하고, 섬구로 파동의 창을 피했다.

이번에는 앞으로, 다.

"그림자 묶기."

섀도우 바인드

눈앞으로 다가온 나에게 놀라면서도, 현자는 괜한 신음 한 번 흘리지 않고 그림자를 투망처럼 던졌다.

"─어이쿠 위험해라."

나는 스토리지에서 꺼낸 성검 듀랑달로 그림자를 찢어냈다.

─현자가 없어.

시선이 끊어진 한순간에 숨은 모양이군.

맵의 마커 일람 정보에 따르면, 현재 위치는「맵이 존재하지 않는 공간」이니까 그림자 속으로 숨은 게 틀림없다.

"그 정도로 도망칠 수─."

"소, S오리, J에R오오오오오오오오오오오."

그림자 공간의 흔적을 찾으려고 했는데, 트럭 사이즈의 펀치가 다가오기에 섬구로 피했다.

회피를 마치고서 새삼 흔적을 찾았는데, 마왕이 뿜어낸 독기와 파동의 흔적에 휩쓸려서 알 수가 없게 돼버렸다.

─HZOOOBBBLZY.

휘두르기만 해서는 명중하지 않는다는 걸 학습했는지, 이번에는 파동을 가시복처럼 사방팔방으로 뻗었다.

─HZOOOBBBLZY.

─HZOOOBBBLZY.

─HZOOOBBBLZY.

마왕이 몇 번씩 파동의 가시를 뿜어냈다.

게다가 다시 뿜을 때마다 위치를 바꾸는 공을 들인다.

"뭐 몇 번을 해도 안 맞지만— 우웃."

공중에 정지한 순간을 노려서, 보이지 않는 참격이 날아왔다.

—현자다.

위기 감지 스킬의 알림을 의지하여 회피하고, 미처 회피하지 못하는 건 성검 듀랑달로 베어냈다.

현자의 공격은 거기서 끝나지 않았다. 땅바닥 부근의 장애물 뒤에서 술리 마법 「유도 화살」이 수십 개 날아오고, 내가 「유도 화살」을 요격하는 타이밍에 다른 건물 뒤에서 바람 마법 「칼날 폭풍」이나 벼락 마법이 뿜어져 나온다.

"그러니까, 안 맞는다니까."

섬구로 피하고, 내 등 뒤에 기척이 느껴지기에 돌아보았다.

"어둠 흡수."

시야가 어둠에 휩싸이고, 공중의 발판이 사라졌다.

아무래도 어둠 마법 「어둠 흡수」로 공중에 떠 있는 내 발판을 중화시킨 모양이다.

"이력속쇄."

술리 마법으로 나를 붙잡으려고 한 모양이지만, 내 모습은 이미 없다.

무슨 스킬로 내 위치를 짐작한 현자가 올려다보는 것과 동시에, 섬구로 품에 파고들어 장타를 뿜었다.

눈앞에서 현자가 사라졌다.

아니, 현자가 **섬구를 쓴 거다.**

어두운 보라색 빛을 두른 현자의 머리 위에 여덟 개의 보라색 빛 구슬이 떠 있고, 그 중 하나가 밝게 빛나고 있었다.

마왕의 유니크 스킬 같은 느낌이지만, 그는 유니크 스킬을 가진 게 없다.

「도신의 장신구」나 그와 비슷한 위장 아이템을 장비하지 않은 건 이미 확인했다.

"도둑맞은 걸까?"

"훔치지 않았다. **모방했을** 뿐이야."

"―모방? 어떻게 된 거야?"

요워크 왕국의 미궁 유적에서 손에 넣은 마황장처럼, 스킬을 카피하는 아이템을 숨기고 있는 걸까?

"말 그대로다. 그보다도 힘을 보여라, 용사."

"또 그거야?"

섬구 말고 다른 힘도 학습할 생각이 가득하군.

"성하! 힘조절이나 자비는 필요 없습니다. 용사를 사칭하는 자에게 심판을!"

"소, s오리, j에Rㅇㅇㅇㅇㅇㅇㅇㅇㅇㅇㅇㅇㅇㅇㅇㅇㅇㅇㅇㅇㅇㅇㅇ."

―HZOOOBBBLZY.

마왕 쪽에서, 방금 전하고는 한 차원 다른 격렬한 파동이 뿜어져 나왔다.

동시에 현자가 「어둠 흡수」와 「이력속쇄」의 마법을 나에게 썼다.

유닛 배치를 쓰면 여유롭게 피할 수 있지만, 놈이 그것을 학습하면 큰일이다. 전세계를 종횡무진으로 이동하는 테러리스트라는 건 너무 위험해.

"빛이 있으라."

종교 국가라서, 조금 종교 같은 말을 해봤다.

섬광^{플래쉬} 마법으로 눈가림을 하고, 현자의 마법을 술리 마법「마법^{브레이크}파괴^{매직}」로 제거했다.

마왕의 공격은 섬구로 회피할 셈이었는데, 섬광의 눈가림으로 마왕이 고개를 감싸며 엎드렸기 때문에 나에게 공격이 닿지 않았다.

"크오오오오오오오!"

비명과 함께 메마른 현자가 그림자 속으로 가라앉는 게 보였다.

아무래도 마왕이 현자에 대한 배려를 잊은 탓에 파동의 영향을 가까이서 받아버린 모양이다. 맵 정보에 따르면「쇠약〔중증〕」상태인가 보다. 그야말로 인과응보로군.

조금 여유가 생겼으니까, 나는 동료들의 상태를 확인했다.

『민간인에게 손을 대는 건 금지라고 고합니다!』

『약한 사람 괴롭히면 용서 안 하는 거예요!』

나나와 포치가 마왕의 권속— 보라색 기도자들에게서 사람들을 지키고 있었다.

『상대하는 맛이 있는 상대는 없군요.』

『노려서, 쏩니다.』

리자와 루루는 보라색 기도자들 제거가 주체다.

『리자 씨, 다음 모퉁이 왼쪽으로. 루루는 거기가 끝나면 3시방향에 있는 빨간 건물 뒤에서 뛰쳐나오는 권속을 저격해줘. 미아, 작은 실프는?』

『서포트 중.』

아리사는 공간 마법으로 동료들을 내비게이트하고, 미아는 정령 마법으로 소환한 작은 실프들을 수족처럼 써서 나나와 포치를 커버하며 피난 유도를 하는 모양이다.

그런 동료들의 활약에 용기를 얻어, 파리온 신국 사람들도 처음의 혼란에서 벗어나 보라색 기도자들에게 질서 있게 대항할 수 있게 됐다.

이대로라면 저쪽은 동료들에게 맡겨도 괜찮겠네.

◆

"성하!"

아래쪽에서 들어본 목소리가 들렸다.

내려다보자, 어느샌가 가마에 탄 노성녀가 마왕 앞에 있었다. 가마 주위에는 무녀들도 있는 모양이다.

노성녀 말고 다른 사람들은 겁을 먹고, 새파란 얼굴로 식은땀을 흘리고 있었다.

거대한 마왕의 위압감이나 나무들과 화원이 말라 죽은 모습을 보면 당연한 반응이다. 태연한 노성녀가 평범하질 않은 거지.

"용린분을 뿌려!" 〔드래곤 파우더〕

""""네, 성녀님!""""

무녀들이 마력을 담은 용린분을 뿌리고, 일행 안에 있던 안경을 쓴 신관이 바람 마법으로 그것을 마왕을 향해서 날렸다.

반짝반짝 파란 빛을 띤 가루가 마왕 쪽으로 흘러가, 땅에 엎드린 마왕의 얼굴 근처에 떠돌았다.

그것을 확인한 노성녀가, 파란 보석이 달린 성스러운 지팡이를 들었다.

"—유신 정광."

<small>세이크리드 퓨리피케이션</small>

노성녀가 영창을 마치고 신성 마법의 발동구를 읊자, 청정한 파란 빛이 파문처럼 뿜어져 나와 마왕 주위에 떠 있는 용린분과 반응하면서 격렬한 성스러운 빛이 마왕을 감쌌다.

"시NN의 S아랑이이이이이이이이이이이!"

성스러운 빛을 쬔 마왕이 절규하고, 몸에서 넘치던 칠흑의 연기가 날아가 버렸다.

절규를 하면서도 마왕의 표정이 온화해졌다. 아마도 노성녀의 마법은 마왕의 독기를 떨쳐내는 정화 계통의 최상위 마법이 틀림없어.

"성하!"

"……레안."

"성하! 아저씨! 날 알아보는 거군요!"

노성녀가 눈물을 흘리며 외쳤다.

굉장하다. 이성을 잃었던 마왕이 미약하게 이성을 되찾은 모양이다. 기분 탓인지, 마왕의 사이즈도 작아진 것 같다는 생각이 들어.

"······레, 안."

마왕이 같은 말을 반복했다.

아마도, 레안이란 이름은 노성녀가 유 파리온이라는 이름을 받기 전의 것이겠지.

"다시 한 번, 영창을! 반드시 아저씨를 되돌릴 거야! ■ ■······."

"······아아······ 레······안."

상냥한 표정을 한 마왕의 눈꺼풀이 떨어졌다.

이대로 가면 마왕화가 풀릴지도 모른다. —그런 생각을 못난 말이 쳐부쉈다.

『성하! 눈앞을 쓸어버려!』

어디선가 쥐어짜낸 현자의 목소리가 울렸다.

"소, 솔리제에에로오오오오오오오."

—HZOOOBBBLZY.

마왕의 의지와 상관없이 어두운 보라색의 빛이 몸에 흐르고, 흉악한 파동이 노성녀 일행을 향해 뿜어져 나왔다.

—그냥 둘 것 같아?

나는 섬구로 마왕과 노성녀 일행 사이에 끼어들어, 포트리스를 긴급 전개했다.

"크으으으으으으으으!"

생각보다 힘들어.

대부분의 공격이라면 무효화할 수 있다고 생각했는데, 마왕의 파동은 포트리스에 침투하여 내 몸에서 생명력이나 기력 같은 것을 빼앗아간다.

"레아, 레, R에, 레아아아아아아아안."

등 뒤를 돌아보자, 노성녀가 가마 위에서 웅크리고 있었다.

내가 대부분을 받아냈다지만, 미약한 잔재가 뒤까지 전달되어버린 모양이다.

""""성녀님!""""

"괘, 괜찮아. 영창, 영창을, 한 번 더!"

가마에 손을 짚고, 비지땀을 흘리면서도, 노성녀는 중단된 마법을 다시 영창했다.

『성하! 휩쓸어라아아아아아!』

"소, S오리, J에R오오오오오오오오오오오오오."

—HZBBBBBBBBZ.

현자가 악을 쓰며 노성녀의 제거를 명했지만, 마왕은 그것에 저항하듯 고개를 옆으로 흔들었다.

어두운 보라색 빛이 몸에 흐르는 도중에 꺼져가는 형광등처럼 반짝거린 다음, 흐릿하게 사라져 버렸다.

현자의 명령에 저항한 탓인지, 마왕의 눈과 귀에서 어두운 보라색의 액체가 흘러나왔다.

마왕의 상태가 「기아스/위반」이 됐다. 아무래도 마왕은 현자의 기아스에 묶여 있는 모양이다.

『이노옴…… 내 명령을 거스르다니.』

현자가 분노에 물든 목소리를 짜냈다.

이대로는 좋지 않다. 현자가 어디 있는지 알아내서, 마왕에게서 떼어내야 해.

모든 신경을 귀에 집중했다.

『마왕 자자리스!』

괜한 소리가 사라지고, 현자의 목소리만 선명하게 귀에 닿았다.

『네놈의 주인이 명령한다!』

맵이 멋대로 열리고, 입체 표시된 화면의 타깃 마크가 작게 좁혀진다.

『반전된 네놈의―』

타깃 마크가 록온 상태로 변했다.

―찾았어!

나는 섬구로 이동하여, 용아 코팅의 용조 단검에 깃든 「모든 것을 꿰뚫는」 힘으로 차원의 틈새를 벌렸다.

"마, 말도 안 된다―."

쇠약 상태의 현자가 「그림자 채찍」을 발동한 모양이지만, 그게 충분한 위력을 발휘하기 전에 내가 뿜어낸 「유도 기절탄」의 비가 현자를 때려눕히고, 의식을 잃은 그를 그림자 속으로 날려 버렸다.

"아차. 지나쳤어."

현자의 모습이 그림자 너머로 사라져 버렸다.

뭐 현자는 그림자 마법 「그림자 건너기」를 쓸 수 있으니까, 눈을 뜨면 돌아오겠지. 지금은 현자보다도 마왕이 먼저다.

나는 노성녀와 마왕 사이로 강하했다.

"네놈, 정체가 뭐냐!"

"마왕과 싸우고 있었는데, 그 이상 성녀님께 다가가는 건 용납 못한다."

노성녀의 종자들이 이제 와서 내 정체를 물었다.

그들은 내가 성검을 쓰는 장면을 못 본 모양이군.

포트리스로 그들을 지켰을 때는 그럴 때가 아니었을 거고.

"괜찮아―."

소란을 피우는 종자들과 달리, 노성녀는 차분한 목소리로 종자들을 말렸다.

"―오빠는, 용사님이니까."

"용사님?"

"이 분이 시가 왕국의 용사님인가!"

종자들이 노성녀의 한 마디로 나를 용사로 인식해 주었다.

"내가 그를 억누를 테니까, 정화를 부탁해."

"응, 알았어."

어린애처럼 고개를 끄덕인 노성녀가 영창을 시작했다.

마왕은 현자의 기아스가 남아 있는지, 몇 번이나 몸을 움찔거리며 날뛰려고 했지만 그것은 내가 힘으로 억눌렀다.

"―■ 유신 정광."

영창을 마친 노성녀가 신성 마법의 발동구를 읊었다.

마왕에게서 흘러나온 칠흑의 연기는 파란 빛의 홍수에 날려가 버렸지만, 금방 다시 마왕의 몸에서 흘러나왔다.

그래도 효과는 있는지, 마왕의 몸이 줄어들어 한 사이즈 작아졌다.

"한 번 더!"

"성녀님, 이제 용린분이 없습니다."

"없어도 해!"

종자의 우는 소리를 들은 노성녀가 고집부리는 아이처럼 발을 굴렀다.

"이걸 써."

"용린분?"

"이렇게 힘이 넘치는 용린분은 처음 봤다."

"이거라면 할 수 있어!"

스토리지에 대량으로 스톡해 둔 용린분을 나눠주자, 종자들이 묘하게 흥분했다.

"고마워, 용사님."

기뻐하는 노성녀에게 고개를 끄덕여주고, 그녀의 영창을 지켜보았다.

"―■ 유신 정광."

노성녀의 신성 마법이 마왕의 독기를 날려버렸다.

"……레……안."

마왕의 의식이 조금 돌아왔다.

이걸 반복하면, 제정신을 되찾을 것 같다.

나는 노성녀를 지원하기 위해, 평소에는 봉인하고 있는 정령광을 해방하여 독기 정화를 도왔다.

"……용, 사……아."

마왕이 나를 부른 것 같아서, 천구를 써서 그의 눈앞으로 이동했다.

그는 제정신과 광기 사이에서 흔들리는 눈동자로, 나를 보았다.

"뭔데? 교황 예하."

"……죽, 여……다오…….."

죽여―달란 말이지?

"……내, 가…… 제……정……일, 때."

내가 제정신일 때.

역시 파리온 신의 이름을 가진 나라의 정상이군. 마왕화를 하고서도, 자신을 심판하여 재앙을 봉하기를 바라다니.

성자의 칭호를 가진 나보다도, 그가 훨씬 성자의 이름에 어울리는 인격을 가졌다고 생각한다.

"……부탁, 한다…….."

마왕이― 아니, 교황이 나에게 애원했다.

죽여주는 게 구원이란 말은 들어봤지만, 노성녀의 마법으로 독기를 떨쳐낸 다음에 엘릭서를 쓰면, 죽일 필요가 없다고 생각한단 말이지.

"……시간…… 없, 다…….."

시간이 없다, 고?

"무슨 시간이 없는데?"

그렇게 물어보는 도중에 이유를 알았다.

교황의 몸이 붕괴하기 시작했다. 게다가 붕괴하기 시작한 부분이 어두운 보라색의 파동을 띠는 걸 알 수 있었다.

"……폭……주……."

폭주라고?!

이대로 가면 몸에서 독기가 다 빠져 나오기 전에, 교황의「혼의 그릇」이 깨져버리는 게 빠를 것 같다.

"폭주 같은 건 절대 안 시켜."

나는 스토리지에서 꺼낸 하급 엘릭서를 뿌렸다.

그러나, 교황의 붕괴현상은 멈추지 않았다. 교황을 감싼 독기가 흐려지고, 몸이 조금 줄어들 뿐이다.

"독기를 제거하는 게 먼저인가."

—젠장.

그 사실에 이르자 나는 내심 욕설을 뱉었다.

노성녀는 마력 결핍 직전이 되면서도, 교황을 구하고자 정화를 계속했다.

이제 슬슬 효과가 약해지는 모양이다. 교황은 어느샌가 혼절했고, 육체 쪽도 신장 3미터 쯤에서 변화가 없다.

"—아직! 꼭 성하를 구할 거야."

포기하지 않은 노성녀에게 마력을 양도하고, 포기하려던 자신에게도 기합을 넣었다.

마왕으로서 토벌되는 것 말고 다른 방법이, 분명히 있을 거다.

"성녀님을 믿는 거다!"

"성녀님을 지탱해라!"

종자들이 서로를 격려했다.

그 말이 나에게 깨달음을 주었다.

성녀— 마왕 시즈카다.

그녀라면, 이 상황을 타파할 수 있을지도 모른다.

『시즈카—.』

나는 신기루 도시에서 보호하고 있던 시즈카에게 원거리 통화를 걸었다.

『이거 뭐야? 어디서 들리는 거야?』

『공간 마법 「원거리 통화」— 휴대전화 같은 거라고 생각하면 돼.』

『아아, 누구 목소리인가 했더니, 당신이구나. 뭔가 급한 용건이야?』

시즈카가 싹싹한 목소리로 말했다.

그녀는 전화로는 성격이 변하는 타입인가 보네.

『자자리스 교황이 마왕화했어.』

『하얀 수염 할아버지가?』

『그래, 그에게서 유니크 스킬을 제거하고 싶어. 그를 권속화할 수 있어?』

교황의 「혼의 그릇」이 부서지는 요인을 제거하면, 엘릭서도 효과가 있을지 모른다.

사진왕은 못 구했지만, 이번에는 구하겠어.

『할 수 있을 거야. 한 번 권속화한 일이 있는 사람은, 다시 한 번 권속화하기 쉬우니까.』

지금 그 말이 현자의 기아스에 위반되지 않는가 걱정했지만, 시즈카의 반응을 보니 괜찮은 모양이다.

『그러면, 조금 뒤에 데리고 갈게. 제거를 부탁해.』

『알았어. 하지만, 유니크 스킬은 누구한테 옮길 거야? 나는 한계니까, 유니크 스킬을 옮길 대상이 필요한데.』

대상은 누구든지 좋다고 하는데, 아무리 유용한 「만능 치유」라지만 교황 정도의 사람이 마왕화 해버릴 정도니까 누구에게 옮겨도 위험할 거야.

문제가 일어났을 때 내가 옆에 있을 거라고 장담할 수 없으니, 우리 애들한테 그런 위험한 것을 줄 생각은 없다.

아리사나 미궁 하층의 전생자처럼, 유니크 스킬을 제어할 수 있는 사람은 드무니까.

『적당한 벌레라도 잡아올게. 그거라도 되지?』

『……되, 되는데, 정말로 괜찮아?』

『그래, 문제없어.』

아깝다는 마음은 중요하지만, 이번에는 용기를 가지고 처분하고 싶다.

"─■ 유신 정광."

노성녀가 신성 마법의 발동과 동시에 가마 위에서 엎어졌다.

""성녀님!""

너무 무리해서 정신을 잃은 모양이다.

"다음은 맡겨줘."

나는 노성녀에게 속삭이고, 교황을 데리고 마왕 시즈카가 기다리는 신기루 도시로 「귀환전이」했다.

"시즈카, 왔다!"

"준비는 다 됐어."

땅바닥에 마법진 같은 것을 그려 놓았다.

내가 데리고 오는 사이에 준비를 하다니, 참 고맙군.

"의식이 없으면 안 돼. 깨울 수 있어?"

"조금 거칠지만—."

벼락 마법으로는 죽어버릴 것 같으니, 위력이 낮은 벼락 지팡이의 전기 쇼크로 깨웠다.

"느우ㅇㅇㅇㅇㅇㅇㅇㅇㅇ!"

아픔에 놀란 교황이 날뛰었지만, 그건 압도적인 레벨 차이로 억눌렀다.

"할아버지, 나를 봐."

"……성……녀……."

"역시, 이름은 기억 못하는구나."

교황이 떨리는 손을 시즈카에게 뻗었지만, 무의식의 사고가 두려워서 「이력의 손」으로 붙잡아 두었다.

"나는 시즈카. 내 권속이 되어줘—."

시즈카가 스스로 걸어가, 교황의 커다란 손을 잡았다.

"—권속화."
_{어댑션 패밀리어}

보라색 빛이 반짝이고, 이어진 손을 통해 교황에게 흘러 들어갔다.

"아아아아아아아아아아아—."

교황이 안도한 표정이 되어, 갑자기 콜록콜록 기침을 했다.

기침과 함께 눈에 보일 정도로 짙은 독기가, 검은 연기가 되어 시즈카에게 닿는다.

"—으."

독기를 쐰 시즈카에게 변화가 일어났다.

송곳니가 삐걱삐걱 소리를 내며 날카롭게 변화하고, 깔끔하게 정돈한 손톱도 10센티미터 이상 뻗어서 험악한 빛을 띠었다.

독기는 마왕화를 진행시키는 모양이군.

시즈카까지 이성을 잃으면 곤란하니까, 계속 해방해둔 정령 광에 더해 다수의 성비로 주위를 감싸고 노성녀 일행이 했던 것 처럼 마력을 담은 용린분을 뿌려 독기를 중화했다.

"고마워. 내 몸도 태우고 있지만, 독기를 계속 쐬는 것보다는 나아."

시즈카가 비지땀을 흘리며 말했다.

"할아버지의 권속화는 됐어. 하지만 생각보다도 상태가 나빠. 이대로는 유니크 스킬을 옮겨도, 금방 죽어버릴 거야."

"괜찮아. 『신의 조각』만 제거하면, 엘릭서로 치유할 거야."

"엘릭서? 인간계에 거의 유통되지 않는다고 그 녀석이 말했 는데?"

"독자 루트가 있어."

나는 피로가 격렬한 시즈카에게 스토리지에서 꺼낸 영양 보 급제를 건넸다.

그녀는 주저 없이 그것을 마시고, 몇 번 기침을 했다.

"효과 좋네, 이거. 코미파 마감 전의 수라장일 때 있었으면 좋았을 텐데."

시즈카의 커밍아웃을 흘려듣고, 그녀가 호흡을 가다듬는 걸 기다렸다.

"그러면, 이제 진짜로 간다. 정말로 벌레한테 옮길 거야?"

"그래, 진심이야."

나는 여기로 전이하기 전에 잡아둔 딱정벌레를 시즈카에게 내밀었다.

"별로 만지고 싶지 않으니까, 그대로 들고— 아니, 잘못해서 유니크 스킬이 당신한테 가면 위험하니까, 뭔가로 고정해줄래?"

섬세한 시즈카 말에 따라, 적당한 가지를 땅바닥에 꽂아놓고 거기에 딱정벌레를 실로 묶어두었다.

"후우—."

시즈카가 정신을 집중하고, 교황과 딱정벌레에 손가락을 대었다.

"—양도."

검은색이 섞인 보라색 빛이 시즈카의 몸에 흐르고, 그것이 손을 통해 교황과 딱정벌레를 감쌌다.

"흐ㅇㅇㅇㅇㅇㅇ!"

"아아아아아아아아아아아아!"

시즈카가 비지땀을 흘리고, 교황도 고통의 표정으로 몸부림친다. 직접 만지면 「양도」를 방해할 것 같아서, 「이력의 손」으로 억눌렀다. 곤충도 방금 전부터 딱딱거리며 시끄럽다.

교황의 몸에서 칠흑에 가까운 어두운 보라색의 웅어리가 흘러넘치더니, 두 사람의 손을 통해 시즈카에게 흘러들었다.

그녀의 스태미나가 굉장한 속도로 소비되고, 마력 게이지도 눈에 보이는 속도로 줄어들었다.

"흐으으으우우우—아윽, 아파아아아아아아아아아아!"

유니크 스킬을 양도하는 건 고통이 있는 모양이군. 그녀가 격통에 시달리는 것 같다.

아무것도 손댈 수가 없는 나는 마른 침을 삼키며 지켜보았다.

"끄으으으으으— 앞으로, 조금!"

시즈카가 이를 악물고, 배에 힘을 주었다.

"으이이이이이이이이이이익!"

기합을 넣어서 응어리를 딱정벌레에 흘려 넣었다.

방금 전부터 딱딱거리며 시끄러웠던 딱정벌레가, 우지직 소리를 내면서 거대화했다.

그에 따라, 1이었던 레벨이 50으로 올라갔다.

딱정벌레의 칭호가 「마왕」으로 변하고, 공란이었던 이름이 「마왕 딱정벌레^{데몬 비틀}」로 수정됐다. 시스템의 자동결정이겠지만, 꽤 볼품없는 네이밍이군.

딱정벌레의 하복부 부분에서 검은 안개가 뿜어져 나온다.

이대로는 시즈카와 교황에게 악영향이 있겠어.

나는 마왕 딱정벌레의 등 뒤에 신기루 도시의 출구를 열어 놈을 바깥으로 쫓아냈다.

"자자리스 교황을 부탁한다."

나는 그렇게 말하고, 시즈카에게 엘릭서를 건넨 뒤 마법란에서 「짧은 기절탄」을 골라 마왕 딱정벌레를 때렸다.

마왕은 하급 마법에 대한 완전내성을 가지고 있을 테지만, 충격파까지는 무효화 못하는지 제대로 버티지 못하고 바깥으로 날아가 버렸다.

마왕 딱정벌레가 공중에 날개를 펼치고 날아올랐다.

"산 제물 같아서 미안하지만—."

나는 딱정벌레에게 마음속으로 사과하고, 폭렬 마법「폭렬」^{익스플로전}의 연타로 마왕 딱정벌레의 마력 장벽을 파괴했다.

—SZCABBBBRZABE.

마왕 딱정벌레가 포효하고, 어두운 보라색의 파동을 주위에 뿌리기 시작했다.

나는 스토리지에서 꺼낸 마궁에, 마력이 과잉 충전된 성시를 메기고「가속문」마법으로 120장의 가속진을 만들었다.

"—고통 없이 잠들어라."

나는 인간 본위로 중얼거리면서, 초가속된 성시로 마왕 딱정벌레를 꿰뚫었다.

레이저 빔 같은 파란 빛이 신월의 하늘로 뻗고, 위협하는 포즈를 취하는 마왕 딱정벌레를 한 조각의 흔적도 남기지 않고 날려버렸다.

굉음이 하늘 저편에 반향되고, 이윽고 정적이 주위를 감쌌다.

『빌어먹을, 여기저기 떠넘기기, 반대~.』

투덜거리면서 공중을 떠돌고 있던 어두운 보라색의 빛을 발견하여 신검의 일격으로 소멸시켰다.

〉「마왕 딱정벌레」를 쓰러뜨렸다.

〉칭호 「하늘을 꿰뚫은 자」를 얻었다.

〉칭호 「마왕 살해자 『마왕 딱정벌레』」를 얻었다.

〉「신의 조각」을 쓰러뜨렸다.

시야 구석에 AR 표시로 뜨는 로그로 토벌을 확인했다.

나는 다시 한 번, 마왕 딱정벌레에게 묵도를 바치고 신기루 도시로 돌아갔다.

◆

"다녀왔어."

"—힉!"

이쪽을 응시하던 시즈카에게 한 손을 들어 인사했더니, 겁을 먹고 뒤로 물러나 버렸다.

"그렇게 무서웠어?"

"그, 그래. 그래도 일단 마왕인데…… 그렇게까지 간단히 쓰러뜨릴 줄 몰랐어."

익살을 부려 가벼운 어조로 물은 덕분인지, 스킬에 있는 「교섭」이나 「변명」 같은 게 효과를 보조해준 건지, 목소리가 떨리면서도 시즈카가 평범하게 이야기를 해주었다.

"당신 정말로 용사야?"

"무슨 뜻이야?"

"미, 미안해. 나쁜 의미로 한 말이 아냐!"

가볍게 물어봤을 뿐인데, 또 겁을 먹어버렸다.

"붙잡힌 몸이 되기 전에, 사실에 기반한 용사와 마왕의 이야기를 몇 개씩 읽었어. 하지만 이렇게 순식간에 마왕을 쓰러뜨렸다는 기술은 없었어."

시즈카가 말을 고르면서 이유를 말했다.

"그러면, 내 정체는 뭐라고 생각해?"

"어쩌면, 신의 사도거나 신 그 자체— 혹은 인간화한 용의 화신 아냐?"

상상력이 참 풍부하군.

"아니야. 그냥 사람이야."

"—그냥?"

틀림없는 사실인데, 시즈카가 납득을 못하는 모양이다.

그보다도—.

"자자리스 교황은 무사한가 보네."

"맡기고 간 엘릭서가 효과가 있나 봐."

교황은 아직 혼수상태지만, 위험한 상태는 벗어난 모양이다.

"너도 마시는 편이 좋겠어."

나는 스토리지에서 꺼낸 하급 엘릭서를 그녀에게 건넸다.

성비로 진행이 멈춰 있다지만, 송곳니나 손톱은 생활하기 어려울 것 같다.

"괜찮아?"

"교황이랑 달리, 하급 엘릭서지만."

시즈카가 잠시 사양했지만, 「송곳니나 손톱이 방해되지 않아?」라고 지적하자 주저한 다음에 인사를 하고 마셨다.

송곳니가 빠지더니 새로운 치아가 나고, 보라색 손톱이 빠지며 새로운 손톱이 돋아났다.

"—필요해?"

손톱과 송곳니를 모은 시즈카가 내밀었다.

"—뭐에 쓰라고?"

"필요 없어? 그 녀석은 좋은 소재가 된다면서 신이 나서 회수했는데."

현자가 모으고 있었구나…….

방치했다가 나중에 이상한 녀석이 악용하면 무서우니까, 내가 맡아서 스토리지에 사장시켜야지.

점점 스토리지 안에 위험한 아이템이 늘어나네.

『주인님, 그쪽은 어때?』

『교황이라면 인간으로 돌아왔어.』

본래 사이즈보다 한 사이즈 커졌지만, 그 정도의 오차는 좀 봐주세요.

『다행이다. 그래서 이쪽의 권속이 움직임을 멈췄구나.』

그쪽의 소동도 끝난 것 같아 다행이다.

그러나, 아직 끝이 아니라고 아리사가 말을 이었다.

『그건 좋은데, 이번에는 대성당에서 소동이 일어날 것 같은 느낌이야.』

대성당의 「천공의 방」에 현자가 진을 치고, 그쪽으로 간 성검사 메자르트가 신전 기사의 집단을 이끌고 갔다고 한다.

『그러면, 메자르트 공을 도우러 가는 편이 좋겠다. 금방 성도로 돌아갈게.』

나는 그렇게 말하고 통신을 마쳤다.

"미안하지만, 교황을 맡겨도 될까?"

"응, 그건 괜찮은데. 내 곁에 둬도 돼?"

시즈카가 자기를 가리키면서 「나, 마왕」이라고 한 손으로 주장했다.

"너는 믿을 수 있으니까."

뒤에서 뭘 꾸미는 타입으로도 안 보이고, 심한 짓을 강요당해서 위통이나 우울증까지 생기는 사람이 혼수상태인 사람을 해칠 거란 생각은 안 든다.

"흐~응, 알았어. 신용한 걸 후회하지 않도록 할게."

시즈카가 무뚝뚝한 말투를 하면서 고개를 돌렸다.

옆모습이 빨갛다. 쑥스러운 모양이다.

"그러면, 부탁해."

나는 신기루 도시의 출구를 닫고 성도로 「귀환전이」했다.

다음은 흑막인 현자와 결판이다.

현자와 우자

"세상에는 극히 적은 현명한 자와 수많은 어리석은 자들이 있다. 어리석어도 어리석다는 것을 자각하고 있는 자는 배울 기회를 얻어 지성을 얻으리라. 그러나, 자신이 현명하다고 생각하는 우자만큼 고약한 자는 없다."

—현자 솔리제로

"……돌아왔군."

대성당의 천공의 방에 드리운 그림자 안에서 기어 나온 것은 만신창이인 현자 솔리제로였다.

"무사하다고 할 수는 없지만, 그림자 너머에서 미아가 되는 것은 회피한 모양이야."

현자는 몸을 질질 끌면서, 천공의 방에 있는 교황의 의자에 앉았다.

"세상은 뜻대로 되지 않는군……."

의자에 몸을 맡기고, 현자가 생각했다.

'마왕을 이용한 마신옥의 봉인 해제는 사가 제국의 용사에게 가로막히고, 꼭두각시 교황은 녹색 나리의 배신으로 마왕화된 끝에 시가 왕국의 용사에게 퇴치 당했다.'

육체의 상처도 심하지만, 정신적인 피로가 덩어리져서 그의 몸에 쌓여 있었다.

'무엇보다도 계획의 중추였던 성녀— 마왕 시즈카가 처리된 게 뼈아프군.'

현자는 회한과 함께 깊고 싶은 한숨을 쉬었다.

"그래도, 시체투성이의 불타버린 마을에 있던 무렵보다는 나은가……."

밤하늘을 올려다보며 현자가 혼잣말로 투덜거렸다.

'이 나라에는 아직 내 추종자가 있다. 그 자들을 규합하면, 이 나라를 장악하여 세계 제패의 디딤돌을 만들 수 있을 거야.'

현자가 다시금 두 눈에 야심의 불꽃을 붙였다.

그런 그의 귀에 회랑을 달려오는 발소리가 들렸다.

"어리석은 자들이 빠르게도 냄새를 맡았나보군……."

현자의 시선이 입구를 향했다.

"찾았다, 솔리제로!"

대성당의 천공의 방에 뛰어들어온 것은 파리온 신국에서 자자리스 교황에 버금가는 지위를 가진 도브나프 추기경이었다.

"교황 예하가 앉아야 할 장소에 앉다니 불경하군!"

성검사이자 신전기사인 메자르트가 추기경에 이어 나타났다.

마왕화된 자자리스 교황의 반전된 유니크 스킬을 받아 쇠약해진 그도, 사제들의 신성 마법과 마법약으로 움직일 수 있는 상태까지 강제로 회복했다.

아직 제 상태하고는 멀지만, 부하의 어깨를 빌어서 등장했다.

"다들! 둘러싸라!"

두 사람에 이어 쏟아져 들어온 신전기사들과 실전파 신관들이 교황의 옥좌에 앉은 현자 솔리제로를 포위했다.

과거에 용사나 메자르트와 함께 사진왕 토벌에 참가했을 정도인 현자를 상대로, 신전기사들과 신관들은 긴장을 감추지 못했다.

"늦었군, 추기경. 네놈은 조금 지나치게 늦었어."

으스스한 항아리를 무릎 위에 둔 현자가 그것을 만지작거리며 말했다.

현자가 가지고 있는 건 혼돈 항아리. 그는 교황이 뿌린 독기와 성도 사람들이 만들어낸 독기를 이 주구에 회수했다.

"솔리제로! 진짜 성하는 어디 있나!"

"—진짜? 네놈의 눈은 옹이구멍인가? **그건** 진짜다. 욕심 많은 우민들의 끝없는 바람에 응답하기 위해서, 영혼을 마모시킨 말로지."

현자가 어쩐지 쓸쓸한 기색으로 중얼거렸다.

"그, 그러면 정말로 성하가 마왕으로……?"

추기경이 중얼거리자, 주위에 있던 자들에게도 동요가 퍼졌다.

"흥. 네놈의 헛소리 따위 믿지 않는다. 그보다도 마왕은 어디있나! 용사가 없는 지금, 성검 블루트강의 사용자인 이 메자르트가 퇴치해주마!"

메자르트가 성검을 뽑아, 파란 빛을 아군들에게 보이며 칼끝으로 현자를 겨누었다.

"불가능하다."

"무슨 말을 하는가! 이 메자르트 님에게 불가능 따위가 있는 줄 아는가!"

"그러니까 불가능하다. 이미 마왕 자자리스는 없다."

"뭐라고? 이미 성도 밖으로 빠져나갔다는 건가?!"

대화가 성립되지 않는 메자르트를 내려다보며, 현자는 탄식했다.

"이 세상에 없다. 이미 시가 왕국의 용사 나나시가 토벌했다."

현자는 그 순간을 직접 본 것은 아니지만, 짧은 해후로 그 용사가 어지간한 상대가 아니라는 것을 꿰뚫어 보았다. 적어도, 이제 막 마왕이 된 햇병아리 마왕이 이길 수 있는 상대가 아니다.

"용사!"

메자르트가 외쳤다.

"용사놈! 또 다시 나에게서 마왕 토벌의 공적을 가로채다니!"

그렇게 분개하는 메자르트를, 현자는 싸늘한 눈으로 보았다.

"어리석군…… 네놈과 용사는 격이 다르다."

현자는 혼돈 항아리를 아이템 박스에 수납하고 일어섰다.

"뭐라고?! 성하를 마왕으로 바꾼 반역자 주제에, 나를 우롱하느냐!"

흥분하는 메자르트를 무시하고, 현자는 추기경을 보았다.

"도브나프, 나와 손을 잡아라. 명성도 실리도 네놈에게 주마. 나는 네놈 뒤에 숨어서—."

"—마신옥의 봉인을 푼다, 이 말인가?"

자신의 계획을 간파 당한 현자가 눈을 까뒤집고 추기경을 보았다.

"모를 거라고 생각했는가? 하긴 현자 따위를 자칭할 정도니까. 자기 말고는 허수아비라고 생각을 하고 있었겠지."

"그 정도로 나를 논하지 마라!"

"그러면, 계속해주지. 마신옥의 봉인을 풀어 세계를 멸망시킨 다음에는, 네놈이 기르고 있는 성녀란 이름의 전생자에게, 저주 받은 유니크 스킬을 쓰도록 하여 최강의 군단을 만들고, 세계를 수중에 넣으려고 생각하고 있었겠지?"

네놈은 고작 그 정도지. 말이 아닌 말을 들은 현자가 분노로 얼굴을 검붉게 물들이고 이마에 혈관이 튀어 올랐다.

"구렁이짓은 아직 멀었군. 언제나 후드로 얼굴을 감추고 있는 것도 원숭이 수인인 자신을 감추기 위해서가 아니라 생각이 얼굴에 나오는 걸 얼버무리기 위해서인가?"

으그그 현자가 신음했다.

"한 번만 더 말하겠다. 나를 따라라, 도브나프. 그리하면—."

"—거절한다. 그리고 이제 충분하다."

"충분— 설마."

현자가 퍼뜩 깨달은 순간 발치에서 파랗고 청정한 빛이 흘러넘치더니 현자 주위에 수십 겹의 적층형 마법진이 생기고, 견고한 결계를 형성했다.

"의식 마법! 아래층에 신관들을 모아둔 건가!"

"이제야 깨달았나? 네놈의 주의를 끌기 위해서 일부러 나와 메자르트가 함께 찾아온 것인데 맥이 빠지는군."

"이 정도의 결계 따위……!"

현자가 술리 마법과 어둠 마법을 비롯한 결계 파괴의 마법을 무영창으로 썼지만, 모두 덧없이 캔슬됐다.

"소용없다. 본래는 마왕을 봉인하기 위해 파리온 님께서 내려주신 술식. 천 명의 신관들이 자아내는 의식 마법을, 네놈 따위 원숭이 수인이 깰 수는 없지."

추기경이 차가운 목소리로 말했다.

결계 안의 마법진이 톱니바퀴처럼 구동하여, 결계를 작게 접기 시작한다.

"이노오오오오옴!"

현자가 분노의 표정으로 이를 악물었다.

여기서 저항을 멈추면 그를 감싼 결계와 함께 차원의 틈으로 방출되어, 미래영겁의 고통을 맛보게 된다는 것을 그는 지식으로 알고 있었다.

"마법이 도움이 안 된다면—."

현자가 품에서 도시 핵의 단말을 꺼냈다.

"■ 도시내 이동."
_{시티 포탈}

단말을 들어 그렇게 읊었지만, 그의 몸은 계속 그 자리에 서 있었다.

"네놈의 권한은 이미 없다. 네놈은 내가 반역자로 고발했다. 그것을 뒤집을 수 있는 것은 내 상급자뿐, 다시 말해서 행방불

명된 성하뿐이다."

그 이유를 추기경이 설명했다. 그는 교황의 죽음을 인정하지 않는 모양이다.

"상급자? 상급자라면, 여기에 있다! ■ 면죄!"
^{아퀴탈}

현자가 단말을 들고서 스테이터스에 새겨진 죄과를 소거하는 도시 핵의 커맨드를 읊었지만, 단말이 빛나기만 하고 변화는 없었다.

"말도 안 된다! 어째서?! 부왕인 내가 추기경인 네놈보다 격이 높을 텐데!"

"네놈은 성하를 너무 얕보았다. 성하는 네놈을 부왕으로 임명한 다음에, 나도 부왕으로 등록하셨다."

추기경은 교황이 만일의 반역을 생각해서 한 것이 아니라, 사람 좋은 생각으로 현자와 추기경을 동격으로 한 것뿐일 거라 짐작했지만, 그것을 현자에게 말하지는 않았다.

"성하의 저력을 보지 못하고, 제자에게도 배신당했다. 네놈의 인망 따윈 도의를 벗어난 방법으로 쌓은 사상누각에 지나지 않아."

"제자에게 배신을 당했다고? 그런 말도 안 되는 일이……."

"정신 마법이나 매료 중에서 어느 걸로 제자를 거느린 건지는 모르겠지만, 네놈은 차별주의자가 가진 편견과 혐오를 너무 무르게 보았다. 그 자는 정신을 침식당하면서도, 원숭이 수인인 네놈을 업신여기고 있더군. 네놈의 계획도 모두 그 제자의 밀고다."

"그 배신자 놈……."

현자가 분노의 표정으로 내뱉었다.

"흥, 자신의 부덕을 원망해라. —■ 처벌[퍼니쉬]."

추기경이 도시 핵 단말을 꺼내 도시 핵 유래의 전격으로 결계 안의 현자를 공격했다.

"결계 바깥에서 공격하는 건 자유롭다는 건가—."

중간에 뭔가를 깨달았는지, 현자가 말을 멈추었다.

"—바깥이 보이고, 바깥에서 안이 보인다. 다시 말해서 빛은 자유롭게 드나들 수 있다는 것인가."

"빛 마법은 안 통한다. 그 결계는 마법이 통하지 않아."

현재 상황 타개책을 강구하는 현자에게, 추기경이 무자비한 말을 고했다.

"네놈이 말하지 않아도 안다. 마법이 통하지 않는 것은 다 알지. 그러나 빛이 통과한다면, 경계 부분은 완전무결하지 않다는 거다!"

"그게 어쨌다는 거냐! ■ 처벌."

자신만만한 현자에게, 추기경이 두 번째 전격을 쏘았다.

현자는 그 전격을 어둠 마법으로 받아내고, 독백 같은 말을 이었다.

"신의 힘을 빌린 결계라면, 신의 힘으로 쳐부수면 되는 것—."

현자의 몸에 파란색을 띤 보라색 빛이 흐르고, 머리 위에 여덟 개의 보라색 빛 구슬이 나타났다.

"유니크 스킬『복사 모방[카피 페이저리즘]』의 진수를 보여주지."

현자가 공수도 같은 자세를 취했다.

"슬롯 6번을 소비. 내 주먹에『최강의 창[꿰뚫지 못할 것 없으리]』."

여덟 개 있는 보라색 빛 구슬이 하나 터지고, 현자의 주먹에 파란 빛이 깃들었다.

"그, 그것은 용사 하야토의……!"

놀라는 추기경을 거들떠보지도 않고, 현자가 주먹을 내밀었다.

파란 빛을 띤 주먹이 결계면에 격돌하여, 파랑과 보라색 빛의 파문을 만들었다.

"결계여, 부서져라!"

치열한 기합을 띤 외침과 동시에 균형이 무너지고, 결계를 구성하던 방대한 마력이 역류하여 천공의 방을 무참하게 부수었다.

천장이 무너지고, 측면에 그려져 있던 국보라 할 수 있는 스탠드글라스의 신화도 부서져 흩어졌다. 바닥도 뒤집히고, 아래층으로 휘몰아친 마력의 폭풍이 결계를 구성하던 신관들을 때려눕혔다.

"메자르트, 놈을 쓰러뜨려라! ■ 성전, ■ 왕의 갑옷, ■ 왕의 검."

"오오옷, 힘이 솟아오른다!"

도시 핵의 힘이 기사 메자르트의 몸으로 흘러 들어가, 쇠약 상태에서 이제 막 벗어난 그의 몸을 전사의 몸으로 바꾸었다.

"이거라면, 주문술사 한둘 즈음—."

성검 블루트강의 파란 빛을 끌면서, 기사 메자르트가 현자에게 순동으로 다가섰다.

"—천위멸섬(天威滅閃)."

눈에 보이지도 않는 속도로 뿜어낸 기사 메자르트의 필살기가 현자의 목으로 빨려 들어갔다.

그 자리에 있던 자는 누구나 날아가 공중을 춤추는 현자의 목을 환시했다.

그러나—.

"늦어."

목이 날아갔을 현자가 기사 메자르트의 머리 위에 있었다.

보라색 빛을 몸에 두른 현자가 머리 위에 7개의 보라색 빛 구슬을 띄우고 그 중 하나가 밝게 빛나고 있었다.

"■ 처벌."

그 현자를 향해서 추기경이 전격을 뿜었다.

"소용없다."

전격이 닿았을 때 현자의 모습은 없었고, 보라색의 빛과 함께 추기경 옆에 나타나 그가 가진 도시 핵 단말을 가로챘다.

보라색 빛을 띤 현자가 다른 장소에 나타났다.

"흠, 가끔은 『소매치기』 스킬도 도움이 되는군."

현자는 단말을 흙 마법 「녹주 석순」으로 파괴하고, 방금 전의 앙갚음을 하는 것처럼 벼락 마법 「번개」를 써서 추기경을 때렸다.
_{라이트닝 볼트}

"잘도 추기경 예하를!"

기습하는 것처럼 뿜어낸 「천위멸섬」마저도, 현자는 순간이동 같은 속도로 회피했다.

"이것이 신출귀몰한 시가 왕국의 용사가 가진 힘인가? 저왕과 구두를 쓰러뜨린 것은 이 『섬구』라는 힘 덕분이군."

기사 메자르트의 맹공을 현자는 독백하는 틈틈이 계속해서 회피했다.

"네놈 따위는 상대가 안 된다."

흙 마법 「녹주 석순」으로 기사 메자르트의 이동 경로를 좁히고, 예상 진로에 어둠 마법과 그림자 마법의 복합기를 뿌려 그에게서 마력과 생명력을 빼앗았다.

"메자르트 님을 구해라!"

""""오오!""""

신전기사들이 메자르트와 현자 사이에 쇄도했다.

"조금 귀찮군. 추기경과 함께 잿더미로 만들어주마."

공중으로 날아오른 현자가, 아이템 박스에서 꺼낸 지팡이를 겨누었다.

무엇을 하는 것인지 짐작한 추기경이 도시 핵 유래의 방어 마법을 거듭해 걸면서, 출구를 향해 넘어질 기세로 달려갔다.

"이제 와서 도망칠 수 있겠느냐―."

현자가 가진 지팡이의 화정주가 붉디붉게 빛나고, 지팡이 주위에 홍련의 불꽃이 소용돌이쳤다.

기사들의 절망을 부추기는 것처럼, 지팡이 주위의 불꽃이 커진다.

그 자리에 있던 모든 사람이 죽음을 확신하기에 충분한 압도적인 파멸의 상징이었다.

"―화염지옥."

현자가 발동구와 함께 지팡이를 전방으로 내민 순간, 지옥의 뚜껑이 열린 것처럼 업화가 기사들을 덮쳤다.

도망치는 사람들의 등을 업화가 태우려고 한 그때—.

◆

"—그렇겐 못해라고 고합니다."

백은의 빛과 함께 끼어든 그림자 하나가 「포트리스」라고 외쳤다.

순간적으로 수십 겹의 적층형 마법 장벽이 전개되어 「화염지옥」을 받아냈다.

막대한 열량이 포트리스와 맞서고, 복사열이 백은 기사— 나나를 태웠다.

"조금 버겁다고 신고합니다."

나나의 말에 응답한 것은 같은 백은 갑옷을 입은 소녀들이었다.

"격리벽!"

"팔랑크스~?"

"인 거예요!"

공간 마법식의 장벽이 복사열을 차단하고, 아인 소녀들의 1회용 방어 방패 팔랑크스 세 장이 「화염지옥」을 밀어냈다.

"노려서, 쏩니다!"

저격총에서 발사된 탄환이 공중에 떠오른 현자를 노렸다.

"우음."

현자의 방어 장벽 발동이 아슬아슬하게 늦지 않아서, 그 탄환을 받아냈다.

그러나 어깨에 닿은 장벽 너머의 충격까지 죽이지 못하고 그

자리에서 빙빙 회전했다.

"수검산."

현자의 발치에 생긴 물 마법이 「화염지옥」이 만들어낸 고열 탓에 순간적으로 기화— 수증기 폭발을 일으켜 현자를 하늘로 날려버렸다.

예상 밖의 전개에 미아가 개그 만화처럼 놀란 표정을 지었다.

"추기경 예하, 다치신 곳은 없나요?"

급전직하의 전개를 따라가지 못하는 추기경에게 말을 건 것은 백은색 갑옷을 입은 사토였다.

"큰 상처는 아니야. 그보다도 펜드래건 경은 솔리제로의 마을에 몸을 맡기고 있지 않았던가?"

"네, 거기서 현자 나리의 계획을 알고 이렇게 달려왔습니다."

현자 측 사람이 아니냐고 말없이 묻는 추기경에게, 사토는 자기는 아니라고 고했다.

"역시 나타났나, 펜드래건!"

날아가 버렸던 현자가 몇 겹의 방어 마법과 지원 마법으로 완전강화하고 내려섰다.

수증기 폭발의 위력이 생각보다 컸는지, 현자가 입고 있는 법의가 너덜너덜했다.

"『상처를 모른다』는 간판에는 거짓이 없구나……. 설마 내 『화염지옥』을 받고도 무사할 줄은 몰랐다."

상급 마력 회복약을 들이켜면서 현자가 중얼거렸다.

"그러나, 그것도 언제까지 이어질까? 마도왕국 라라기가 자랑하는 『천호광개』에 필적하는 철벽의 방어 장벽이라 해도, 그것을 이루기 위한 대가가 필요할 터. 예를 들어 『현자의 돌』을 가지고 있더라도 여러 번은 쓸 수 없겠지."

현자가 흔들어보고자 하지만, 젊은 사토는 터럭만큼의 동요도 표정에 드러내지 않았다.

"설마, 몇 번이고— 아니, 그럴 리 없다. 『현자의 돌』을 노에서 태우는 우행이라도 하지 않는 한, 그 방어는 고작해야 한두 번. 그렇다면 승리는 내 손에 있는 것과 마찬가지."

성수석로의 디스를 들은 사토가, 표정에 드러내지 않고 내심 쓴웃음을 지었다.

"순순히 항복할 생각은 없나요? 짧은 시간이지만 가르침을 받은 상대를 죽이고 싶지 않아요."

"흥, 큰소리도 정도껏 쳐라. 그보다도, 의식장에서 납치한 성녀는 어떻게 했지? 이미 죽였나?"

"성녀? 제가 구출한 건 아는 아이들입니다. 성녀님이라면 쿠로 공의 부하가 함께 있었으니, 그가 구출한 거 아닐까요?"

"—쿠로?"

"용사 나나시 님의 종자입니다."

"또 시가 왕국의 용사인가."

사토의 사기 스킬이 현자의 통찰력을 능가했다.

"—성녀님? 성녀님께 상처는 없겠지?"

추기경이 사토의 양 어깨를 붙잡고 흔들었다.

사토가 오해를 풀려고 입을 열기 전에, 새로운 혼란의 씨앗이

「천공의 방」에 나타났다.

"도비, 나는 괜찮아."

나타난 것은 가마를 탄 노성녀였다. 자자리스 교황을 마왕에서 사람으로 되돌리고자 힘을 지나치게 써서 기절해 있던 그녀였지만, 수행원들이 힘을 다해 회복시켜서 여기에 달려온 모양이다.

도비라는 건 도브나프 추기경의 애칭인가 보군.

"성녀님!"

무사한 것을 본 추기경이 환희의 외침을 지르고, 그것이 금방 경악으로 바뀌었다.

하늘에 떠올라 있어야 할 현자가, 한순간에 노성녀의 등 뒤에 나타나 그녀의 종자들을 날려버렸기 때문이다.

"―꺅."

"움직이지 마라, 펜드래건!"

보라색의 빛을 띤 현자가 단검을 노성녀의 목덜미에 들이댔다.

외치는 것과 동시에, 현자는 방어 장벽 안으로 노성녀를 끌어들였다.

이걸로 아무리 사토의 능력이 뛰어나더라도, 방어 장벽을 부수고 단검을 빼앗기 전에 현자가 노성녀의 목을 베어 버릴 것이다.

"이건 사가 제국의 흡혈 미궁에서 발견된 『탈명주검』이라는 악명 높은 단검이다. 벤 상대에게 치사의 저주와 히드라의 맹독마저 능가하는 신경독을 주입한다. 어떠한 마법약이라도, 구할 방법은 없다. 최악의 암살 도구지."

현자는 굳이, 엘릭서라면 목숨을 구할 수 있다는 사실을 말하지 않았다.

미궁 탐색자인 사토라면, 만에 하나라도 가지고 있을 가능성이 있기 때문이다. 그리고, 그 예상은 옳았다.

"형세역전인 것 같군. 항복하는 건 네놈들이다."

현자는 아이템 박스를 열어서, 거기서 꺼낸 10개 정도 되는 목걸이를 아무렇게나 던졌다.

"설마—."

"그렇고말고. 이것은 『예속의 목걸이』다. 성녀의 목숨을 구하고 싶다면, 이 목걸이를 자기 의지로 차라."

현자가 승리를 뽐내는 표정으로 고했다.

"이 정도까지 길을 벗어나 타락했는가, 솔리제로. 성녀님을 놓아라!"

"내 요구는 이미 말했다. 성녀의 목숨은 네놈들의 자유와 교환한다!"

"사, 살려줘, 도비."

난폭하게 취급 받은 노성녀가 추기경에게 도움을 청했다.

"성녀님! 으그그그그, 다른 수가 없는가……."

현자 뒤에서 몰래 숨어 다가가던 신전기사들이, 현자가 전개한 칼날의 결계에 닿아 피바다에 가라앉았다.

추기경이 고뇌하는 표정으로 「예속의 목걸이」와 노성녀 사이에서 시선을 흔들었다.

이때 몰래 사토가 사용하는 「이력의 손」이 남모르게 다가갔지만, 현자의 결계에 막혀 간섭하지 못하고 있었다. 얼굴에는 안 드러냈지만, 사토도 현재 상황의 타개책을 필사적으로 찾고 있는 모양이다.

그런 사토를 아는지 모르는지, 타마가 현자 앞으로 타박타박 걸어갔다.

"―타마."

그걸 사토가 깨달았다.

타마가 「예속의 목걸이」 앞에서 걸음을 멈추었다.

"영리한 아이군. 스스로 목걸이를 차러 왔느냐?"

타마는 목걸이를 집더니, 현자를 올려다보았다.

"현자 선생님, 약한 사람 괴롭히면 안 돼~?"

"무슨 말을 하는 거지?"

"약한 사람 괴롭히지 말고 난처한 사람 도와주세요, 현자 선생님이 그랬어~?"

현자는 닌자 교실에서 자기가 말한 「뛰어난 힘은 힘없는 자를 구하고 이끌기 위해서 있다. 힘에 빠지지 않도록 주의해라」라는 말을, 사토가 그렇게 바꿔 말한 것을 떠올렸다.

"아아, 그때 한 말이로군?"

"네잉."

타마와 현자가 마주 보았다.

겁을 먹은 타마가, 눈물지었다.

"포치도 약한 사람 괴롭히는 건 안 된다고 생각하는 거예요! 비겁한 건 안 되는 거예요!"

고군분투하는 타마 옆에 달려간 포치가 나란히 섰다.

"비겁? 그러면 물어보겠는데, 다수가 한 명을 공격하는 것은 비겁하지 않은 건가?"

"앗, 인 거예요!"

정론이 돌아오자 포치가 어쩔 줄 모른다.

"그러면, 1대 1로 싸우면 되지!"

"응, 대표전."

포치 옆에 아리사와 미아가 섰다.

"대표전, 이라고? 같은 무영창이라면 이길 수 있다고 생각했느냐? 계집아이."

"아니, 내가 아냐."

아리사가 고개를 옆으로 저었다.

"그러면, 시가8검에 필적한다는 마창사 소녀인가!"

"저 따위보다도 훨씬 강한 분이 계십니다."

리자의 부정을 들은 현자가 루루에게 눈을 돌리자, 그 루루는 좌우로 붕붕 손을 흔들어 부정했다.

"저, 저는 아니에요."

"물론, 저도 아니라고 고합니다. 나설 때입니다, 마스터라고 선언합니다."

나나가 추기경 앞으로 이동하여, 호위를 맡고 있던 사토를 프리로 만들었다.

"네놈인가? 몸이 가볍기만 한 전사가 마법 도구의 힘으로 저항할 수 있다고 생각지 마라."

"저항할 생각은 없어요. 확실하게 쓰러뜨리겠습니다."

사토라고 생각하기 어려운 강한 발언에, 아리사를 비롯한 동료들이 웃음을 지었다.

"어리석군."

현자의 몸에 보라색 빛이 흐르고, 머리 위에 일곱 개의 보라색 빛 구슬이 나타났다.

그 중 하나가 꺼지고, 현자가 아리사를 향해 외쳤다.

"전생자 소녀여! 내 레벨을 봐라!"

"레벨? 레벨이 어쨌다고— 레벨 99?!"

아리사의 표정이 경악으로 일그러졌다.

다른 사람들도 모두 놀라는 표정을 지었다.

아니, 사토는 혼자 「헤에」 하고 말하는 표정을 지은 다음, 놀라는 표정을 꾸몄다. 다행히 이 자리에 있는 사람은 그걸 깨달은 사람이 없었다.

"그래. 거짓된 옷을 벗어 던진 지금, 인류의 성장 한계에 도달한 나를 당해낼 자는 어디에도 없다."

"어떻게— 당신은 『도신의 장신구』를 가지고 있지 않았을 텐데! 지금 그 보라색 빛이 비밀인가!"

"지적 호기심이 왕성하군."

보기 드물게 외친 사토를 보고, 현자가 재미있다는 웃음을 지었다.

"대답은 『긍정』이다. 네 예상대로 내 유니크 스킬 『복사 모방』으로, 『도신의 장신구』를 비추어 유지한 것이다."

"그런, 반칙 같은 유니크 스킬······."

아리사가 분한 기색으로 입술을 깨물었다.

"한 번 해제한 스킬은 다시 복사할 필요가 있지만, 대성당의 보물창고에 있는 『도신의 장신구』를 꺼내면 된다. 그 장신구는 마신옥 유적에서 발굴된 것 중에서 가장 쓸만한 물건이었군."

현자가 중얼거린 다음, 시선으로 팀 펜드래건과 신전기사들, 그리고 추기경을 순서대로 포착했다.

"그러면, 못난 난입자가 생기지 않도록 봉해야겠군."

"그, 그림자가······."

"난쿠루나이사~."

"아와와와인 거예요."

"우웅."

사람들의 발치에서 한순간에 솟아오른 그림자가 순식간에 속박을 마쳤다.

타마와 리자처럼 몸이 가벼운 자는 그림자에서 벗어났지만, 다른 사람은 모두 그림자에 묶여서 움직이지 못하게 됐다. 포치처럼 타고난 반사신경으로 도망쳤지만 발이 걸려 넘어져 붙잡힌 건 예외라 할 수 있었다.

"뉴."

"—아뿔싸."

도망친 두 사람도 그림자에서 차례차례 나타난 촉수에 구속되어 버렸다.

"자, 결투를 시작하지."

현자가 노성녀를 놓아주고, 탈명주검을 든 손의 반대쪽에 속성 광석을 끼운 애용하는 지팡이를 꺼냈다.

"이번에는 인질을 안 잡는군요?"

"흥, 다소 몸이 가볍더라도, 레벨 45밖에 안 되는 네놈 한 명에게 그러한 수를 쓸 필요는 없다. 내가 경계하는 건 계집아이뿐이지."

"걱정 안 해도 나는 손 안 대."

아리사는 공간 마법으로 벗어나지 않고 어깨를 으쓱거렸다.

두 사람의 응수 밖에서, 타마가 「우뉴뉴」 하면서 그림자 광석의 가루를 써서 인술로 자기를 속박하는 그림자를 풀려고 했지만, 현자의 마법이 그림자에 대한 지배력이 높은지 그녀의 꿍꿍이는 난항을 겪고 있었다.

"와라, 펜드래건."

"그러면 실례해서—."

사토는 허리에 찬 요정검을 뽑지 않고, 발치에 떨어져 있던 창과 돌을 주웠다.

"—갑니다."

일부러 선언하고, 강속구 같은 속도로 투석을 했다.

현자의 모습이 사라졌다.

사토의 측면에 보라색 빛을 띤 현자가 나타나— 성대하게 자세가 무너져 바닥을 굴러갔다.

모래먼지를 피우며 굴러간 현자보다 조금 늦게, 부러진 창도 함께 굴러가는 게 보였다. 그 창은 방금 전까지 사토가 들고 있던 것이었다.

"무, 무슨 일이―."

자신에게 일어난 일을 이해 못하고 주위를 둘러본 현자가, 부러진 창과 맨손인 사토를 보고 자신이 사토의 창에 걸려 넘어진 것을 깨달았다.

"―내 궤도를 읽었다는 건가?"

현자가 경악했지만, 금방 상식이 그 사고를 부정했다.

"아니, 있을 수 없다. 용사 나나시에게서 비추어낸 스킬은 축지와 마찬가지. 눈으로 보고 반응할 수 없을 정도로 한순간에 이동을 마친다. 의도하고서 넘어뜨리는 것 따위 불가능하다."

현자의 중얼거림이 안 들리는지, 사토는 딱히 코멘트하지 않고 주운 다른 창을 붕붕 휘둘러 감촉을 확인했다.

망설이는 현자의 시선을 깨달은 사토가 「이번에는 그쪽에서 오시죠」라는 말을 하는 표정으로 손짓했다.

"이놈, 강자 행세를 하느냐!"

격이 낮은 자 취급을 받은 현자가 흥분하더니, 지팡이를 아이템 박스에 수납하고 단검을 역수로 고쳐 쥐었다.

현자는 지나가면서 단검으로 베어 즉사시킬 셈인 모양이다.

"그 오만함의 대가를 치르도록 해라."

현자의 모습이 사라지고, 사토와 떨어진 측면에 나타나고, 다시 금방 사라졌다.

그것을 몇 번인가 반복하여 모두가 현자의 현재 위치를 놓친 순간, 사토의 등 뒤에서 파열음이 울렸다.

"뉴!"

"아우치, 인 거예요!"

명치에 창의 물미가 박힌 현자가 기역(ㄱ) 자로 몸을 꺾고, 흰자위를 드러냈다.

창날은 대리석 바닥에 파고들어 박혀 있었고, 금방 한계를 넘은 창의 축이 부러지면서 현자와 함께 사토를 지나쳐 전방으로 굴러가더니 가장 가까운 기둥에 격돌하여 멈추었다.

기둥에 격돌한 순간 장식으로 칠한 옷칠이 후두두둑 벗겨지고, 땅바닥과 접속된 부분에서 흙먼지가 피어올라 보는 사람들에게 그 기세가 얼마나 격렬했는지 가르쳐 주었다.

"앞을 똑바로 봅시다, 일려나?"

사토가 현자를 보며 중얼거렸다.

"대체 무슨 일이……?"

"펜드래건 경이 창을 땅바닥에 박는 것이 보였나 싶더니, 어느샌가 솔리제로가 부딪히고 있었는데?"

보통 사람들은 무슨 일이 일어났는지 모르는 모양이다.

"역시 주인님이십니다."

"주인님은 현자 씨의 움직임이 보였던 거네요."

움직임을 좇고 있던 리자와 루루 같은 동료들은 사토에게 찬사를 보냈다.

타마와 포치는 격돌 장면이 충격적이었는지, 아파 보이는 표정을 짓고 있었다.

"어찌 저런 절기가……!"

"어떻게, 솔리제로의 위치를 예측한 거지?"

성검사 메자르트가 감탄의 목소리를 흘리고, 추기경이 의문을 말했다.

"현자 나리는 합리적이라서 읽기 쉬워요."

사토는 아무것도 아니란 듯 말했다.

현자가 들었다면 굴욕적인 나머지 격노했을 발언이었다.

"우우우우……."

벽에서 희미하게 신음 소리가 들렸다.

"사토."

"마스터, 적이 아직 활동 중이라고 고합니다."

미아와 나나가 경고하고, 아리사가 사토에게만 통하는 표현으로 질색했다.

"고속도로에서 정면충돌한 것 같은 기세였는데 용케 살아있네."

음속을 넘는 초고속으로 격돌한 것이다. 몇 겹의 장벽이 없었다면 물미라고 해도 복부를 관통했을 게 틀림없다.

사토는 순동에 필적하는 속도로 달려가, 의식을 되찾은 현자의 목에 요정검을 댔다.

"승부가 났다, 고 생각해도 되겠죠?"

생긋 웃으며 사토가 내민 마법약을 거부하고, 현자는 자신의 아이템 박스에서 꺼낸 마법약을 들이켰다.

"……두 번의 우연은 없다. 네놈은 카운터형 전사였군. 후의선을 취하는 것이 특기라는 건가─."

기침을 한 다음, 현자가 갈라진 목소리로 말했다.

명치에 먹은 충격은 마법약으로도 금방 치유하지 못하는 모양이다.

현자는 조금 묵고한 다음, 마법약의 빈 병을 던지며 입을 열었다.

"―**시합**은 네놈의 승리다, 펜드래건."

"""해냈다~!"""

"주인님의 승리인 거예요!"

"굿 파이트~?"

패배를 인정하는 현자의 말을 들은 동료들이 환성을 질렀다.

빈 병이 호를 그리고, 떨어진다. 고양이 귀 종족의 습성으로 타마가 그 궤도를 눈으로 좇았다. 쨍그랑 병이 깨진 순간, 급속하게 하얀 연막이 퍼졌다.

"뉴!"

타마가 경고하는 것보다 빠르게, 기둥 뒤에 있던 신관복의 남자가 뒤에서 몰래 사토에게 다가가, 현자가 떨어뜨린 단검으로 사토를 등 뒤에서 찔렀다.

"―주인님!"

무영창으로 뿜어낸 아리사의 공간 마법이 연막을 한순간에 날려버렸다.

그곳에는 쓰러진 현자에게서 뻗은 그림자의 창과, 등 뒤에서 단검에 찔린 사토의 모습이 있었다.

"뒤에서 찌르는 건 안 되는 거예요!"

"주인~."

포치가 외치고, 타마가 인술로 그림자 촉수의 구속을 풀어 빠져 나왔다.

"이러고 있을 수는 없어."

아리사가 공간 마법으로 그림자 촉수의 구속을 빠져 나오고, 나나가 이술인 마법 파괴로 그림자의 구속을 벗어났다.

리자와 포치도 힘으로 빠져 나오고, 루루는 쿠노이치 뺨칠 정도의 유연성으로 총을 겨누어 그림자 촉수를 구성하는 키포인트를 쏘아 뛰쳐나왔다.

"우음."

유일하게 혼자 힘으로 빠져 나오지 못한 미아는 나나가 구해 내고, 다들 사토에게 달려갔다.

사토의 위기를 보고서 불과 몇 초만의 일이었다.

한편 사토를 습격한 암살자는—.

"—말도 안 돼."

단검 끝을 손가락으로 잡아서 막은 사토에게 놀라움을 감추지 못했다.

연막 속에서, 암살자인 자신의 일격을 뒤를 돌아보지도 않고 화려하게 막아낸 그 초절적인 기량에 그저 말을 잃고 있었다.

"뒤에 너무 집중한 것이 실수였군."

그림자 창이 사토의 이마와 심장을 비롯한 열 몇 곳에 찔린 것을 확인한 현자가 중얼거렸다.

"그렇지도 않아요."

태연하게 말하는 사토를 본 현자가 말을 잃었다.

그리고, 그림자 창이 찔렀어야 할 부분에서 한 줄기 피도 흐르지 않는 걸 보며 자신의 실패를 깨달았다.

"―네놈도 그림자 마법을 쓸 수 있었나?"

"아뇨, 타마가 가르쳐준 인술과 당신이 준 그림자 광석 덕분이죠."

사토가 손바닥에 꺼낸 그림자 광석의 가루를 보였다.

뒤에서 암살자가 단검을 놓고 다른 투검을 겨누었지만 사토는 돌아보지도 않는다.

왜냐하면―.

"닌닌~."

"타~ 인 거예요!"

타마가 인술로 일으킨 돌풍이 남자를 날려버리고, 바람을 따라간 포치의 몸통 박치기가 남자의 의식을 빼앗았으니까.

두 번 세 번 구른 포치를 주운 리자가 마창으로 남자를 땅바닥에 꿰어 멈추었다.

멀리서는 미아가 영창을 시작하고, 루루가 저격총을 겨누고, 나나가 요인들을 방패 뒤에서 보호했다.

"우수한 부하로군."

"자랑스런 동료들입니다. 그런데, 아직 항복할 생각은 없나요?"

사토가 현자의 목에 댄 검을 전혀 움직이지 않고 물었다.

"죽이지 못하는 자의 협박 따위 무의미하지. 검을 겨눌 거라면 죽일 각오로 덤벼라."

아픈 곳을 찔린 사토가 난처한 표정으로 투구가 감싼 볼을 긁적였다.

"현자 선생님, 항복해~."

타마가 현자 앞에 나타나 흐림 없는 눈으로 호소했다.

"그런 거예요! 승부가 난 거예요!"

포치도 멀리서 타마를 응원하고, 사토와 동료들이 타마와 현자를 보았다.

"나에게 모든 것을 버리고 항복하라, 이 말인가?"

"네잉."

타마가 고개를 끄덕였다.

"어리석군―."

"뉴우우."

무방비하게 올려다보는 타마의 옷깃을 붙잡아서 들어 올렸다.

"―너희들에게 말한 듣기 좋은 소리 따위 그저 속임수다."

현자가 단언하고, 말을 이었다.

"모조리 다 우자를 조종하기 위한 헛소리지. 약한 자는 먹히고, 저항하지 못하는 자는 유린당한다. 그것이 이 세계의 섭리. 강자만이 모든 것을 얻는 잔혹한 세계다."

현자의 폭언에 타마의 눈동자에 눈물이 그렁거렸다.

눈물 따위 약자의 연민이라고 잘라 말하며 타마를 떠밀었다.

"그것만이 세상의 전부가 아냐."

사토는 타마를 공중에서 받아내, 눈물을 닦아 주었다.

"주인님 말이 맞아! 악당의 자기변호 같은 거에 귀를 기울일 필요는 없어!"

"응, 단락."

"예스 미아. 우자의 포기라고 단언합니다."

아리사가 신랄한 말로 현자를 단정짓고, 미아와 나나도 그것에 동의했다.

다른 동료들도 그녀들의 말에 고개를 끄덕였다.

"흥, 설탕과자 같은 어린애의 이상 따위 어울려줄 수가 없다."

현자의 몸에 보라색 빛이 흘렀다. 현자가 뻗은 팔 끝, 손톱이 경질화되고 피부가 보라색으로 물드는 것을 보고 로브의 소매로 가렸다.

유니크 스킬을 연속으로 지나치게 쓴 탓인지, 용사의 유니크 스킬을 재현한 탓인지, 그릇을 넘어선 힘의 대가로 현자의 몸이 조금씩 이형으로 변모하고 있는 모양이다.

"끝까지 저항할 셈인가?"

"당연하다. 그리고—."

그의 머리 위에 나타난 여섯 개의 보라색 빛 구슬이 하나 터지고, 사토의 등 뒤에 어두운 보라색의 빛으로 만들어진 반사광린이 나타났다.

"—죽을 자에게 항복 따위 안 한다!"

목을 베려고 다가오는 반사광린을, 사토는 돌아보지도 않고 몸을 젖혀 피했다.

그대로 뒤로 빙글 회전하여 반사광린을 차올리고, 현자가 추가 공격으로 뿜어낸 전격을 등의 망토를 풀어 받아냈다.

"지금 그건 사진왕의 유니크 스킬인가―. 앞으로 다섯. 그밖에 어떤 능력을 감추고 있지?"

자신보다도 격이 높은 상대가 마왕이나 용사가 가진 힘을 쓰고 있는데, 사토의 얼굴에는 공포가 없다.

그러긴커녕, 절대강자의 모습마저 보이고 있었다.

"상처를 모른다니! 네놈은 대체 뭐냐!"

현자가 사토와 거리를 벌리며 외쳤다.

"어째서, 내 공격을 차례차례 회피할 수 있지!"

그 목소리에는 숨길 수 없는 공포가 깃들어 있었다.

"네놈은, 네놈만큼은 이 자리에서 처리해야 한다―."

현자가 사토를 노려보며 말했다.

"―용사 나나시."

우자의 말로

"사토입니다. 현실에서는 악인의 말로가 파멸이라고 단정할 수 없지만,
이야기 속에서는 악당은 악당다운 최후를 맞이했으면 좋겠어요. 극악무도
한 악당이 파멸하는 것 또한 하나의 카타르시스라고 생각합니다."

"—용사 나나시."

내 정체를 꿰뚫어본 현자의 말에 놀라움을 감추지 못했지만,
한심한 나 대신에 스킬 레벨 최대인 「무표정」 스킬 선생님이 완
벽한 표정을 꾸며주었다.

분명히, 갸우뚱하는 표정을 유지했다고 생각한다.

유니크 스킬로 섬구를 카피한 현자가 능력에 휘둘려 함정에
빠지는 게 재미있어서, 내가 조금 지나치게 굴었다는 건 부정할
수 없다.

레이더에 비치는 암살자도, 공간 마법 「멀리 보기」를 써서 부
감 시점에서 확인하고 있었으니 여유롭게 대처할 수 있었고, 그
에 맞추어 현자가 특기인 그림자 마법으로 공격하는 것도 예측
할 수 있었으니 아슬아슬하게 대처할 수 있었다. 등이 식은땀으
로 축축한 건 비밀이다.

"용사 나나시? 시가 왕국의 용사 나나시인가!"

"가면 용사의 정체는, 펜드래건 자작이었나?!"

파리온 신국의 중진들이 놀라는 목소리를 흘리고, 동료들이 얼굴이 파래져서 서로의 얼굴을 마주보는 게 「멀리 보기」의 다른 시점으로 확인됐다.

『어, 어떡하지? 주인님.』

아리사가 「전술 대화」로 걱정하는 소리가 들리기에 걱정 없다고 대답했다.

나는 「의미를 모르겠는데?」라고 말하는 표정을 현자에게 보였다.

"──용사 나나시 님? 제가요?"

"시치미를 떼다니! 인간족의 정점에 선 나를 희롱할 수 있는 자 따위, 용사가 아니면 신이나 신의 사도 정도밖에 없다!"

확신을 가진 표정으로 현자가 짖었다.

나를 경계하는 건지, 반사광린을 나와 자기 사이에 배치했다.

기분 탓인지, 현자가 외칠 때마다 입에서 칠흑의 안개 같은 것이 뿜어져 나왔다.

과하게 유니크 스킬을 연발했으니, 마왕화의 징후가 아니면 좋을 텐데…….

"과대평가가 지나치네요. 그리고 용사 나나시 님이라면, 저기에──."

나는 재빨리 스토리지 안에서 위장용 인형에 용사 나나시 의상 세트를 장착시키고, 마력을 충전한 주조 성검과 함께 「천공의 방」의 무너진 천장 너머에 꺼냈다.

장비 확인용 인형을 위장용으로 쓰는 건 미궁도시 세리빌라 이후 처음인 것 같네.

『《춤춰라》 클라우 솔라스!』

복화술 스킬로 인형이 외치게 하고, 「이력의 손」으로 13개 꺼낸 성검을 둥실 인형 주위에 부유시켰다.

명백하게 클라우 솔라스와 다르지만, 진짜를 본 적이 없는 사람들을 속이기에는 충분하겠지.

누가 뭐래도, 자작이라지만 13자루 모두 진짜 성검이니까.

"뭐, 라고?!"

현자가 공중에 떠오른 나나시 인형을 발견하고서 눈을 까뒤집더니, 어디선가 꺼낸 빨강과 보라색 앰플 두 개를 씹어서 깼었다.

그것은 추기경 저택에서 본 치사성 금지약품— 농축된 마인약인 폐마인약과 고농도 마력 부활제라는 정체불명의 약이다.

"멈춰, 현자! 죽을 셈인가!"

나는 「이력의 손」을 현자에게 뻗었지만, 그의 주위에 있는 어둠 마법의 장벽이 그것을 캔슬해 버렸다.

"뉴!"

타마의 수리검이 앰플 하나를 파괴했다.

"노려서, 쏩니다!"

이어서 발사된 루루의 총탄이 나머지 하나를 부수었다.

둘 다, 멋지게 일을 해줬어.

"이놈들, 잘도 비장의 수를—."

혀를 찬 현자가 병의 잔해를 버리고, 보복으로 열 몇 개의 이력의 창을 타마와 루루에게 쏘았다.

타마가 스르륵 피하고, 아리사의 공간 마법 「격리벽」이 루루를 지켰다.

현자의 주의를 나에게 돌려야겠어.

『마왕은 내가 처리했어. 잡혀 있던 자자리스 교황도 구해냈으니 안심해. 지금은 안전한 장소에서 보호하고 있어~.』

복화술로 나나시 인형에서 목소리를 냈다.

나나시 인형을 다루면서 사토로서 눈앞의 현자를 감시하는 건 꽤 힘들다.

그 탓이라고 변명을 할 생각은 아니지만, 신관복을 입은 남자가 현자에게 접근하는 걸 깨닫는 게 늦었다.

"현자님, 지금이야말로 **그것**을 쓸 때임이어요."

"노, 녹색 나리!"

녹색— 신관복을 입은 남자의 손톱과 입술이 녹색으로 물들었고, 허리띠와 신발도 녹색을 쓰고 있었다.

그것은 과거에 미궁도시 세리빌라에서 「녹색 귀족」이라고 불리던 포프테마 전 백작이, 녹색 상급 마족에게 조종당했을 때의 모습과 지독하게 비슷했다.

"신환을 쓰는 것임이어요!"
_{콜 이모탈}

녹색 신관이 외쳤다.

—신환?

연말의 시가 왕국 왕도에서 「마신의 찌꺼기」를 소환한 호즈나스 추기경이 썼던 유니크 스킬 이름이다.

그 유니크 스킬마저 현자는 모방했다는 건가?

—위험해. 너무 위험하다.

그때는 신검과 히카루의 지원이 있었으니까 어떻게든 됐다.

히카루나 천룡이 없는 지금, 현자가 「신환」을 실행하면 파리온 신국에 막대한 피해가 생길 거야.

"녹색 나리, 그건 불가능하다. 지금 나는 유니크 스킬을 지나치게 썼다. 지금 쓰면, 신의 힘에 져서 이성 없는 마왕으로 타락할 가능성이 높아."

"그거라면 괜찮음이어요. 나에게 좋은 생각이 있음이어요."

칫, 괜한 짓을.

"역시 녹색 나리!"

"이것을—."

녹색 신관이 품에 손을 넣는 게 보였다.

"펜펜."

나나시 인형에서 지시를 내려, 나는 녹색 신관의 행동을 막고자 순동으로 접근했다.

"못한다!"

내 앞을 반사광린이 막았다.

나나시 인형 곁에 띄워둔 성검을 투척했지만, 「이력의 손」을 이용한 단순한 투척으로는 반사광린을 제거하지 못하고 금이 갔을 뿐이다.

"—마창용퇴격."

드래그 버스터

311

질풍 같은 속도로 뛰어든 리자가 반사광린을 꿰뚫어 기둥에 박아버렸다.

　신생한 마창 도우마를 충분히 활용하는 모양이군.

　나는 리자의 지원에 감사하면서, 녹색 신관을 장타로 날려버렸다.

　"녹색 나리!"

　"주사위는 던져졌음이어요."

　칠흑의 무언가가 현자의 등에 박혀 있었다.

　그것은 내가 팔을 뻗는 것보다 빠르게 안개가 되어 사라지고, 현자의 등에 빨려 들어갔다.

　"크오오오오오오— 녹색 나리! 서, 설마!"

　"너의 거점에 방치했기에, 회수해왔음이어요. 유용하게 써서—."

　녹색 신관이 바닥에 바운드되며, 빙글 목을 돌려 현자를 보았다.

　"—훌륭한 마왕이 되어주길 바라는 것임이어요."

　그 말 직후에, 현자의 몸에서 검은 안개가 뿜어져 나오며 그의 피부가 어두운 보라색으로 물들었다.

　"책략을 부렸구나! 사악한 마족놈!"

　외치는 현자의 몸에 이상한 돌기와 가시가 나타나고, 점점 거대화되었다.

　머리 부분이 변화하여 왕관처럼 되고, 머리 위에 떠올라 있던 보라색 빛 구슬이 중간의 패인 곳에 자리잡았다.

"배신 같은 게 아님이어요. 마왕화를 두려워하여 『신환』을 못 쓰는 모양이니까, 우려 없이 쓸 수 있도록 등을 밀어줬음이어요."

녹색 신관이 미안한 기색도 없이 말했다.

AR 표시에 나타난 현자의 종족이 「원숭이 수인」에서 「마왕」으로 변화했다.

놈이 사용한 칠흑의 무언가는 마왕화를 촉진하는 아이템이었나 보다.

"아리사! 안전권으로 탈출해!"

나는 조바심을 느끼며 외쳤다.

저 칠흑의 무언가가 「신의 조각」을 가진 자를 마왕으로 바꾸는 것이라면……. 그런 위험한 것이 아리사의 몸에 닿는 걸 생각하기만 해도 등골이 오싹해진다.

무슨 일이 있어도, 저걸 아리사에게 쓰도록 하면 안 돼.

"펜펜, 여기는 나한테 맡기고, 모두를 피난시켜."

"알겠습니다!"

나는 나나시 인형과 1인 연극을 나누고, 아리사를 빨리 피난시킬 수 있도록 나 자신도 피난 유도에 참가했다.

"역시, 그릇이 부서져가면 『마신님의 가호』도 잘 듣는 것임이어요. 보통은 『뒤집어져서』죽을 뿐임이어니까요."

녹색 신관이 깔깔 웃는 게 들렸다.

ㅡ그릇이 부서져가면 『마신님의 가호』도 잘 듣는 것임이어요.

그것이 마왕화를 유발하는 조건인가.

"녹색 나리이이이이이이이이이이이이이이!"

그것을 확인하기 직전에, 녹색 신관이 거대화한 현자에게 깔려버렸다.

발을 멈춘 내 쪽에도 현자의 육체가 덮쳐오기에, 땅바닥에 넘어진 몇 명을 주워서 「천공의 방」을 탈출했다.

"녹색 NoR이이이이이이이이이이!"

마왕이 하늘을 향해 외쳤다.

『사악은 부정하지 않음이어요지만, 배신한 기억은 없음이어요. 마왕을 써서 마신옥의 봉인을 푸는 건 이미 정해진 사항이어요.』

어디선가 이어요 말투의 목소리가 들렸다.

『자, 성도를 멸망시킴이어요. 행복하게 살고 있는 사람들을 절망의 벼랑으로 떠미는 것이, 가장 농후한 독기를 만들어내는 것임이어요.』

"녹색NoR이이이이이이이이이II이!"

마왕화한 현자의 목소리에 점점 위화감이 늘어난다.

현자─ 마왕 솔리제로가 분풀이를 하는 것처럼 「천공의 방」을 파괴하고, 대성당 바깥으로 걸음을 옮긴다.

『주인님! 서둘러!』

『입구가 묻혀버려요!』

아리사와 루루가 서두르라고 통신을 했다.

『타마, 구하러 가~.』

『포치도 나르는 거 돕는 거예요!』

『안됩니다, 두 사람!』

타마와 포치는 리자가 막아주었다.

『어서!』

『마스터, 허리 업이라고 고합니다.』

미아와 나나의 말을 가로막는 것처럼, 천장이 무너졌다.

눈앞에서 입구가 파묻힌다.

『받아줘!』

내가 외치고, 지고 있던 사람들을 「이력의 손」으로 지원하며 입구를 향해 던졌다.

명중할 것 같은 잔해는 모두 「이력의 손」으로 비껴냈다.

『나는 「귀환전이」할게. 아리사, 성도 사람들을 피난시켜줘.』

그렇게 말하고, 나도 무너져가는 대성당에서 탈출했다.

이걸로 나나시 인형이랑 바꿔치기를 할 수 있어.

◆

"─어디 보자."

바꿔치기 인형에서 회수한 용사 나나시 장비로 갈아입고, 하늘로 날아올랐다.

"대성당 주변의 고위 신관들 저택은 괴멸됐네……."

지금 시점에서 인적 피해는 적어 보인다.

현자─ 마왕 솔리제로가 불 마법으로 성도를 태우고, 불 마법의 업화가 만들어낸 짙은 그림자에서 뻗은 촉수가 건물을 휩쓸고 있었다.

멀리서 폭풍의 벽이 검은 연기와 화염을 일으키고, 그 너머는 안 보인다.

『피난 유도는 어때?』

『마스터, 외문에서 걸리고 있다고 보고합니다.』

『다른 문도 비슷한 것 같아요.』

요인의 호위를 하는 나나와 높은 곳에 진을 친 루루가 보고해 주었다.

뭐 당연하다면 당연하지.

"요오오 O오오오오옹사아아아AA아아아아아아아아아아아!"

고위 신관들의 저택 파괴를 마친 마왕이 울부짖으면서 일반 가옥이 있는 쪽으로 이동하기 시작했다.

『주인님, 피난이 끝날 때까지 마왕을 대성당 주변에서 못 움직이게 해! 내 「장성 격리벽」이나 미아의 가루다가 만드는 바람 결계만으로는 그 녀석의 마법을 완전히 막을 수 없어!』

『알았어. 이쪽은 맡겨둬.』

『마왕이 레벨 110이 되어 있으니까 주의해야 돼!』

아리사에게 경고를 받고서 깨달았는데, 분명히 마왕화한 현자는 레벨 99에서 레벨 110으로 레벨 업을 했다.

마굴 안에서 용사 하야토가 쓰러뜨린 사진왕이 떠올랐다.

그 녀석도 도중에 레벨이 10씩 오르고 있었지. 이 녀석은 11 레벨이지만, 이 정도의 차이는 오차일 거야.

"요오오오 O오오오오오옹사아아아아AA아아아아아아아아아 아아아!"

이성을 잃은 것 같은 마왕이 외쳤다.

마왕 시즈카와 교류해서 알아낸 것인데, 독기가 마왕화를 촉진하는 것 같으니 정령광을 전개하여 주변 공간의 독기를 지워 봤다.

"마왕! 이쪽이다!"

나는 마왕의 등을 향해 「빙설 폭풍^{아이스 스톰}」을 썼다.

불꽃으로 열을 띤 탓에 이 근처의 기온이 굉장해서, 마왕의 주의를 끄는 김에 살짝 온도를 내려두고 싶었다.

하지만 위력이 생각보다 좀 강했다.

피난이 끝난 고위 신관 저택이 있는 구역이 얼음과 눈에 뒤덮이고, 끓어오르던 수로가 얼어붙었다.

역시, 도시 안에서 광범위형 중급 공격 마법을 쓰는 건 위험해 보이네.

"요오오오〇오오오오옹사아아아아ＡＡ아아아아아아아아아아아아!"

마왕이 하얀 숨결을 뱉으면서, 나를 향해 낙뢰 마법을 쏘기에 섬구로 피했다.

전에 봤을 때는 4원소 마법과 그림자 마법뿐이었는데, 지금 보니 대부분의 마법 계통 스킬이 망라되어 있었다.

"……위력이 강하네."

마왕화하여 공격 마법의 위력이 올라갔다.

저쪽의 주의를 끌기만 하다가는, 조만간 엉뚱한 곳에 맞아 사망자가 나오겠어.

"그러면, 이 녀석을 도시 밖으로!"

나는 마왕을 붙잡아 「귀환전이」하기 위해, 섬구로 급속히 접근하여— 중간에 급정지했다.

『주인님, 왜 그래?』

『함정이 있어.』

아까 내가 했던 것처럼, 섬구로 급속한 접근을 노린 함정을 쳐둔 모양이다. 그림자 마법으로 만든 눈에 안 보일 정도로 가는 그림자 칼날의 그물이 마왕을 돔처럼 감싸고 있었다.

위기 감지 스킬과 함정 감지 스킬이 가르쳐주지 않았으면 위험했을 것이다.

뭐 함정이 있다는 걸 알고 있으면 대처할 수 있지.

마법 파괴로 그림자 칼날의 그물을 지우고, 그 다음에 섬구로—.

뛰어들기 직전에, 반사광린이 공격해온다. 하나밖에 없었을 텐데, 반사광린이 차례차례 늘어나 마왕 주위를 빙빙 돌기 시작했다.

마왕이 어두운 보라색 빛을 띨 때마다, 왕관을 장식하는 다섯 보라색 빛이 하나씩 늘어나더니 여덟이 되자 반사광린을 만들고 하나씩 꺼지는 사이클을 반복한다.

아무래도, 자기가 만든 반사광린을 「복사 모방」으로 복제하는 모양이다. 그에 따라서, 마왕의 몸을 뒤덮은 보라색 빛이 점점 검은색으로 탁해진다.

내 정령광은 새발의 피 만큼도 효과가 없네.

"그만둬, 현자! 그 이상 유니크 스킬을 쓰면 원래대로 못 돌아갈걸~."

나나시 어조는 설득에 안 맞는 것 같아.

"크핫, 크하하하하하아아하—."

마왕이 밤하늘을 향해 웃었다.

"—이미 늦었다아."

마왕의 의지에 따라 노호처럼 공격해오는 반사광린을, 나는 성검 두 자루로 비껴냈다.

너무 빠른 속도 때문에 내 이동이 멈추게 되면, 다른 공격 마법이나 저해 마법을 쓰니까 좀처럼 다음 수를 쓸 수가 없어.

늦지 않았다고 말해주고 싶지만, 호흡이 흐트러지면 반사광린을 다 비껴내지 못할 것 같았다.

『노려서, 쏩니다!』

파란 광탄이 반사광린의 소용돌이를 빠져나가 마왕의 측두부에 명중했다.

1회용 가속포의 위력으로는 마왕의 두개골을 관통할 수 없는 모양이지만, 그래도 자세를 바로 잡을 틈은 생겼다.

나는 섬구로 하늘에 날아올랐다.

『고마워, 루루. 나이스 어시스트야.』

『아, 아뇨. 저 같은 건 아직 멀었어요.』

칭찬 받고서 수줍어하는 루루에게 웃음이 나왔다.

"요오오오O오오오오오옹사아아아아AA아아아아아아아아아아아아!"

섬구를 쓴 건지, 한순간에 마왕이 따라왔다. 이대로 성도에서 떼어내 버리자.

나도 섬구로 마왕을 데리고 이동했다. 마왕의 섬구는 너무 먼 거리는 이동할 수 없는 모양이니까, 나를 놓치지 않도록 이동 거리를 조절하면서 밤하늘의 도피행을 계속했다.

"기드아아려어어어어어라아아A아아아아."

내가 정지한 타이밍을 노려서 마왕이 공격 마법을 쏜다.

이동하는 곳 주변에서 여러 개의 화구가 폭발하고, 빙설 폭풍이 앞길을 막으며, 탄막처럼 유도 화살과 전격이 따라온다.

모두 랜덤 궤도의 섬구로 피해냈지만, 저쪽은 포기하지 않고 계속 다채로운 마법 공격을 사용했다.

마법 공격의 틈에 페인트 삼아 내 목을 베려고 반사광린을 날리지만, 그것을 섬구를 구사하여 회피하고 반사광린을 땅바닥에 격돌시켜 무력화했다. 휘말려 들어 절단된 선선 나무가 굵은 줄기에서 분수처럼 물을 뿜으며 쓰러졌다.

"요오오오〇오오오오오옹사아아아아AA아아아아아아아아아아아아아!"

마왕이 뿜어낸 상급 불 마법 「화염지옥」을 섬구로 피했다.

이번에는 정지 시간이 길었던 탓인지 큰 기술이다. 집요한 공격에 질색했지만, 지상에서 보면 분명히 예쁘게 빛나는 것처럼 보이겠지. 이 정도로 마법을 연발하고도 마력 고갈이 일어나지 않다니, 마왕화해서 상당히 마력량이 늘어난 모양이군.

그건 그렇고, 섬구로 술래잡기를 하고 있으니 미래 예측 승부가 되어서 정신적으로 지치네.

화구로 주의를 돌려놓고, 전방에 어둠 마법의 트랩을 걸어두는 건 좀 관둬.

"그러면—."

성도에서 충분히 거리가 떨어졌으니, 마왕의 설득을 해야겠군.

지금까지 마왕은 토벌하는 것 말고 선택지가 없었지만, 마왕 시즈카라는 협력자가 있는 지금은 다른 길도 모색할 수 있다.

"현자! 지금부터라도 늦지 않았으니까,『신의 조각』을 버려~."

"헛소리ㅣ르으으으으을!"

마왕이 외치는 것보다 조금 늦게, 밤하늘에 셋 정도의 마법진이 나타났다.

거기서 정글 위장 같은 색의 와이번 같은 마족이 나타났다.

"크케케케케케, 소용없음이어어요."

"마신님의 가호를 얻은 조각은 원숭이의 영혼에 깊고 깊게 융합해 있음 이어어요오."

"우울증 마왕의 힘이 있어도, 이제 돌이킬 수 없음이이어어요오오."

와이번 중급 마족이 마왕을 부추겼다.

이 녀석들의 말꼬리와 컬러링을 보건대, 녹색 상급 마족의 권속이겠지.

"배시이이이인, 권소오오오오오옥!"

마왕이 뿜어낸 업화가 중급 마족 하나를 일격으로 멸하고, 간신히 도망친 둘이 마왕을 도발하면서 성도 쪽으로 도망친다.

아무래도, 이 녀석들은 마왕을 성도로 되돌리기 위해 온 모양이다.

『사토, 마족.』

『이쪽에서도 보였습니다. 일격으로 쓰러뜨렸으니 하급이라고 생각합니다.』

『포치는 두 개 쓰러뜨린 거예요!』

성도에서 피난 유도를 하는 동료들에게서 차례차례 마족 발견의 보고가 왔다.

공간 마법 「멀리 보기」를 발동하여 동료들 상태를 확인했다.

『살육은 용납 못한다고 고합니다!』

『나쁜 짓 안 돼~.』

피난민을 공격하는 선인장을 의인화한 것 같은 마족의 돌진을 나나가 막아내고, 고슴도치 같은 마족들을 타마가 인술로 행동불능에 빠뜨렸다.

『잘 했습니다! 다음은 맡기세요!』

『노려서, 쏩니다!』

떨어지는 함정에 빠뜨리거나, 그림자로 묶거나, 바람으로 진로를 비껴내 건물에 돌진한 마족을, 리자와 루루가 각개격파했다.

『실프들, 지켜줘.』

『그럴 수는 없다! 그럴 수는 없다아아아아!』

미아의 명령을 받은 작은 실프들이 사람들을 지키면서 유도하고, 이상하게 신이 난 아리사가 공간 마법을 구사하여 동료들이 올 때까지 시간을 벌었다.

여기서 마법으로 지원하기에는 조금 멀다. 나는 동료들을 믿고서 마왕에게 대처하기로 했다.

"일단 방해꾼부터 제거해야지."

스토리지에서 꺼낸 마궁에, 마력 과잉 충전 성시를 두 개 메겼다.

마법란에서 선택한 「가속문」의 마법으로, 성시 앞에 120장의 마법진을 만들었다.

—바람을 읽는 거예요.

루루의 말을 떠올리면서 조정하고, 마족의 미래 위치를 향해 화살을 쏘았다.

"빠르기만 해서는 따라잡지 못함이어—."

"걸음마 걸음마, 이어—."

레이저 같은 궤적을 남기고, 두 개의 성시가 마족을 지워버렸다.

"요오오오오Ｏ오오오오옹사아아아아ＡＡ아아아아아아아아아아아!"

마왕이 활기차게 섬구로 다가와 붙잡으려고 한다.

반사광린의 드레스를 두른 상대와 댄스를 추는 취미는 없어.

저 활기를 조금 깎아내야겠네.

그렇게 생각하여, 마왕이 정지한 순간을 노려 폭축을 썼다.

"크그아아아아아아아아아아아아아!"

직격을 맞은 마왕이 비명을 질렀다.

섬구로 마왕 주변을 이동하면서, 더미인 화염지옥이나 빙설 폭풍이나 전격 폭풍 같은 것을 블라인드 대신 쓰며, 부감 시점에 둔 「멀리 보기」의 시야를 살려서 반사광린으로 반사하기 어려운 폭축의 러쉬로 마왕을 만신창이로 흔들어봤다.

중급 공격 마법 연타로 순식간에 반사광린이 부서진다.

마왕도 자가 회복 스킬을 가지고 있으니까, 죽이지 않는 아슬아슬한 라인까지 공격해봤다.

잠시 으가가각 하던 마왕도 금방 조용해졌다.

"이제 슬슬 마왕 같은 거 그만두고 싶어졌어?"

"사람의 한계를 초월한 마왕이 되어, 역대 마왕 중에서도 손꼽히는 레벨에 이르렀는데, 어째서 네놈에게 닿지 못하는 것이냐."

내 질문에 대답하지 않고, 마왕이 조금 유창해진 어조로 불평을 흘렸다.

뭐 레벨이 배 이상 차이가 나니까 어쩔 수 없지.

"실력차는 알았어? 이제 그만 항복해."

"항복이라고?! 평생에 걸쳐 준비한 계획이 결실을 맺기 직전에 방해를 받아, 그 끝에서 적에게 온정을 받는 일 따위! 그러한 굴욕을 견디면서까지 살고 싶다고 생각하지 않는다!"

마왕이 칠흑의 독기 브레스를 뿜으면서 짖었다.

"이렇게 되면 마지막 수단을—."

—신환인가.

"그걸 쓰면 가차 없이 마무리를 지을 건데?"

유니크 스킬 「신환」으로 소환되는 「마신의 찌꺼기」하고는 되도록 싸우기 싫었다.

솔직히 말해서, 마신옥에 봉인되어 있는 「**무언가**」가 해방되는 패턴이 차라리 마음이 편하다.

불살을 기본자세로 하고 있지만, 절대는 아니야.

동료들의 안전이 훨씬 중요하니까.

"네놈의 초조한 표정을 볼 수 있다면, 이 목숨을 걸어도 아깝지 않다."

우~응, 마왕이 자포자기가 되어 버렸다. 정말로 마무리를 지을 필요가 생길 것 같은데.

가깝게 대화를 했던 상대랑 죽고 죽이는 스트레스풀한 일은 가능하면 피하고 싶다고…….

머리를 굴리며 고민하는 내 귀에, 발치에서 잘 아는 목소리가 들렸다.

"현자 선생님~ 이제 그만해~?"

시선을 발치로 내리자, 내 그림자에서 타마가 고개를 내밀었다.

아마 인술을 쓴 거겠지만, 계속 그림자에 숨어 있지는 않았을 거고, 타고난 좋은 감으로「전술 대화」를 연결하는 라인을 타고 왔다고 생각하는 게 타당할 거야. 가능한지 아닌지는 별개로 치고.

"뭘 하러 왔지."

"항복하고『죄송합니다』, 하자~?"

타마가 적은 어휘로 마왕을 설득하려고 노력했다.

"누가 항복 따위를 하겠나."

"이대로 가면 현자 선생님, 죽어버려~?"

"그게 어쨌다는 거지. 누구나 마지막에는 죽는다. 시즈카가 없는, 지금. 네놈의 인술을 단련시킨 의미도 없어졌다. 양분이 되지 못하는 네놈 따위, 길바닥 쓰레기만큼의 가치도 없다."

"뉴~. 그치만—."

마왕의 폭언에 눈물지으면서도, 타마는 설득을 포기하지 않았다.

전에 타마를 떠미는 말을 했을 때는 타마를 위해 일부러 독하게 행동하는 건가 생각했는데, 지금 하는 말을 들어보니 그는 그냥 악당이라고 판단해도 되겠어.

"—현자 선생님이 죽으면, 타마 슬퍼~."

타마가 또르르르 투명한 눈물을 흘렸다.

이렇게까지 거절을 하는데, 아직도 마왕을 포기 못하는 모양이네.

그러나, 진심이 반드시 통한다고 할 수는 없다.

"그게 어쨌다는 건가? 네놈의 눈물에 가치는 없다. —아니, 레벨 50이 넘는다면 다소의 경험치는 되겠지. 그 용사를 자칭하는 괴물을 쓰러뜨리기 위해, 내 양식이나 되도록 해라!"

마왕이 타마의 머리 위에 특대 낙뢰를 뿌렸다.

"뉴~."

섬구를 써서 타마를 안전권으로 피난시켰다.

등 뒤에서 칠흑의 망토 같은 것이 낙뢰를 빨아들여 무력화하고 있었다.

아마, 저건 어둠 광석의 가루를 사용한 타마의 인술이겠지.

"잔챙이를 처리하는 것도 못하게 한다는 건가……."

"그러니까 말했음이어요. 이 규격에 안 맞는 괴물을 쓰러뜨리려면『신환』밖에 없음이어요."

녹색을 한 작은 박쥐가 마왕의 귓가에 속삭였다.

저건 녹색 마족의 의사체다. 나는 히카루에게 빌린 꿈의 추적 물레를 스토리지에서 꺼내 실을 쏘았다.

"그것밖에 없는 건가."

―위험해.

마왕이 녹색 마족의 말에 넘어가겠군.

"설득하는데 방해돼."

나는 유도 화살로 박쥐를 격추했다.

"섣부른 생각하면 안 돼~. 신환을 쓴 호즈나스 추기경은 소금 기둥으로 변했는걸?"

"사람의 한계를 넘어서지 못한 호즈나스와 똑같이 보지 마라."

"현자 선생님, 안 돼~."

"시끄럽다!"

마왕이 휘두른 팔 끝에서 불꽃의 격류가 나타나, 우리들을 집어삼키고자 공격해온다.

나는「자유 방패」로 불꽃을 받아 흘리고,「빙설 폭풍」으로 불꽃을 상쇄했다.

"뉴!"

마왕이 있던 주변에 거대한 공 모양의 방어 장벽이 생겼다.

게다가, 용사 하야토의 유니크 스킬「무적의 방패」로 강화한 모양이군.

저걸로 신환의 시간을 벌 셈인가?

"타마, 떨어져 있어."

나는 축지로 구형 장벽에 접근하여, 스토리지에서 꺼낸 시험작 용창으로 공격했다.

파란색과 보라색 빛이 격렬하게 맞서더니, 몇 순간 뒤에 구형 장벽을 꿰뚫었다.

"ー진짜냐?"

구형 장벽의 안쪽에 또 구형 장벽이 있었다.

마왕이 여러 장의 구형 장벽을 거듭해 걸고, 각각에 모두 「복사 모방」으로 카피한 「무적의 방패」를 걸어 강화한 모양이다.

적층화된 구형장벽 너머에서, 마왕의 발치에 어두운 보라색의 마법진이 나타났다.

저건 「신환」을 위한 소환진이 틀림없다.

"타마! 내 곁으로 와! 안전권으로 보내줄게."

나는 시험작 용창으로 구형 장벽을 파괴하는 걸 반복했다.

"그치만~."

언제나 순순한 타마치고는 드문 일이군.

"뒷일은 맡겨둬."

"……네잉."

고개를 끄덕인 타마에게 유닛 배치를 써서 아군 영역으로 전송했다.

혼각화환도 없이 유닛 배치를 쓴 게 들키면 아리사에게 혼날 것 같지만, 지금은 비상사태니까 용서해주면 좋겠다.

시험작 용창만으로는 속도가 늦어서, 리자의 마창 도우마를 개조할 때 만든 용아 코팅의 용조 단검도 써서 페이스를 올렸다.

—위험해.

어두운 보라색의 빛기둥이 하늘로 뻗었다.

소환이 최종단계다.

앞으로 몇 장만—.

"이미 늦은 것임이어요. 『신환』은 이루어졌음이어요."

녹색 마족으로 보이는 도마뱀붙이 아바타를, 구형 장벽을 파괴하는 손을 멈추지 않고 레이저로 소멸시켰다.

기껏 이어놓은 실이 끊겼지만 어쩔 수 없지.

"앞으로 한 장!"

마지막 구형장벽을 눈앞에 두었을 때, 그것이 안쪽에서 터지며 사라졌다.

빛기둥 안에서 칠흑의 무언가가 내려와, 마왕이 그것에 손을 뻗었다.

—작네?

마왕의 손바닥에 쏙 들어가는 크기다.

게다가 얇다. 마치 칠흑의 양피지로 보인다.

"……뭐, 뭐냐 이것은."

양피지 위에 마법진이 나타나고, 실루엣으로 여자애 같은 모습이 떠올랐다.

『소환 시스템을 이용해 주셔서 참으로 감사합니다— 이 지역은 서비스 대상 지역이 아니기 때문에, 소환 리퀘스트를 캔슬했습니다. 이용 요금의 징수도 이루어지지 않으니 안심해 주십시오.

앞으로도 서비스 지역 확충에 노력하겠으니, 양해를 바랍니다.」

실루엣 여자애가 음성 합성 소프트 같은 목소리와 억양으로, 신화시대어의 긴 말을 읽었다.

마신이 준비한 거겠지만, 휴대전화 서비스 지역 같은 취급은 좀 어떤가 싶은데.

뭐 「마신의 찌꺼기」가 내려오지 않는 건 대환영이지만.

"아~ 역시 꽝이었음이어요."

하급 마족이 전이로 나타났다.

또 녹색 마족의 아바타다.

"꽝이라는 건 무슨 말이냐!"

"말 그대로의 뜻임이어요. 다음에 기대하는 것이어요네."

녹색 마족의 아바타가 짧은 손으로 마왕의 어깨를 톡 두드렸다.

"다음이라고? 이미 신환은 잃었다! 나에게 다음 기회 따위는 없어!"

마왕이 피눈물을 흘리며 발을 굴렀다.

짜증을 섞어 양피지를 찢고자 했지만, 아무리 힘을 주어도, 마왕의 손톱으로 찢으려 해도 생채기 하나 안 난다.

"소용없음이어요. 그건 불괴 속성이 있음이어요."

녹색 마족의 말을 들은 마왕이, 그것을 뭉쳐서 땅바닥에 팽개쳤다.

"아~ 그건 위험함이어요?"

"그건 무슨—."

마왕이 물어보는 도중에, 땅바닥이 칠흑으로 물들었다.

나는 반사적으로 섬구를 썼다. 마왕도 섬구를 쓰고자 한 것 같은데, 땅바닥에 매몰된 발을 빼지 못해서 늦었다.

—으엑.

칠흑으로 물든 땅바닥에서, 무수한 손이 마왕에게 뻗었다.

위기 감지 스킬이 가르쳐준다. 저건 「마신의 찌꺼기」에 필적하는 위험한 녀석이다.

"우오오오오오오오오오오오!"

죄다 실루엣뿐이지만, 사람의 손, 짐승의 손, 물고기의 지느러미, 도마뱀의 손, 새의 발, 곤충의 다리 같은 갖가지 형태를 한 손발이 마왕을 붙잡고 땅바닥으로 끌어들였다.

"현자! 손을 뻗어!"

구할 가치 따위 없는 상대지만, 이런 녀석이라도 죽으면 타마가 슬퍼한다.

마왕이 내가 뻗은 손을 잡으려고 했지만, 직전에 내 손을 떨쳐냈다.

"네놈의 도움 따위 필요 없다!"

마왕은 무수한 손을 제거하는 것보다 나를 떨치는 걸 우선했다.

내 「이력의 손」을 어둠 마법으로 떨쳐내고, 다가오지 못하게 수많은 공격 마법으로 나를 공격했다.

"나는 인류의 한계를 넘은 존재다! 나는 현자! 내가 바로 현자! 현자 솔리제로인 것이다!"

섬구로 공격 마법을 빠져나가려 했지만, 그게 결코 시간에 맞출 수 없다는 걸 나도 알고 있었다.

눈앞에서 무수한 손발에 뒤엉켜 붙잡힌 마왕이 땅바닥 안으로 삼켜지며 사라졌다.

칠흑의 땅바닥도 조수가 빠지는 것처럼 본래의 모래색으로 돌아갔다.

"일족 부흥을 바란 원숭이의 말로는 가여운 것임이어요."

녹색 마족의 아바타가 마왕이 사라진 대지를 내려다보며 비웃었다.

당장이라도 쓰러뜨리고 싶지만, 아직 물어보고 싶은 게 있다.

"방금 그건 뭐지? 마왕은 어디로 끌려갔어?"

"어라라라, 어조가 다른 것임이어요?"

녹색 마족은 뜸을 들이는 것처럼 파닥파닥 내 주위를 날아다닌 다음, 다음 말을 이었다.

"저건 마신님이 둔 옥지기임이어요. 마왕은 지금쯤, 진짜 『마신옥』 안에서 다른 죄인들과 지옥의 풀코스를 즐기고 있을 것임이어요."

마신옥의 봉인을 풀려고 했던 현자가 마신옥의 죄인이 되다니 참으로 얄궂기도 한 일이다.

◆

"이번엔 이걸로 끝이어요."

녹색 마족이 제멋대로 말했다.

"옥지기가 깨어난 이상, 앞으로 100년은 다가갈 수 없음이어

요네. 섣불리 다가갔다간, 봉인을 풀기는커녕 원숭이랑 같은
길로 빠짐이어요."

마족의 말 따위 얼마나 믿을 수 있을지 모르지만, 방금 그
「손」을 보니 그렇게 틀린 건 아닌 것 같다.

"이번에는 네가 이겼음이어요."

녹색 마족이 나를 비웃는 것처럼 짝짝 박수를 쳤다.

"하지만, 다음은 양보하지 않음이어요. 다음은 물량과 다방면
작전으로 네 허를 찔러줄 것이어요."

"나도 말해둘게. 너한테 다음은 없어."

녹색 마족이 하급 마족의 아바타로 나타났을 때, 꿈의 추적
물레를 썼다.

나는 실을 더듬어서, 실 끝에 있는 극소의 각인판을 향해 「귀
환전이」했다.

거대한 마법 장치에 몸을 결합시킨 녹색 마족이 눈앞에 있었다.

"어, 어떻게 여기를 알아냈음이어요!"

시간을 벌려고 녹색 마족이 소란을 떨었지만, 천재일우의 기
회를 놓칠 생각은 없다.

나는 전이하기 전에 이미 준비를 마쳤다.

"체크―."

칠흑의 신검을 빛보다 빠르게 휘둘렀다.

"―메이트다."

승리의 선언을 마치기 전에 녹색 마족의 운명이 다하고, 파리
온 신국과 갖가지 나라를 혼돈으로 이끈 만악의 근원은 검은 안

개가 되어 사라졌다.

에필로그

"사토입니다. 세상에는 잘 되지 않는 일이 많습니다만, 그래도 가족과 친구가 곁에 있으면 극복할 수 있는 일도 많다고 생각합니다. 괜히 포기하지 말고 긍정적으로 노력하는 게 제일이네요."

"악의 소굴이라는 말밖에 안 나오는 장소군……."

AR 표시되는 로그로 녹색 마족의 토벌을 확인한 다음, 나는 그제야 천천히 녹색 마족의 거점을 둘러볼 여유가 생겼다. 그 감상이 지금 그 말이다.

기묘하게 유기적인 라인을 한 금속질의 소재로 만들어진 구조물이 광대한 공간에 펼쳐져 있었다.

녹색 마족이 이어져 있던 거대한 마법 장치는, 녹색 마족을 잃어서 부서진 모양인지 생물처럼 급속하게 썩어서 무너졌다.

"하급 마족이 몇 마리 있나?"

모든 맵 탐사의 마법으로 맵 안에 적이 있는 걸 알고서, 「유도 화살」과 「광선」 마법으로 섬멸했다.

시야 구석에서 로그가 굉장한 속도로 흐르기 시작했다.

맵 안의 적을 모두 섬멸했으니, 「전리품의 자동 회수」 발동 조건을 만족한 거겠지.

힐끔 봤는데, 독기를 모으는 항아리나 장식품, 마족을 소환하는 알이나 사람을 마족으로 바꾸는 짧은 뿔과 긴 뿔 같은 몹쓸 아이템들뿐이다. 녹색 마족 폴더를 만들어서 거기에 동결시켜야겠군.

나는 로그가 멈춘 것을 확인하고 바깥에 나왔다.

"—영역 밖인가?"

귀환전이로 왔으니까, 파리온 신국 안일 거라고 생각했는데.

파리온 신국의 남관문령에 인접한 마물의 영역 중 하나인 모양이다.

"여기는 파괴해둬야겠네."

마족들이 재이용하려고 할지도 모르니까. 나는 주조 성검에 충전해둔 마력을 빨아들이며, 위력이 높은 폭렬 마법 「폭렬」을 연타하여 지하 구조물을 가루가 되도록 파괴했다.

재조사를 할지도 모르니까, 이 장소에 마커를 달아둬야겠어. 만약을 위해서.

맵 안에 비슷한 거점이 없는 걸 확인하고서, 나는 동료들 곁으로 돌아가기로 했다.

◆

"—타마."

타마를 피난시킨 가설 거점으로 가자, 무릎을 끌어안은 타마가 퍼뜩 고개를 들었다.

"주인님~."

나를 발견한 타마가 다다다 달려왔다.

"현자 선생님은…… 안 됐어~?"

"현자라면, 옥지기한테 붙잡혀서 마신의 감옥에 들어가 버렸어."

눈에 눈물을 짓고서 물어보는 타마의 머리를 쓱쓱 쓰다듬으며 사실대로 말했다.

"뉴~?"

타마가 고개를 갸웃거렸다.

의미가 제대로 전달이 안 된 모양이네.

"잘 살아 있다는 거야."

"뉴!"

타마가 눈가를 닦고 나를 올려다보았다.

"또 만날 수 있어~?"

"우~응, 어떨까 모르겠다. 면회는 못 가니까, 출소할 때까지는 무리일까?"

"유감~."

타마가 풀이 죽었지만, 웃음을 되찾았으니 좋다 치자.

『주인님, 타마가 행방불명이야. 그쪽에 안 갔어?』

아리사에게서 「무한 통화」가 왔다. 그러고 보니 마왕이랑 전투할 때 「전술 대화」가 풀려버렸지.

『와 있어. 상처는 없으니까 안심해. 이쪽은 끝났으니까 지금부터 데리고 돌아갈게.』

『그래, 다행이야. 성도의 피난은 끝났고, 도시 안에 마족 잔당이 없는지 신전기사들이 조사하러 갔어. 민간인 피해는 있지만, 사망자는 없는 것 같아.』

『그거 불행 중 다행이네.』

『응, 마왕이 날뛰었는데도 피해가 적은 건 신의 가호라고 하면서, 파리온 신이나 용사에 대한 감사의 기도를 올리고 있어.』

종교 국가다운 반응이군.

『그렇지. 성도에 돌아갈 거면, 대성당에 숨어주지 않을래?』

『상관없지만, 이상한 주문이네.』

『추기경이랑 성녀 할머니가 자기들 목숨을 구해준 주인님을 구조하러 간다면서 말을 안 들어. 신전기사 한 부대를 대성당으로 보내버렸어.』

노성녀는 순수하게 은혜를 갚기 위해서겠지만, 추기경은 교역이 얽힌 이야기가 취소되면 곤란하기 때문일까?

『알았어. 그러면, 대성당에서 기다릴게.』

나는 통화를 마친 뒤에 타마를 데리고 몇 번의「귀환전이」를 해서 성도로 돌아갔다.

전이처는 대성당에서 조금 떨어진 장소라, 거기서부터 스토리지에서 꺼낸 투명망토를 입고서 천구로 대성당에 갔다.

대성당 주위를 신전기사들이 조사하고 있기에, 부서진 돔 부분으로 안에 들어가 적당한 타이밍에「위장」스킬로 옷과 얼굴을 더럽히고서 타마와 둘이서 대성당 바깥에 나왔다.

"펜드래건 경!"

"주인님!"

아리사 일행이 온 건 알고 있었지만, 추기경까지 함께 왔을
줄은 몰랐네.

"걱정을 끼쳐서 죄송합니다."

"무사해서 다행이야! 생명의 은인이 생매장을 당한 상태로는
체면이 안 서니까."

추기경이 괜히 강하게 말했다.

『말은 저렇게 하지만, 방금 전까지 주인님을 반드시 구해내라
고 필사적인 표정으로 부하들한테 명령하고 있었어.』

아리사가 웃음을 참으면서 원거리 통화로 가르쳐 주었다.

아무래도, 현자와 싸우는데 끼어든 것을 조금은 감사해주는
모양이군.

"오빠."

가마를 탄 노성녀까지 찾아왔다.

"성녀님! 아직 성도 안은 위험하옵니다."

"괜찮아, 도비. 신께서 괜찮다고 가르쳐 줬으니까."

가마를 땅바닥에 내리고, 「영차」하며 앳된 소리를 중얼거리
며 노성녀가 땅에 내려섰다.

"고마워, 오빠. 신께서 『고마워』라고 전해달래."

노성녀가 하늘로 양손을 들면서 고하자, 하늘에서 눈처럼 파
란 빛이 내려왔다.

용사 하야토가 마왕을 토벌했을 때나 일본으로 귀환했을 때
파리온 신이 내린 빛이랑 비슷하다.

"저건!"

"큰일."

아리사와 미아도 같은 연상을 했는지, 내 다리에 꼭 달라붙었다.

나는 그런 두 사람의 머리를 웃으면서 쓰다듬었다. 아무리 그래도 아무 말 없이 일본으로 송환하지는 않을 거야.

—고마워.

감사가 가득한 앳된 목소리가 마음에 닿았다.

>칭호 「파리온이 인정한 자」를 얻었다.
>칭호 「파리온의 증거」를 얻었다.
>칭호 「파리온의 사도」를 얻었다.
>칭호 「축복: 파리온 신」을 얻었다.

아무래도, 파리온 신국의 미션이 끝난 모양이군.

이것저것 획득한 칭호를 순서대로 보았다.

처음 건 그렇다 치고, 두 번째는 의미를 잘 모르겠다. 세 번째 칭호인 사도라는 건 된 기억이 없으니 삭제해주면 좋겠을 정도다. 마지막의 축복이라는 것은, 분명히 용사 하야토도 가지고 있었을 텐데. 공도 테니온 신전에서 세례를 받았을 때는 튕겨나갔는데, 이쪽에서는 문제없이 얻을 수 있는 모양이군.

"오오……."

파란 빛이 사라지자 그제서야, 신음 소리도 못 내고 굳어 있던 추기경 일행이 움직이기 시작했다.

"방금 그것은 파리온 신의 성광이 틀림없다!"

"용사도 아닌 펜드래건 자작이, 파리온 신께 직접 축복을 받았다!"

"새로운 성인의 탄생이다!"

노성녀 말고 다른 사람들에게는 예상 밖의 일이었는지, 신전기사들이 한쪽 무릎을 꿇고서 하늘에 기도하고, 추기경과 다른 신관들도 감동의 눈물을 흘리면서 기도를 바쳤다.

"파리온 신께 직접 축복을 받다니!"

"성인의 탄생을 축하해야 합니다!"

추기경과 측근이 묘하게 신이 난 모습을 보이며, 「할 일이 생겼다」고 말하더니 물러갔다. 신전기사들도 추기경을 따라갔다. 특수한 형태로 파리온 신의 신탁을 행한 노성녀는 지쳐서 잠든 모양인지, 종자들이 가마에 태워 성녀궁으로 데리고 갔다.

주위에 사람들이 없어져서, 드디어 우리는 서로가 무사한 것을 축하할 수 있었다.

"타마! 멋대로 어딘가 가면 안 된다고 했었죠!"

"그런 거예요! 포치는 아주아주 걱정한 거예요."

"죄송합니다~."

리자와 포치 앞에서 타마가 몸을 굽히며 사과했다.

"드디어 평화로워진 느낌?"

"그렇네."

마왕의 위협은 물러갔고, 마족도 당분간 건드리지 않을 거야.

파리온 신국은 부흥으로 힘들겠지만, 자재 조달과 금전면으로도 조력할 거니까 노력해주면 좋겠다.

여기는 현지 사람들에게 맡기고, 우리는 「재능 건네기」에서 구해낸 사람들 곁에 가보기로 했다.

◆

"엘프님! 아리사 선생님!"

마법 교실의 아이들— 지무자와 아브루가 미아와 아리사와 재회한 걸 기뻐했다.

"귀족님! 나야! 라이트야!"

라이트 소년이 인파 너머에서 붕붕 손을 흔들며 다가왔다.

"—라이트?"

가까운 곳에서 라이트 소년의 이름에 반응하는 사람이 있었다.

마구 자란 머리칼과 수염이 얼굴 대부분을 가리고 있지만, 살짝 보이는 까끌거리는 모래색 맨살이 라이트 소년과 같은 모래 종족의 특징을 드러내고 있었다.

그 남성이 인파를 헤치고 라이트 소년 쪽에 필사적으로 다가왔다.

"어? 아저씨 누구?"

"나다! 라이트으으으으으!"

남성이 머리칼을 손으로 쓸어 올렸다.

"아빠! 아빠아아아아아아!"

라이트 소년이 사람들 위로 기어오르며, 인파를 헤치고 아버지 쪽으로 달려갔다.

"아빠, 정말로 아빠다아아아아아아!"

"라이트! 라이트흐으으으으으으으!"

라이트 소년과 아버지가 눈물과 콧물로 얼굴이 범벅이 되면서 얼싸 안고 재회를 기뻐했다.

AR 표시에 나타난 라이트 소년 아버지의 이름을 보고 놀랐다.

"유우사쿠 씨?"

"아아, 그래. 당신, 누구지? 만난 적 있던가?"

라이트 소년이 이유스아크라고 했었는데, 사실은 유우사쿠였나보다. 그는 마왕 시즈카가 말했던 전생자 중 한 명이다.

그에게서 조금 더 이것저것 묻고 싶었지만, 지금은 라이트 소년과 재회를 만끽해주면 좋겠다.

"―젊은 나리."

목소리에 돌아보자, 커다란 배낭과 누더기 주머니 2개를 든 피핀이 있었다.

"최하층의 광산 구역에서 일하고 있던 녀석들도 구해냈어."

"고마워, 피핀. 그건 쿠로 공에게 부탁 받은 범죄의 증거야?"

"그래, 양이 많아서 큰일이야."

"그러면, 이걸 빌려줄게."

나는 격납 가방에서 꺼낸 용량이 작은 「마법의 가방」을 피핀에게 건넸다.

스토리지에 잔뜩 사장되어 있거든.

"오?! 이거 고맙네."

"신경 안 써도 돼. 이번에는 우리도 이래저래 신세를 졌으니까."

오히려 쿠로로서 임무를 의뢰했을 때, 「물질 전송」의 마법으로 「마법의 가방」을 지급해둘 걸 그랬다.

"현자 자식은 어떻게 됐어?"

"대성당에서 날뛰는 걸 막느라 힘들었어. 용사 나나시 님이 구해주지 않았다면 위험했지."

"용사님이 오셨구만. 그러면, 괜찮겠군."

기분 탓인지, 피핀의 충성도는 나나시보다도 쿠로 쪽에 큰 것 같다.

뭐 둘 다 나니까 딱히 상관없지.

"재능 건네기 의식에 참가했던 녀석들 말인데, 태반은 아직 현자 자식을 믿고 있는 것 같은데?"

경험치 공장에서 강제노동을 하고 있던 사람들마저도, 몇 할 정도는 현자를 계속 믿고 있다고 한다.

현자는 정신 마법을 가지고 있었으니, 그거랑 인심 장악술을 병용해서 사람들을 심취하도록 만든 게 아닐까 싶었다.

일단은 식사와 휴식을 준 다음 현자에게 정이 떨어진 사람들이나 보호를 바라는 사람들을 가장 가까운 도시까지 데리고 가서, 몸을 맡길 곳이 있는 사람은 거기까지 가는 여비를 주고 갈 곳이 없는 사람은 서관문령의 에치고야 상회 지점에서 고용하면 되겠지.

이제부터 시가 왕국과 파리온 신국의 무역 거점을 만들 거니까, 일자리가 산더미처럼 생길 거야.

현자를 믿고 있는 사람들의 케어는 추기경을 비롯한 파리온 신국 사람들이 열심히 해줘야겠다. 그대로 두면 현자의 후계자를 사칭하는 녀석들이 나왔을 때 먹잇감이 될 수 있어.

◆

"—시즈카."

사람들을 야영지에서 진정시킨 다음, 우리는 신기루 도시에 찾아왔다.

"교황의 상태는 어때?"

"할아버지라면 자고 있어. 아직 의식은 안 돌아왔지만, 호흡은 진정됐어. 이제 괜찮을 거야."

가옥 하나에서 교황을 간병하고 있던 마왕 시즈카가 돌아보았다.

"그래서, 그쪽 애들은?"

마왕 시즈카가 입구 쪽을 가리켰다.

거기에는 토템폴처럼 얼굴을 내민 동료들이 있었다.

황금 갑옷을 입고 있어서 조금 초현실적이다. 바깥에서 기다리라고 했는데, 안쪽 상황이 신경 쓰여서 들여다보는 거겠지.

"들어와."

내가 손짓하자, 연소자 팀을 앞세우고 연장자 팀이 이어서 들어왔다.

"당신의 하렘?"

"내 동료야. 가족 같은 걸까?"

여성들만 있는 동료들을 보고 마왕 시즈카가 오해를 하기에, 올바른 정보를 전달했다.

"일단, 자기소개를 하자."

나는 용사 나나시의 복장을 풀었다.

『자, 잠깐 정체를 보여줘도 돼?』

놀란 아리사가 원거리 통화로 태클을 걸었다.

『괜찮아.』

마왕 시즈카가 현자나 마왕 신봉자 편을 드는 일은 없을 거고, 함부로 소문을 떠들고 다니는 타입이 아니다.

그리고 마왕인 그녀의 신뢰를 얻기 위해서는 정체를 밝히고 이쪽의 약점을 쥐어주는 게 제일일 것 같단 말이지.

나는 마왕 시즈카를 돌아보았다.

"나는 사토 펜드래건 자작. 시가 왕국의 무노 백작령 가신이고, 관광 부대신을 맡고 있어."

"펜드래건? 관광 부대신?"

이 세계에 안 어울리는 단어에 마왕 시즈카가 되물었다.

"나는 아리사. 당신이랑 같은 전생자야."

나를 따라 아리사도 베일과 금발 가발을 벗어 보라색 머리칼을 보여주며 이상한 포즈로 자기소개를 하고, 다른 애들도 그에 따르는 형태로 투구와 베일을 벗으며 순서대로 자기소개를 했다.

아리사가 이상한 포즈를 한 탓인지, 연소자 팀과 나나가 그걸 흉내 내고, 리자와 루루까지 부끄러워하면서도 포즈를 취하는 게 귀여웠다. 부끄러워하는 리자의 모습은 꽤 희귀하니까.

"나는 시즈카. 마왕이야."

"""—마왕!"""

시즈카의 자기소개에, 리자와 나나가 초반응하고 아리사 말고 다른 애들도 전투태세를 취했다.

"기다려, 기다려! 얘는 괜찮아!"

아리사가 황급히 양자 사이에 끼어들었다.

살의를 받은 마왕 시즈카는 「얘?」라고 말하며 고개를 갸웃거렸다.

"하지만, 아리사. 마왕은 반드시 쓰러뜨려야 하는 상대가 아닐지?"

"아니라니까."

곤혹스러워하는 리자를 아리사가 설득했다.

"나도 쓰러뜨려야 한다고 생각하는데?"

당사자인 마왕 시즈카가 그런 말을 했다.

"에잇! 남의 일처럼 말하지 마!"

"마왕이 되면, 이제 못 돌아가. 그 녀석도 독기를 수집할 수 있어서 편리하다고 했었어."

마왕 시즈카가 울적한 표정으로 아래를 보았다.

그녀의 말을 듣고 독기시로 확인했는데, 분명히 그녀의 몸에서 슬그머니 독기가 흘러나왔다.

마왕화를 했기 때문인가? 아니면 영혼의 그릇이 부서진 탓일까?

—어라?

엘릭서를 마신 교황의 몸에서는 독기가 안 나온다.

"잠깐 이거 마셔볼래?"

"알았어."

마왕 시즈카가 내가 건넨 엘릭서를 주저 없이 들이켰다.

여전히 망설임이 없군.

"—흐으으윽!"

마왕 시즈카의 몸을 따라 몇 장의 마법진이 나타나고, 몸과 영혼을 수복한다.

그녀의 몸에서 흘러나오던 독기가 사라졌다.

"혹시 엘릭서?"

"그래."

어깨를 들썩이며 숨 쉬는 마왕 시즈카에게 대답하고, 그녀의 몸을 관찰했다.

잠시 기다려도 다시 독기가 흘러나올 기색은 없다.

"미아."

"응, 괜찮아."

독기에 민감한 미아도, 고개를 끄덕여 주었다.

시즈카의 칭호는 여전히 「마왕」이다. 조금 기대했지만 엘릭서를 마신 정도로 마왕의 칭호가 사라지진 않는 모양이군.

"이걸로 독기가 흘러나오는 일은 없어. 사람들 거주지에 살아도, 주변 사람들과 농작물에 악영향은 없어."

"그래, 고마워."

마왕 시즈카는 그다지 기쁜 기색이 아니다.

"괜한 일이었어?"

"농작업에 영향이 없는 건 기쁘지만, 사람들 사는 곳은 거북해. 지난 생에도, 뒤바뀐 아이로 태어난 이번 생도, 다른 사람한테 제대로 된 추억이 없으니까."

"포치도 『뒤바뀐 아이』인 거예요!"

"타마도~?"

포치와 타마가 활기차게 말했다.

"너희들도?"

"네잉!"

"인 거예요!"

마왕 시즈카가 눈부신 기색으로 둘을 보았다.

"이 애들을 보고 있으니, 다시 한 번 제대로 살아가야겠단 생각이 들어."

"가고 싶은 장소가 있다면 바래다줄게."

"아직 사람들 틈에서 사는 건 저항이 있으니까, 어딘가 모르는 도시 근처에 오두막이라도 만들어 살고 싶어. 어디 좋은 장소 있어?"

마왕 시즈카는 고향에 돌아가기 싫은 모양이다.

"비밀기지."

미아가 조용히 중얼거렸다.

"아~! 거기라면 좋겠다!"

"응, 청량."

아리사와 미아가 웃으며 고개를 끄덕였다.

"一비밀기지?"

"정령 웅덩이에 있는 거점이야."

마물이었던 긴 다리 거미 게가 환수가 될 정도니까, 마왕 시즈카에게서 「마왕」의 칭호가 떨어질지도 모른다.

마왕 시즈카도 좋아하는 것 같기에, 「귀환전이」를 반복하여 비밀기지로 이동했다.

"一예쁜 장소네."

아침 해가 비추는 비밀기지의 풍경을 보고, 마왕 시즈카가 감탄의 한숨을 흘렸다.

비밀기지는 거주성을 그다지 생각하지 않았으니, 연못가에 복합 마법 「집 제작」으로 다른 집을 만들기로 했다.

"집을 세운다면, 이쯤이 좋을까?"

마왕 시즈카에게 확인했다.

"어디보자一 조금만 더, 저 커다란 나무 근처가 좋겠어. 오두막은 직접 만들 테니까, 공구를 빌려줄 수 있어?"

"일요 목공의 공구는 물론 준비할 거지만, 집은 내가 세울 테니까 괜찮아. 이런 느낌이면 될까?"

나는 빛 마법 「환영」으로 집 샘플 화상을 표시했다.

숲 속에 있는 마녀의 집 〔영국풍〕 같은 느낌을 이미지 해봤다.

"귀여워. 조금 더 독일풍으로도 괜찮아? 이런 느낌의 창문에

다, 입구는 이런 식."

마왕 시즈카가 적당한 막대로 땅바닥을 그어 그림을 그렸다.
꽤 잘 그리네.

"오우, 그레이트~?"

"아주 잘 그리는 거예요!"

그림을 본 타마와 포치가 흥분했다.

나는 마왕 시즈카의 그림을 참고하여 이미지 영상을 수정했다.

"응, 그런 느낌! 안은 이런 식이 좋겠어."

땅바닥에 슥슥 그림을 그린다. 생각보다 구체적이다.

"시즈카는 만화가였어?"

"상업이 아니라 동인. 업계에서는 꽤 유명했어."

마왕 시즈카가 조금 자랑스럽게 말했다.

"아리사, 부녀자 동료가 늘었네."

"누, 누구?"

마왕 시즈카가 비밀기지에 나타난 히카루를 보고 놀랐다.

"나는 히카루. 사토의 소꿉친구야. 잘 부탁해!"

"자, 잘 부탁해."

"나는 읽는 거 전문이니까, 그리는 사람이 와줘서 기뻐!"

마왕 시즈카의 손을 잡고 히카루가 붕붕 흔들었다.

"아, 알았으니까 손 놔줘."

히카루의 기세에 쭈뼛쭈뼛하던 마왕 시즈카가, 휘청거리며
이쪽으로 왔다.

"어, 어떻게? 어째서, 방금 설계한 집이 생겨 있어?"

"바깥뿐이야. 안쪽은 침대 말고는 최소한이니까, 히카루랑 왕도에서 구해줘."

히카루랑 함께 가면, 왕도에서 장을 보는 것도 괜찮겠지.

만약을 위해 히카루랑 함께가 아니면 왕도의 전이 거울을 쓰지 못하게 해두었지만, 좀 지나면 그녀 혼자서도 전이 거울을 쓸 수 있게 하고 싶다. 히카루랑 이어지는 긴급 통지기를 건네두면 비상시에도 괜찮을 거야.

"사토, 당신은 대체……?"

마왕 시즈카가 멍한 표정으로 나를 보았지만, 어떻게 대답해야 좋을지 망설여져서 일본인다운 웃음으로 얼버무렸다.

"안에 들어가도 돼~?"

"포치도 안이 신경 쓰이는 거예요!"

"그, 그래."

허가를 받은 동료들이 즐겁게 들어갔다.

"이상적인 집이야……."

마왕 시즈카는 동료들과 함께 들어가지 않고, 바깥쪽을 바라보며 감개에 젖어 있었다.

"여기서 내연녀로 살게 되는 걸까?"

마왕 시즈카의 혼잣말을 엿듣기 스킬이 포착했다.

"쇼타 애인. 범죄 같지만 그건 그거대로 좋은데."

아리사와 죽이 맞을 것 같은 내심이 흘러나왔지만, 못 들은 걸로 했다.

새로운 주거지가 어떤지 시험하는 의미를 담아서, 오늘 아침 식사는 마왕 시즈카가 만든 요리가 되었다. 루루와 리자의 도움은 받아줬지만, 내가 주방에 서는 건 「남자애는 바깥」이라고 말하며 거부했다. 젠더 차별은 좋지 않다고 생각하는데.

"그렇지, 히카루. 물레 고마워. 덕분에 녹색 상급 마족을 쓰러뜨렸어."

"어? 정말로?"

히카루가 눈을 깜빡거리며 놀랐다.

"그 도망치는 게 빠른 『녹색』을 용케 몰았네."

"그 녀석의 주의가 흐트러지는 일이 이것저것 있었던 덕분이야."

나는 히카루에게 인사를 하고 「꿈의 추적 물레」를 그녀에게 돌려주었다.

"이걸로 밋치도 천국에서 만족할 거야."

히카루는 꿈의 추적 물레를 만든 마법 도구사의 이름을 말하며 고개를 끄덕였다.

"기다리셨습니다. 아침 밥 다 됐어요."

루루와 리자가 커다란 그릇을 들고 집에서 나와, 정원에 만든 테이블에 요리를 놓았다.

혼자 사는 용도로 설계한 집이니까, 이 인원이 들어갈 정도로 식당이 넓진 않았단 말이지.

평소처럼 아리사의 「잘 먹겠습니다」의 신호로 아침 식사가 시작됐다.

거기까지는 좋은데—.

"헤~ 세계가 달라도 장르의 유행과 쇠퇴는 그렇게 변하지 않는구나."

"작품명은 꽤 다른 느낌이네. 시즈카 씨는 어떤 계통 좋아해?"

"생각보다 뭐든지? 근육이 울퉁불퉁한 거나 능욕계는 조금 거북해. 슈트 모에니까 오피스 연애물이나 상사와 부하 BL도 좋아하고. 오네쇼타는 손을 대기 시작한 참이라서 좀 얕아."

"그래그래. 좋아좋아."

히카루, 마왕 시즈카, 아리사 셋이 동인 이야기로 신이 났다.

다른 멤버는 잘 이해를 못하는 모양인지, 머리 위에 물음표 마크를 띄우고 있었다.

나는 동료들을 재촉하여 마왕 시즈카의 요리에 젓가락을 댔다. 그녀의 요리 실력은 일품이라고 할 정도는 아니었지만, 요리 스킬이 없다고 생각하기 어려울 정도의 실력이다.

"자기가 그리는 것도 같은 장르?"

"그쪽은 거의 다 전연령이야. 지난 생은 스무 살로 끝나버렸으니까."

"그렇구나~. 시즈카 씨가 있던 일본에서도 그거 있었어? 그게 정식명칭은 뭐였더라~."

"─스무 살?"

아리사가 뭔가 대미지를 받고 있었다.

히카루와 마왕 시즈카는 그것을 깨닫지 못하고 코어한 토크를 펼쳤다.

아침 식사가 끝나도 이야기가 부족한 기색이기에, 뒷일은 히카루에게 맡기고 우리는 파리온 신국으로 돌아왔다.

◆

"성도 파리온의 사람들이여!"

용사 나나시의 모습이 된 나는 대성당 상공에서 연설을 했다.

신기루 도시에서 회수한 자자리스 교황은 성녀궁의 노성녀에게 맡겼다. 그녀라면 선량하고, 파리온 신국의 넘버 2인 도브나프 추기경하고도 친하니까 잘 해줄 거야.

"자자리스 교황으로 둔갑해 있던 사악한 마족은 퇴치했다. 너희들이 경애하는 자자리스 교황은 무사하다!"

내가 말하자, 대성당에 모여들었던 사람들이 대환성을 질렀다.

"성하는! 성하는 어디에!"

"지금은 신의 곁에서, 마왕에게 받은 상처를 치유하고 있다. 치료가 끝나면, 그대들 앞에 모습을 보일 것이다."

이런 부분의 대사는, 성녀궁에 있던 추기경과 맞추어둔 내용이었다.

용사 나나시 어조로는 전달이 어려우니까, 추기경이 준비한 대본을 읽는 형태가 됐다.

"성하가 마왕으로 변했다고 누군가 말을 했었어!"

누군가 외쳤지만, 주위에 있던 사람들에게 「불경하다!」라거나 「너는 마왕 신봉자냐!」라는 말을 들으며 사방에서 두들겨 맞았다.

"신도들이여!"

나를 대신하여 추기경의 연설이 시작됐다.

그것을 흘려들으며, 파리온 신국의 이후에 대해서 조금 생각했다.

마왕화의 영향이 남았으니 교황이 복귀하는 건 절망적이라고 생각한다. 교황이 회복하면 사람들에게 얼굴을 보여주어 안심시킨 다음에 은퇴하고, 북관문령에 있는 풍광이 미려한 저택에서 여생을 보내게 된다고 한다.

새로운 교황은 사제 이상의 성직자가 투표로 정하게 된다고 추기경이 말했다. 그때까지는 추기경이 교황의 대리를 맡는다고 했다.

신전기사단장으로 취임한 성검사 메자르트 경은 추기경을 지지했고, 실질적으로 추기경의 교황 취임이 확실시되고 있었다.

또한, 사토를 성인으로 추대한다는 명예로운 제안은 고사했다. 추기경은 아직 포기하지 않은 느낌이지만, 삼가 거절을 하고 싶다.

"마왕의 위협은 물러갔다! 이제부터는 나라의 부흥에 전념하는 것이 성하의, 나아가 파리온 님의 마음에 따르는 것임을 알라!"

추기경이 호령하자, 신관들이 지휘를 하여 사람들이 부흥 작업을 시작했다.

나는 파리온 신국 사람들에게 손을 흔들고, 동료들이 기다리는 서관문령으로 갔다.

"어서 와, 주인님."

아리사 일행은 서관문령 앞의 커다란 상관에 있었다.

창문에서 몸을 내미는 아리사 일행에게 손을 흔들어주고, 상관의 입구를 향해서 가자 아는 얼굴이 나를 맞이해 주었다.

"여어, 젊은 나리. 늦었구만."

"피핀— 그렇다면, 여기는 에치고야 상회의 지점인가?"

시가 왕국의 왕도에 있는 본점과 다를 바 없는 사이즈의 훌륭한 상관에 무심코 의문형으로 물어 버렸다.

"자작님! 에치고야 상회 파리온 신국 지부에 잘 오셨습니다!"

에치고야 상회의 간부 아가씨— 이제는 지점장인 메리나가 웃으며 나를 맞이해 주었다.

지점장이 되어서 그런지, 평소의 간부복이 아니라 지배인이 입고 있는 것과 비슷한 옷을 입고 있었다.

"안녕하세요? 메리나 씨. 상당히 훌륭한 건물이군요."

"우후후, 자작님 덕분이에요! 추기경 각하께 말을 보태주셨다면서요? 덕분에 이런 일등지에 가게를 세우게 되어, 흥분에 몸이 떨리고 있어요!"

그렇군. 추기경이 손을 써준 거구나. 그에게 뭔가 감사 인사를 해야겠어.

전에 피핀이 확보한 건물은 현지의 안테나샵으로 쓰는 모양이다.

"주인님, 데리고 온 사람들은 모두 에치고야 상회에서 고용해 준대."

2층에서 내려온 아리사가 가르쳐 주었다.

"우후후, 어차피 이쪽에서도 사람을 고용할 예정이었으니까요."

메리나는 그렇게 말했지만, 그 정도 인원을 갑자기 고용하는 건 힘들 게 틀림없다.

오늘 밤에라도, 시가 왕국의 무역도시 타르투미나에 쌓아둔 교역 상품 몇 할 정도를 쿠로의 모습으로 날라와야지. 상재가 있으면 서관문령의 상인들과 교류도 할 수 있을 거고, 대량 고용으로 지출이 늘어난 장부도 적자를 내지 않을 수 있을 거야.

"주인님, 니르보그의 연구도 에치고야 상회에서 해준다고 해요."

"잘 되면, 식사 배급의 비용도 삭감할 수 있으니까요."

인사를 하는 나와 루루에게 지점장 메리나가 「신경 쓰지 말아 주세요」라며 수줍게 웃었다.

니르보그를 맛있게 먹을 수 있게 되어 파리온 신국의 식탁이 풍요로워지면, 가보 열매도 연구를 부탁할까?

메리나와 대화가 끝난 타이밍에서 피핀이 말을 걸었다.

"젊은 나리는 아직 여기 있을 거야?"

"아아, 내해를 따라서 관광을 할까 생각중이야. 피핀은 이제 시가 왕국으로 돌아가나?"

"나는 쿠로 님의 명령으로 서방 소국을 돌면서 지점 설립 준비를 해야 돼. 정말이지 사람을 거칠게 쓴다니까."

그렇게 말하면서도 피핀은 즐거워 보였다.

이번에는 충분한 자금도 건네줬고, 피핀 말고도 에치고야 상회의 지점장 후보가 몇 명 동행하게 되어 있다. 파리온 신국의 지점 설립 준비보다는 부담이 줄어들 거야.

"여행지에서 만나면 한 잔 하자구."

"그래, 그때는 내가 살게."

나는 피핀과 악수를 나누고, 그의 출발을 지켜보았다.

"주인님, 라이트 군이 주인님이랑 할 얘기가 있대."

바빠 보이는 메리나와 헤어져서, 아리사를 따라 라이트 소년 일행이 기다리는 장소로 갔다.

"―귀족님. 우리는 역시 고향에 돌아갈래."

라이트 소년이 산뜻한 어조로 말했다. 그와 전생자인 아버지 유우사쿠 씨에게 에치고야 상회에 들어오라고 제안을 해봤는데, 거절해 버렸다.

"역시 남는 편이 좋지 않니?"

"무슨 말이야, 아빠! 같이 엄마 성묘를 한다고 약속했잖아!"

아버지인 유우사쿠 씨는 에치고야 상회의 일에 미련이 있는 모양이다.

"기분 내키면 또 여기를 찾아와. 지점장인 메리나 씨한테도 말해둘게."

"응, 알았어!"

라이트 소년이 힘차게 대답하고, 유우사쿠 씨가 안도의 한숨을 내쉬었다.

"유우사쿠 씨는 다이고 군이랑 치나츠 양 두 명을 알고 있나요?"

"아니, 몰라. 일본인 같은 이름인데, 그 녀석들도 전생자야?"

유우사쿠 씨하고는 시기가 달랐던 모양이군.

둘 다 성격이 급한 건지, 이튿날에는 낙타를 타고 서관문령을 출발했다.

그리고 다이고 군과 치나츠 양 두 사람은 북관문령에 있는 무너질 것 같은 수도원에 유폐되어 있기에, 유령 같은 얼굴의 원장에게 용돈을 쥐어주고 구해냈다. 적당히 사망했다고 기록해 준다는 모양이다.

둘 다 쇠약해져서 죽을 것 같기에 하급 엘릭서로 치유하고 마왕 시즈카의 집으로 보내 간병을 부탁했다. 어린 두 사람을 끌어안고 눈물을 흘리는 모습이 인상적이었다.

파리온 신국 관련의 일은 사실 하나 더 실행했다.

빈곤대책이다. 니르보그를 맛있게 먹기 위한 연구를 에치고야 상회에 떠넘겼으니 일정한 의리는 지켰다고 생각했지만, 자려고 누웠다가 훨씬 근본적인 해결책이 있다는 걸 깨달은 것이다.

"설마, 이렇게 나오다니⋯⋯."

아리사의 시선 끝에는 맨홀 사이즈의 깊은 구멍이 뚫려 있었다.

흙 마법 「함정 파기」를 써서 맵으로 발견한 지하수맥까지 이어지는 구멍을 판 것이다.

"깊어~?"

"떨어지면 큰일나는 거예요."

구멍을 들여다보려고 하는 타마와 포치가 떨어지지 않도록, 리자가 두 사람의 허리띠를 붙잡아 주고 있었다.

"하지만, 주인님. 이렇게 깊으면 퍼 올리는 것도 힘들지 않을까요?"

"예스 루루. 펌프라도 힘들다고 동의합니다."

"풍차 같은 거 쓸 거야?"

"아니, 더 좋은 게 있어."

나는 아리사에게 윙크하고, 맵 검색으로 발견한 선선 나무를 가져왔다.

구멍보다도 훨씬 굵은 줄기를 가진 수령 천 년쯤 되는 커다란 나무다. 풍부한 뿌리가 엄청나게 길다.

"바오밥—치고는 줄기가 두껍네."

"선선 나무는 줄기 안에 대량의 물을 저장하는 나무야."

마왕화한 현자와 싸울 때 절단된 선선 나무에서 대량의 물이 분출하는 걸 우연히 보고, 그 성질을 알 수 있었다.

"미아, 선선 나무의 뿌리를 수원까지 뻗는 거 도와줄래?"

"응, 맡겨줘."

스토리지에서 꺼낸 수령주를 미아에게 건넸다.

나는 항아리에 담은 영양제를 선선 나무에 뿌리고, 평소에는 봉인해두는 정령광을 전개했다.

이걸로 사전 준비는 끝났다.

"보르에난 숲의 미사날리아가 파리온 신국의 선선 나무에게 바란다. 수령주의 힘을 받아, 땅속에 잠든 풍부한 수원에 뿌리가 닿기를."

미아가 장문으로 선선 나무에게 말했다.

영양제와 수령주의 힘이 선선 나무에 쏟아져, 뿌리가 지하 수원까지 굉장한 속도로 뻗어나가는 게 술리 마법 「투시」를 실행한 내 눈에 보였다.

"끝."

"수고했어."

미아의 마력을 절반 정도 소비한 참에, 선선 나무의 뿌리가 지하 수원까지 닿았다.

"미아, 다음은 물을 퍼 올리도록 부탁해줘."

"알았어."

마력 양도로 미아의 마력을 회복시켰다.

"보르에난 숲의 미사날리아가 파리온 신국의 선선 나무에게 바란다. 수령주의 힘을 받아, 땅속에 잠든 풍부한 수원을 퍼 올려 대지의 갈증을 치유하기를."

미아가 수령주를 들고 기도하자, 쿠우우우 땅속에서 땅울림 같은 소리가 들렸다.

"뉴?"

"뭔가 소리가 나는 거예요."

타마와 포치가 선선 나무에서 거리를 벌리고, 동료들이 미아와 선선 나무를 지켜보았다.

"왔어."

미아의 말과 동시에 선선 나무 주위에 습기가 짙어지고, 잠시 지나 선선 나무의 잎에서 물방울이 떨어지기 시작했다.

"마스터, 가지가 돋은 부분을 보세요라고 고합니다."

"물이!"

나나가 가리킨 곳, 선선 나무의 윗부분에서 물이 흘러 떨어졌다. 리자가 놀랄 정도의 양이다.

그것은 순식간에 대지에 흘러 떨어져, 메마른 대지를 적시고 최종적으로 연못이 될 정도의 물웅덩이가 생겼다.

수령주의 효과가 떨어지자 그 정도로 극단적인 양의 물이 흘러 떨어지지는 않았지만, 그래도 잎에서 방울져 떨어지는 물방울은 그치지 않고 파리온 신국의 강렬한 햇살 아래서도 수량이 줄어들지 않았다.

이 정도면 충분히 수원으로 활용할 수 있을 거야.

나는 용사 나나시의 모습으로 추기경에게 상담하여 특히 빈곤층이 많은 도시 주변에 선선 나무의 군생지를 날이 저물 때까지 만들고 다녔다.

중간부터 미아가 피로한 기색이라, 내가 혼자 수령주 작업을 담당했다.

꽤 힘들었지만, 지친 만큼 보람이 있었다고 생각한다.

◆

"드디어 관광으로 돌아갈 수 있네."

파리온 신국의 걱정거리가 모두 정리됐으니, 우리는 지점장인 메리나의 소개로 예약한 서관문령 제일의 레스토랑을 찾아왔다.

"그러게 말이다. 다들 어디 가고 싶은 곳 있니?"

요리를 기다리는 사이에, 모두에게 앞으로 어떻게 할지 물어봤다.

사가 제국에서 용사 소환의 마법진 견학을 한다는 약속을 했지만, 그건 딱히 서두르는 게 아니다.

굳이 따지자면 쿠보크 왕국의 키메라화된 사람들을 본래대로 돌려주는 방법을 찾는 걸 우선하고 싶을 정도다.

피핀이 회수해준 자료도 교역품을 전달한 어제 받아서 확인했는데, 나쁜 일의 증거가 대량으로 발견됐을 뿐 키메라화를 풀 만한 정보는 없었다.

나쁜 일의 증거는 추기경에게 전달되도록 수배하고, 그것 말고 연구 자료나 마법서는 내가 고맙게 받아서 인명 구조에 살릴 생각이다.

"포치는 사무라이 대장을 만나고 싶은 거예요!"

"포치는 사무라이 대장 나리인가요? 저는 소문에 들은 검성님을 만나보고 싶군요."

"저는 『천변만화의 요리사』의 요리를 먹어보고 싶어요."

포치, 리자, 루루는 유명인을 만나고 싶은가 보다.

참고로 루루가 말한 「천변만화의 요리사」는 「변태 요리사」라고도 불리는 인물이다. 루루가 만나도 될는지, 조금 고민된다.

"나는 『현자의 탑』일까? 거기라면 여러 가지 마법서가 있을 것 같잖아?"

그건 나도 신경 쓰였다. 아리사가 말하는 「현자의 탑」이란 고대의 현자가 만든 탑을 중심으로 한 도시국가 카리스오크의 통칭으로, 현자 솔리제로하고는 상관없다. 현지에서는 「예지의 탑」이라고 불리는 모양이고.

"미아는?"

"대음악당."

"뮤시아 왕국이었지?"

"응, 섬나라."

대음악당은 프루 제국 시대에 음악을 좋아하는 황제가 만든 것인데, 현재의 기술로는 재현할 수 없는 천계의 음악을 들려주는 장소라고 한다.

"저는 『인형의 나라』가 좋다고 고합니다."

"흥미."

나나가 말하는 「인형의 나라」 로도르오크는 봉제인형 같은 인형 만들기로 유명한 소국이다.

파리온 신국하고 가까우니까, 항구의 시장에서 상품을 몇 번 본 적이 있다.

"뉴~."

타마는 어려운 표정으로 신음했다. 어떤지 울적한 느낌이다.

모두 걱정스런 표정으로 보는 걸 깨달은 타마가 「고기!」 하고 말한 다음, 「맛있는 고기를 잔뜩 먹을 수 있는 나라~?」 하고 말을 이었다.

"포치도인 거예요! 포치도 잔뜩 잔뜩 고기를 먹을 수 있는 나라가 좋은 거예요."

"내해에는 여러 나라가 있다고 들었습니다. 개중에는 저희들을 만족시키는 씹는 맛이 있는 고기가 있을 지도 모릅니다."

"어떤 고기 요리가 있을지 기대되네요."

타마의 말에 포치가 올라타자, 리자와 루루도 고기 담론을 잊고 모두 화기애애하게 먹고 싶은 고기 요리 화제로 신이 났다.

"기다렸지. 고기 요리는 아니지만 맛있을 거야."

생선 요리를 가져온 웨이트리스가 테이블 위에 맛있어 보이는 요리를 늘어놓았다.

"맛있어 보여~?"

"포치는 배고파가 쫄쫄쫄인 거예요!"

타마와 포치의 웃음이 모두에게 전염됐다.

"그러면 먹자."

""""잘 먹겠습니다!""""

떠들썩한 목소리가 파리온 신국의 하늘에 울렸다.

응, 맛있다. 역시 맛있는 요리와 웃음이 여행의 참맛이지.

서방소국은 맛있는 요리가 많다고 하니까, 지금부터 기대된다.

■작가 후기

안녕하세요? 아이나나 히로입니다.

이번에 「데스마치에서 시작되는 이세계 광상곡」의 제21권을 집어주셔서, 정말로 고맙습니다!

이렇게 무사히 권수를 거듭할 수 있는 것도 응원해주시는 독자 여러분 덕분입니다.

앞으로도 언제나 지금까지 이상으로 재미를 추구할 테니, 앞으로도 변함없는 지지를 부탁드립니다.

어디 그러면 후기부터 읽고서 살까를 결정하는 분을 위해, 지난 권을 훑어보고 이번 권의 볼거리를 논해볼까요.

지난 권에서는 시가 왕국과 멀리 떨어진 파리온 신국에서, 용사 하야토와 재회를 이룩했습니다.

용사 일행을 비롯하여 성검사와 흑기사, 현자 같은 영웅들과 나란히 서서 마왕 「사진왕」 토벌에 참가하여, 무사히 토벌을 이룩한 용사 하야토는 사명을 다하고 일본으로 귀환했습니다.

이번 권은 그 다음부터.

이야기는 마왕을 토벌한 뒤 성도에서 라이트 소년이 초대된 「재능 있는 자」의 마을로 무대를 옮겨, 「재능」이란 무엇인가, 「재능 건네기」란 무엇인가, 등의 수수께끼와 함께 마을에 숨겨진 비밀이 서서히 밝혀져 가는 것입니다.

재능 있는 자의 마을에서는 수수께끼를 뒤쫓기만 하는 게 아닙니다.

표지에서 시사하는 것처럼, 재능 있는 자의 마을에서는 타마의 닌자 수행 파트도 있습니다. 포치와 사토도 함께, 「보통」의 닌자에게 인술을 배웁니다. 사토 일행의 「보통」이, 닌자들의 「보통」과 어떻게 다른가? 즐겁게 봐주시면 좋겠습니다.

사토 일행이 닌자 수행을 즐기는 이면에서는, 지난 권의 마지막에 독자에게 정체를 밝힌 흑막— 현자 솔리제로가 파리온 신국 이면에서 진행하고 있던 계획이 진행됩니다.

WEB판과 커다랗게 다른 흐름이 되었으니, WEB판 기독자 분도 안심하고 보실 수 있을 겁니다.

현자와 녹색 마족 같은 악역과 결판을 어떻게 내는지, 자자리스 교황과 성녀 시즈카, 도브나프 추기경의 역할이 어떻게 바뀌었는지, 성검사인 신전기사 메자르트가 나설 차례는 있는지, 라이트 소년은 아버지와 재회할 수 있는지, 등등의 여러 가지 주목 포인트가 잔뜩 있으니, 마지막까지 즐길 수 있을 겁니다.

물론 본 시리즈의 테마인 관광 파트도 건재합니다.

파리온 신국의 항구 도시에서 토산물을 찾으며 토지의 명물에 매우 만족하고, 관광지를 돌아봅니다. 어느 식도락가에게 초대를 받은 식사에서는 서방소국의 일품요리들이 사토 앞에.

프루 제국에서부터 연면하게 이어지는 식문화에 사토도 대만족인 모양입니다.

살짝 도움이 된 피핀도, 이번에는 이래저래 활약해줍니다. 물론, 에치고야 세력이나 히카루가 나오는 부분도 있어요~. 아제 씨는 조금 더 차례를 늘리고 싶네요.

인사를 하기 전에 한 가지 고지를 합니다.

아야 메구무 씨가 그리는 코미컬라이즈판 「데스마치에서 시작되는 이세계 광상곡」의 11권이 12월에 발매될 예정이니, 그쪽도 잘 부탁 드립니다.

이 11권에서는 드디어 세라가 등장합니다!

본편에서는 오래도록 등장이 없어서 세라 부족에 고민하던 세라 팬 분도 그렇지 않은 분도, 꼭 봐주세요.

원작의 세라도 가련했지만, 코미컬라이즈판의 세라도 아주 멋집니다.

그러면 늘 하던 인사를!

담당 편집자 I 씨와 S 씨, 그리고 보스인 A 씨 같은 두터운 포진으로 지원을 해주셔서 정말 감사합니다. 전개를 띄워야 할 부분이나 표현이 부족한 부분을 적절하게 지적해주셔서, 이야기의 매력이나 알기 쉬운 정도가 올라갔습니다. 앞으로도 오래도록 지도편달을 부탁드립니다.

언제나 매력적인 일러스트로 데스마치 세계에 선명한 색채를 주셔서 띄워주시는 shri 씨에게는, 아무리 인사를 해도 부족합니다. 이번에 첫 등장인 시즈카의 다우너한 섹시함이 멋져요. 앞으로도 데스마치 세계의 비쥬얼을 잘 부탁드립니다.

그리고, 카도카와 BOOKS 편집부 여러분을 비롯하여, 이 책의 출판과 유통, 판매, 선전, 미디어믹스에 연관된 모든 분에게 감사드립니다.

마지막으로, 독자 여러분에게도 최대급의 감사를!!
본 작품을 마지막까지 읽어주셔서, 정말 고맙습니다!

그러면 다음 권, 서방소국 방문편에서 만나요!

아이나나 히로

■역자 후기

안녕하세요? 불초 역자가 돌아왔습니다.

최근에 최대한 규칙적인 생활을 해보려고 노력하고 있습니다. 대강 시간을 정해놓고서 그 시간 전에는 반드시 일어나서 밥 먹고 활동을 시작한다는 것이죠. 그러다 보면 시간이 지남에 따라서 그 시간을 기준으로 점점 생활 패턴이 최적화가 되고 규칙적이고 건강한 생활을 하게 될 거라는 게 역자의 생각입니다.

그리고 그것을 실행한지 한 달.

……규칙적인 생활은 개뿔.

규칙적인 생활 그거 안 좋아요. 그거 건강에 나빠. 일의 효율도 안 오르고요. 잠도 이상하게 부족해. 아냐. 이거 아냐. 다시 한 번 말씀 드리는데, 규칙적인 생활이라는 거 건강에 대단히 안 좋습니다.

들어 보세요!

예를 들어서 7시에 딱 식사를 한다고 해보죠. 그렇다면 적어도 5시반~6시반즈음에는 잠에서 깨야 한단 말입니다.

그렇다면 취침 시간은 아무리 늦어도 10~11시반즈음이 되어야 하지 않겠습니까? 그러나 사람 일은 뜻대로 되지 않는 법. 일을 하다 보면 시간이 늦어지고, 결국 한 1시쯤 자게 되는 일이 빈번하게 발생합니다.

　그렇게 1시쯤 잠들면 어떻게 되겠어요? 6시반에 일어나도 잠이 부족하죠? 하지만 열심히 일어나서 밥을 먹습니다. 그리고 식후의 여유를 잠깐 가지고 일을 시작하려고 하면!

　졸려요!

　이렇게 졸린 상태로 일을 하려고 하면 효율이 안 나옵니다. 머리는 지끈거리고 집중력이 떨어져서 진도도 잘 안 나갑니다. 이렇게 되면 또 다시 일을 하는데 오래 걸리게 되고, 그런 상태로 일을 해봐야 집중이 떨어지기 때문에 실수가 잦아집니다. 이걸 수정하기 위해서 또 다시 일을 해야 하죠. 식후의 커피로 카페인을 보충했지만 여의치 않습니다. 그렇다면 이렇게 집중력 떨어지고 효율이 떨어지는 상태를 벗어나기 위해서는 어떻게 해야 할까요!

　자야죠!

　그렇습니다! 자야 합니다! 하지만 밥 먹은 지 얼마 안 됐잖아요? 그러니까 이게 다소 소화가 될 때까지 어영부영 어떻게든 시간을 보내야 합니다. 게다가 잠을 깨보겠다고 마신 커피 탓에 카페인이 당장의 수면을 방해합니다. 일을 조금 해보지만 역시나 효율은 안 나오고 간신히 느릿느릿 진행됩니다. 실수가 없으려면 더욱 속도가 느려지죠.

　그렇게 간신히 시간이 좀 지나고 나면 더 이상 버티지 못하고 자리에 눕습니다. 그래도 피곤하니까 잠이 금방 듭니다. 그러면 몇 시간쯤 잘 수 있죠.

깨어나면, 드디어 머리가 맑아집니다. 간신히 집중력이 살아나고 일의 효율이 높아집니다. 역시 사람은 잠을 잘 자야 해. 신나게 일을 합니다. 드디어 오늘의 진도를 마치고 시계를 보면 이미 9시가 넘었죠. 하지만 일어난 지 얼마 안 됐으니까 잠이 안 옵니다. 그렇다고 일을 더 하자니 이미 일을 많이 했어요. 사람이 일을 했으면 쉬어야죠. 졸릴 때까지 게임이라도 하다가 졸리면 자면 되겠지…….

하다 보면 1시입니다.

……사람이 일만 하면서 살면 성격 버립니다. 게임도 좀 하고 그래야죠. 그래서 이제 좀 졸리니까 잘 준비를 하다 보면 어느덧 2시.

……악순환. 이것이 바로 악순환입니다.

역자는 강력히 주장합니다. 인간은 본래 규칙적인 생활이라는 게 안 맞아요. 자고 싶을 때 자고! 먹고 싶을 때 먹고! 깨어 있을 때 활발하게 움직이는 것이야말로 가장 좋은 겁니다. 규칙적인 생활이라는 것은 인간 사회가 문명화되면서 어쩔 수 없이 선택하게 된, 그나마 제일 건강을 덜 해치는 방법에 지나지 않는 것입니다!

참고로 위의 시간은 식사 시간 오후 7시 기준입니다.

이것은 결코 규칙적인 생활을 못하는 것에 대한 변명이 아니라는 말씀을 단단히 드리면서, 이번 후기를 이만 접겠습니다.

다음에 또 봬요!

데스마치에서 시작되는 이세계 광상곡 21

초판 1쇄 발행 2021년 3월 10일

지은이_ Hiro Ainana
일러스트_ shri
옮긴이_ 박경용

발행인_ 신현호
편집부장_ 윤영천
편집진행_ 김기준 · 김승신 · 원현선 · 권세라 · 유재슬
편집디자인_ 양우연
관리 · 영업_ 김민원 · 조인희

펴낸곳_ (주)디앤씨미디어
등록_ 2002년 4월 25일 제20-260호
주소_ 서울시 구로구 디지털로 26길 111 JnK디지털타워 503호
전화_ 02-333-2513(대표)
팩시밀리_ 02-333-2514
이메일_ lnovelpiya@naver.com
ㄴ노벨 공식 카페_ http://cafe.naver.com/lnovel11

DEATH MARCH KARA HAJIMARU ISEKAI KYOSOKYOKU Vol. 21
ⓒHiro Ainana, shri 2020
First published in Japan in 2020 by KADOKAWA CORPORATION, Tokyo.
Korean translation rights arranged with KADOKAWA CORPORATION, Tokyo.

ISBN 979-11-278-5877-3 04830
ISBN 979-11-278-4247-5 (세트)

값 9,500원

©Aya Hazuki 2019
Illustration : Fly
KADOKAWA CORPORATION

그날, 신에게 바랐던 것은 1권

하즈키 아야 지음 | 플라이 일러스트 | 송재희 옮김

슈쿠세이시에만 피는 세계에서 가장 아름다운 기적의 꽃 「미라크티어」.
그 꽃에는 1년에 한 번, 하얀 신에게 대가를 바치면
어떤 소원이든 이루어진다는 「별의 행혼」이라고 불리는 전설이 있다.
하지만 17세 생일에 카자마츠리 토와가 만난 선배,
오미 토카에게 신이 부과한 것은 대가가 아니라 하나의 시련이었다.
그날, 그녀가 꼭 이루고 싶다며 신에게 바랐던 것은.
그리고 시련을 극복한 끝에서 두 사람을 기다리고 있던 다채롭게 피어나는
기적이란—.

**1년에 한 번, 소원이 이루어지는 마을을 무대로 펼쳐지는
그와 「그녀들」의 상냥하며 조금 아픈 청춘 스토리, 개막.**

이 멋진 세계에 축복을! 1~16권, 요리미치! 1~2권

아카츠키 나츠메 지음 | 미시마 쿠로네 일러스트 | 이승원 옮김

게임을 사랑하는 은둔형 외톨이 소년, 사토 카즈마의 인생은
너무도 허무하게 그 막을 내린…… 줄 알았는데,
정신을 차려보니 눈앞에 여신을 자처하는 미소녀가 있었다.
"이세계에 가지 않을래? 원하는 걸 딱 하나만 가지고 가게 해줄게.",
"그럼 널 가지고 가겠어."
이리하여, 이세계로 넘어간 카즈마의 대모험이 시작……되나 싶었는데,
결국 시작된 것은 의식주 확보를 위한 노동이었다!
카즈마는 그저 평온하게 살고 싶지만,
문제를 연달아 일으키는 여신 때문에 결국 마왕군에게 찍히고 마는데?!

애니메이션 방영 화제작!!

곰 곰 곰 베어 1~13권

쿠마나노 지음 | 029 일러스트 | 김보라 옮김

게임이 현실보다 재밌습니까?—YES
현실 세계에 소중한 사람이 있습니까?—NO

……온라인 게임 설문 조사에 대답했을 뿐인데
말도 안 되는 이세계(아마도)로 내던져진 나, 유나.
은톨이 경력 3년의 폐인 게이머.
맨 처음 장착하게 된 장비템이 「곰 세트」라니……
이게 무어야—!?
하지만 세고 편하니까 뭐, 괜찮으려나?
울프를 쓰러뜨리고, 고블린을 쓰러뜨리고
극강 곰 모험가로서 일단 해볼까요.

은둔형 외톨이 소녀, 이세계에서 무적의 곰 모험가가 된다!

©Aiatsushi 2019
Illustration : Yoshiaki Katsurai
KADOKAWA CORPORATION

백수, 마왕의 모습으로 이세계에 1~8권

아이아츠시 지음 | 카츠라이 요시아키 일러스트 | 김장준 옮김

한창 즐겼던 게임이 서비스 종료를 맞이한 날.
홀로 대보스를 토벌하고 사기급 능력을 입수한 요시키는
낯선 장소에서 눈을 떴다.
마왕으로 착각할 만할 중2병 장비를 걸친
자신의 캐릭터, 카이본의 모습으로!
심지어 갈피를 잡지 못하는 그의 앞에
요시키의 세컨드 캐릭터, 엘프 류에가 나타나고……?!
그녀와 둘이서 생활하는 동안 그는 알게 된다.
자신이 이 세계에서 신화 수준의 영웅으로 전해져 내려온다는 것을—!

**마왕의 모습으로 세계를 누비는
유유자적 여행기, 개막!!**